Catch THE BEST Man

CARRIE BRIGTHON

ROMAN

CATCH THE BEST MAN

Bildmaterial: Rawpixel
Korrektorat: Claudia Matheis

Bestellung und Vertrieb: Nova MD GmbH, Vachendorf

ISBN: 978-3-96966-491-9

Druckerei Smilkov Print Ltd
Pokrovnishko shose
2700, Blagoevgrad

Federherz Verlag
Süntelstraße 70
31848 Bad Münder
www.federherzverlag.de
Instagram: @federherz.verlag

Dieses Buch ist nur für dich.

CLEO

Vor fünf Monaten

Seit einer halben Stunde sitze ich jetzt an dem Tresen dieser Bar und warte.

Ich warte auf ein Date!

Ist das zu fassen?

Ich meine, gibt es etwas Demütigenderes als das? Wenn ich wenigstens behaupten könnte, der Typ hätte nicht gewusst, wie ich aussehe, weil es ein Blind Date ist, und als er dann hier zum ersten Mal auf mich getroffen ist, hätte ich ihm einfach nicht gefallen und er wäre wieder gegangen. Okay, auch das wäre suboptimal, aber mein Gott! Ich bin bestimmt nicht jedermanns Typ. Kein Grund, auszuflippen! Vielleicht steht er auf wallend lange dunkle Haare? Und einen Körper wie eine Sanduhr? Große Brüste, schmale Taille, rundes Hinterteil, kurvig eben. Alles schön und gut. Dann hätte er sich bei meinem Anblick postwendend umgedreht und wäre klammheimlich verschwunden. Könnte ich ihm nicht verdenken, hätte ich bei einem Zwerg mit Schnauzer und lichtem Haupthaar vielleicht auch gemacht.

Der Punkt ist aber, der Kerl weiß ganz genau, wie ich aussehe. Auf Tinder gibt es Fotos, hallo?! Wische nach rechts und du bist im Spiel, wische nach links und du bist raus. Er und ich haben uns beide aufgrund der Fotos für rechts entschieden, gechattet, er war witzig und interessant, ich offensichtlich auch, wir haben uns verabredet. Zu diesem Date. In dieser Bar in Manhattan.

Und jetzt kommt er nicht?

Wütend trinke ich den letzten Schluck meines Cosmopolitan, schnappe meine Clutch und rutsche vom Barhocker, als mich der Kerl neben mir anspricht.

»Harter Tag?«, fragt er und schwenkt den Whiskey in seinem Glas.

Auch das noch! Sehe ich wirklich so bemitleidenswert aus?

Er allerdings sieht sehr gut aus. Typ Liam Hemsworth, groß, denn er überragt mich sogar im Sitzen um einen Kopf, muskulös unter dem weißen Hemd, stahlblaue Augen bestückt mit langen dunklen Wimpern, dichtes braunes Haar, das einen Schnitt vertragen könnte, denn als er sich lächelnd zu mir dreht, fällt ihm eine vorwitzige Strähne in die Stirn.

Ich halte inne, mustere sein Gesicht und bleibe an seinem Mund hängen. An seiner Oberlippe durchbricht eine kleine senkrechte Narbe die ansonsten perfekte Symmetrie, was ihn interessant macht.

Außerdem riecht er ... exzellent, denn als er sich leicht nach vorne beugt, streift mich ein ziemlich verwirrender Duft. Fruchtig, irgendwie nach Zitrone und Orange, und trotzdem herb nach Leder, Moos, Zedernholz. Ich schnuppere unwillkürlich, und die Mischung ist so fein aufeinander abgestimmt, dass sie meine Sinne sogleich berauscht.

Trotzdem weise ich ihn zurück. Mir reicht es für heute.

»Wenn Sie ein Schaumbad in Stutenmilch, eine Hot-Stone-Massage, eine Maniküre, ein Drei-Sterne-Mittagessen, einen Afternoon-Tea und einen netten Ausklang des stressigen Tages als hart bezeichnen, dann ja«, sage ich und lächele knapp.

»Ich mag Frauen, die sich etwas gönnen. Das ist ... sexy«, sagt er und sein Lächeln wird breiter. Ich verrolle innerlich die Augen, kann aber nicht leugnen, dass ich mich geschmeichelt fühle. »Bleiben Sie doch noch auf einen Drink. Vielleicht toppt er das Erlebnis mit der Stutenmilch. Dessen Vorstellung mir übrigens nie wieder aus dem Kopf gehen wird. Sie, in einer Wanne voll mit cremefarbener Flüssigkeit ...«, sagt er und seine Augen wandern langsam über meinen Körper.

Ohne dass ich es verhindern kann, wird mir heiß.

Scheiße, ich bin echt am Vertrocknen.

Gut, genau dafür war dieses Date ja gedacht. Der x-te Versuch, in dieser Stadt voller wunderschöner und genialer Singlefrauen einen Singlemann zu finden, mit dem man heißen, befriedigenden Sex hat. Und vielleicht noch etwas mehr, wenn ich ehrlich bin. Schon länger verspüre ich die Sehnsucht, endlich anzukommen. Auch wenn ich immer so tue, als wäre es mir egal, ist es mir das nicht. Glaube ich. Aber weil ich noch nie ein Feigling war, versuche ich momentan, es herauszufinden. Ob es mir fehlt, jemanden zu haben, mit dem man verregnete Sonntage im Bett verbringt. Mit dem man sich Ausstellungen in Museen ansieht, bei einem kitschigen Kinofilm hemmungslos heulen kann (obwohl das bei mir sehr unwahrscheinlich wäre, denn ich habe seit zehn Jahren nicht mehr geheult), mit dem man sich streitet und dann wieder versöhnt, ohne dass es komplett ausartet und man Angst –

»Was trinken Sie? Cosmopolitan?«, fragt der Mann und ich werfe meine Zweifel über Bord. Vielleicht ist er der Grund, warum mein Date nicht aufgetaucht ist. So ein Schicksalsding. Der

Butterfly-Effekt oder wie Lav das auch immer nennen würde. Wenn eine Sache geschehen muss, damit eine andere stattfinden kann?

Ich lege meine Clutch wieder auf den Tresen, schiebe mich zurück auf den Barhocker und nicke.

Der Mann wendet sich an die Bedienung hinter der Theke, die ihn bewundernd anblickt. Beinahe bin ich versucht zu sagen: »Verdammt, Süße, ich kann es dir nicht verdenken«, verkneife es mir gerade noch so.

»Wir hätten gerne einen Cocktail«, sagt Mr. Supersexy, und bevor ich einwerfen kann, dass ich bei Cosmopolitan bleibe, redet er weiter: »Was können Sie empfehlen? Er sollte stark und doch sanft sein. Spritzig, aber nicht übermütig, elegant und intelligent, mit dem gewissen Maß an Feuer. So wie die Dame neben mir eben«, sagt er und die Bedienung und ich starren ihn ungläubig an. Ich, weil ich nicht weiß, ob ich so etwas Schwülstiges schon jemals gehört habe, sie, weil sie vor meinen Augen dahinschmilzt.

Ich entscheide mich um. Das ist mir zu viel des Guten.

»Hören Sie, ich muss doch gehen. Ich habe noch einen Ter–«

»Ach, kommen Sie schon«, würgt er mich ab. »Wir wissen beide, dass das gelogen ist. Ersparen Sie uns diese Albernheiten. Sie finden, ich trage zu dick auf? Geben Sie mir eine Minute. Nur eine

Minute«, bittet er und ich hole tief Luft. Er hat Schneid, so viel steht fest.

»Eine Minute«, sage ich, der Mann grinst unverschämt hübsch.

»Mixen Sie den Cocktail Ihres Lebens. Meine Zukunft hängt davon ab«, sagt er zu der Bedienung, ohne meinen Blick zu verlieren. *Herrgott, das ist wirklich … süß,* denke ich noch, als er loslegt.

»Sie hassen frühes Aufstehen. Am liebsten liegen Sie an freien Tagen lange im Bett, schäumen sich einen Latte, nein, warten Sie …« Er denkt kurz nach, nickt dann. »Schwarz! Sie sind eindeutig der Typ Americano. Ohne viel Schnickschnack, pur und clean. Sie lesen gerne, am liebsten Biografien über starke Frauen. Sie sind kein Fan der neuartigen Streamingdienste. Klar, Sie machen das, laden sich die Songs runter, aber der Klang sagt Ihnen nicht zu. Sie haben nämlich Ohren wie ein Luchs und hören jeden noch so kleinen störenden Ton. Sie essen am liebsten Asiatisch, ihre Lieblingsfarbe ist Taupe, weil es so unaufgeregt ist, und ihr Name klingt irgendwie …« Er schnalzt mit den Fingern, als würde es ihm auf der Zunge liegen, richtet dann den Zeigefinger auf mich und sagt: »… französisch?«

Ich starre ihn an und muss aufpassen, dass mir nicht der Unterkiefer herunterklappt.

Woher, zur Hölle, weiß er das alles?

»Laurent. Meine Mom ist Französin«, sage ich und weiß nicht einmal genau warum. »Sind

Sie …« Ich schüttele verwirrt den Kopf, runzele die Stirn. »Sind Sie Mentalist oder so? Ist das ein Trick?«

Der Mann lacht, in dem Moment schiebt die Frau hinter der Theke meinen Cocktail herüber. »Bitte sehr. Ein Moscow Mule. Ich hoffe, der beste in meinem ganzen Leben«, sagt sie und lacht nervös.

Mein großzügiger Spender bedankt sich und animiert mich, zu kosten.

»Haben Sie den schon mal probiert?«, fragt er und ich verneine. Dann greife ich nach dem beschlagenen Kupferbecher, der eiskalt ist. An meinen Lippen prallt das Kupfer so frostig auf, dass ich kurz Angst habe, kleben zu bleiben. Der frische Duft von Minze und Ingwer steigt mir in die Nase und beim ersten Schluck begrüßt der Mule meine Zunge mit seinem heißkalten Ingwer-Brennen. Eine leichte Säure macht sich breit, bevor ich den Drink den Gaumen hinabrinnen lasse und er mich mit seiner prickelnden Schärfe auf den Lippen und dem erfrischendsten Gefühl aller Zeiten zurücklässt.

Es ist, als würde ich in brütender Sommerhitze ein Glas flüssigen Winter trinken.

Okay, es ist fast Winter, in guten vier Wochen ist Weihnachten, aber hier in der Bar ist es wohlig warm. So wie in meinem Magen nach dem ersten Schluck.

»Und? Schmeckt er wie Sie?«, fragt der mir

immer noch fremde Mann. »Kühl und doch heiß? Scharf und doch erfrischend? Die intensive Minze mit der bescheidenen Gurke?«, beschreibt er und ich muss lachen.

»Okay, hören Sie auf! Das ist beängstigend, wie gut Sie mich analysieren«, rufe ich aus. Die Chancen, dass dieser Abend amüsant wird, sind in den letzten fünfzehn Minuten zu meinem Glück rasant gestiegen. Ich nehme einen zweiten Schluck, der Mann klirrt sein Glas sanft gegen meinen Becher und blickt mir tief in die Augen. Das Blau in seinem Blick ist so strahlend, dass man meinen könnte, hinter seinen Pupillen wären Flutlichter versteckt.

Ich setze den Becher ab, mache es mir auf dem Barhocker bequem, weil ich das Gefühl habe, noch eine Weile zu bleiben, und wende mich ihm zu.

»Na gut. Soll ich ihren Namen erraten oder sagen Sie ihn mir einfach?«, frage ich. Der Mann zieht die Luft durch die perfekten weißen Zähne.

»Raten Sie«, sagt er.

Ich schnaube belustigt, atme ein. »William?«

Er kraust die Nase, schüttelt den Kopf.

»Richard?«

Immer noch verneint er.

»Henry?«

Er lacht. »Hat es einen bestimmten Grund, warum Sie die Namen der Könige von England aufzählen?«, fragt er. Ich grinse. Das fängt an, Spaß zu machen.

»Vielleicht habe ich das Gefühl, Sie tragen blaues Blut in sich?«

»Oh, das gilt nur für meine Augen, keine Sorge. Ich bin ein Normalsterblicher, ganz sicher.«

»James?«

Sein Kopfschütteln bleibt. Auch bei Michael, John, Darren und Steven. Ich werfe die Hände in die Luft, puste aus. »Erlösen Sie mich, bitte! Bevor ich noch blödere Namen für Sie finde!«, sage ich.

Der Fremde wird plötzlich ernst. »Versprechen Sie mir, dass Sie nicht wütend werden«, sagt er, ich runzle die Brauen.

»So schlimm?«, frage ich, er nickt, zuckt dann die Schultern.

»Das kommt drauf an«, sagt er.

»Auf was?«, frage ich.

»Wie lustig Sie es finden, dass ich ein vorsichtiger Mensch bin.«

Okay. Ich habe keinen Schimmer, von was er spricht, sehe ihn erwartungsvoll an.

Er beugt sich zu mir, wieder streift mich sein Duft, trifft mich seine Attraktivität mit voller Wucht. Es kribbelt in meinem Magen, mein Herz schlägt plötzlich schneller.

Verknalle ich mich hier gerade? Nach gefühlten zwei Sekunden? Oder ist das der Moscow Mule, der mich benebelt?

»Mein Name ist Demon. Demon Hell«, sagt er.

Zuerst löst das nichts in mir aus. Bis es mir langsam dämmert.

Er ist der Rechtswischer.

Er ist mein Tinder-Date!

Aber er sieht ganz anders aus als auf den Fotos!

»Sie ...? Sie sind ...? Sie haben mich ...«, stammele ich, er nickt, hebt die Hände.

»Hör mal, Cleo, es tut mir ehrlich leid. Ich kann das erklären«, sagt er, aber ich springe schon vom Barhocker, greife nach meiner Clutch.

»Du unverschämter Mistkerl!«, fauche ich. »Kein Wunder, dass du all diese Dinge über mich wusstest! Das habe ich dir in unseren Chats erzählt!« Ich will davonstürzen, aber Demon hält mich am Arm.

»Warte kurz. Bitte«, sagt er. Mir bleibt ja gar nichts anderes übrig, wenn er mich festhält.

»Was?«, schnauze ich ihn an, als ich mich umdrehe.

»Das war unfair. Ich gebe es zu. Aber ich wollte eben wissen, ob du wirklich so aussiehst wie auf den Bildern«, sagt er und macht es mit diesem Satz eher schlechter als besser.

Jetzt klappt mir doch die Kinnlade herunter. »Sag mal, spinnst du? Wir sind doch hier nicht auf dem Viehmarkt, wo man eine Frau betrachten kann, bevor man sich mit ihr ... mit ihr ... was auch immer! Außerdem, warum sollte ich lügen? Das ist ja eher dein Spezialgebiet!« Ich bin so wütend, dass ich laut werde. Mit einem Ruck reiße ich mich von ihm los. Wie eine Vollidiotin hat er mich neben sich sitzen lassen, mich in aller Ruhe von oben bis unten begafft, bis er beschlossen hat, dass ich seiner würdig bin? Und dann lässt er mich auch noch auflaufen, bezirzt mich mit seiner angeblichen Menschenkenntnis und ich falle voll drauf rein? Ich habe ja auf meinen Dates schon einiges erlebt, aber das schießt den Vogel ab.

»Lügen würde ich das jetzt nicht unbedingt nennen«, sagt Demon und winkt ab. »Immerhin habe ich dir damit den besten Cocktail deines Lebens beschert. Und bitte, was ist falsch daran, vorsichtig zu sein? Ich meine, im Netz zu betrügen ist ja mittlerweile gang und gäbe«, sagt er.

Was will er mir sagen? Dass ich hätte aussehen können wie der Glöckner von Notre Dame?

»Offensichtlich! Sonst hättest du ja keine Bilder von Stockphoto hineingesetzt! Weil du es bitter nötig hast«, lüge ich jetzt dreist und es ist mir scheißegal. Für wen hält sich der Typ? Für den Sexiest Man Alive?

Demon lacht. Er lacht allen Ernstes. Geht es arroganter?

Ja, es geht, muss ich bei seinen nächsten Sätzen feststellen.

»Mein Gott«, schnaubt er und verdreht die hübschen Augen. »Mach doch nicht so eine Geschichte daraus. Es ist doch alles glatt gelaufen. Du stehst auf mich, ich auf dich, ist ja kein Geheimnis. Wir amüsieren uns ein bisschen, landen im Bett und in vier Wochen begleitest du mich zu einer Hochzeit. Danach gehen wir getrennte Wege, hatten unseren Spaß und gut ist es«, sagt er und nippt von seinem Whiskey.

In meinem Hirn legt sich ein Schalter um. Wie ich die Schnauze voll habe von solchen Männern. Wie es mich nervt, gleich zu Beginn abzuklären, dass es nur etwas Lockeres, Unverbindliches ist. Spaß, mehr nicht. *Hey, warum so prüde, Püppchen? Wir müssen ja nicht gleich heiraten.* Die Standardsätze bindungsunfähiger Geistesgestörter.

»Wir müssen ja nicht gleich heiraten«, spricht es Demon laut aus und hier ist Schluss.

Ich greife nach meinem Moscow Mule, halte ihn über seine Hose und kippe den Inhalt über seinen zweifelsohne sehr teuren Anzug. Mitten über seinen Schritt. Demon schnappt nach Luft, als ihn das eiskalte Getränk erwischt, als ich es bis auf den letzten Tropfen über ihn schütte. Die beiden Gurkenscheiben landen zum Abschluss als nette Garnitur der Sauerei auf dem Stoff.

Ich grinse. »Ganz sicher nicht. Heiraten.«

Demon presst die Lippen aufeinander und seine Kiefermuskeln treten hervor. Mit einer wütenden Handbewegung wischt er sich die gröbste Pfütze von der Hose, fixiert mich dabei.

»Ich hatte gedacht, du weißt es zu schätzen, wenn dich ein richtiger Mann einlädt. Ich habe mich wohl getäuscht. Du bist genauso eine Zicke wie alle anderen«, sagt er, ich krame in meiner Clutch.

»Von jemandem wie dir lasse ich mich ganz sicher nicht einladen, sorry.« Mit diesen Worten knalle ich der Bedienung, die Demon ihrerseits Servietten reicht, vierzig Dollar hin.

Ich drehe mich um und gehe.

Herrgott, das war eines der schlechtesten Dates, die ich je hatte. Was ist nur los in dieser Stadt?

CLEO

Heute

»Aber wenn wir an diesem Tisch die Singles mit den Kindern zusammensetzen, ist das wie ein Stigma«, sage ich nachdenklich und tippe auf den Plan auf meinem iPad. Demon nickt, während sein Blick ständig wieder über meine Schulter huscht.

»Dann wäre auch Barack Obama zufrieden, der ja mit Melania Trump, seiner neuen Freundin, zugesagt hat«, sage ich, und Demons Augen hängen an etwas hinter mir. Sein Kopf nickt immer noch, er brummt zustimmend.

Und mir reicht es. Mit diesem Mann kann ich nicht arbeiten. Beziehungsweise tue ich das ja auch nicht, sondern ich gebe mein Bestes, mit ihm gemeinsam die Hochzeit meiner besten Freundin und seines besten Freundes zu organisieren. Und ich hasse es. Ich hasse es, dass June und Ryder tatsächlich so selbstgefällig sind, sich einzubilden, ihre Liebe könnte alle Grenzen überwinden. Selbst die zwischen mir und diesem arroganten, selbstverliebten Macho!

Ich drehe mich in die Richtung, in die Demon blickt, weil er immer noch nicht reagiert. Das rothaarige Objekt seiner Begierde ist, wenn er Glück hat, volljährig, in jedem Fall vollbusig und so scharf auf ihn, dass ihr der Sabber aus den Mundwinkeln läuft.

Wenn ich es nüchtern betrachte, ist es die normale Reaktion auf ihn. Heute ist Sonntag, und Demon trägt keinen Anzug, was seiner Ausstrahlung aber keinen Abbruch tut. Das lässige, aber teure graue Longsleeve und die Stone-washed-Jeans betonten seinen muskulösen Körper, seine schlanken Hände liegen entspannt auf dem Holztisch, seine Haare laden geradezu dazu ein, sie mit den Fingern zu verwuscheln.

Rigoros klappe ich die Mappe zu, packe mein iPad und mein Handy in meine Handtasche, trinke den letzten Schluck meines Kaffees und stehe auf. Erst da erlange ich Demons Aufmerksamkeit zurück.

»Sind wir schon fertig?«, fragt er.

»Ich mit dir schon lange. Du mit ihr wohl noch nicht. Ich bespreche die Tischordnung mit June. Dir ein schönes Wochenende«, sage ich, und bevor Demon etwas erwidern kann, gehe ich. Am Tisch der Rothaarigen stoppe ich kurz, beuge mich vertrauensvoll zu ihr.

»Im Bett nennt er dich Mami. Er steht drauf, wenn du ihm vorher die Flasche gibst. Ich würde mir das gut überlegen. Er hat da so einen Komplex ...«, raune ich ihr zu und drehe meinen Zeigefinger an meiner Schläfe. Dann klopfe ich auf die Tischplatte, richte mich wieder auf. »Nichts für ungut, ich wollte es nur erwähnt haben«, schiebe ich hinterher, die Rothaarige glotzt erst auf mich, dann auf Demon. Ihre Begeisterung hat merklich abgenommen.

Mit einem Lächeln auf den Lippen verschwinde ich.

Als ich nach Hause komme, ist Ryder schon wieder in Junes und meiner Wohnung. Das ist er die letzten Monate ständig, doch auch wenn ich ihn mag, wollte ich eigentlich keine WG zu dritt.

June und er suchen seit Wochen verzweifelt nach einer Lösung, was sich als schwieriger gestaltet als gedacht. June und ich haben diese Wohnung, die direkt über unserer Wedding-Agentur in Soho liegt, gemeinsam gekauft, Ryder und Demon haben ihre Wohnung im Meat Packing District gemeinsam gekauft. Jetzt sind June und Ryder verlobt, wollen heiraten und selbstverständlich zusammenziehen und wir vier stehen somit vor einer ziemlich blöden Pattsituation.

Noch dazu ist der Wohnungsmarkt in Manhattan nicht gerade der einfachste. Ich weiß nicht, wie oft June jetzt schon von einem Termin mit der Maklerin nach Hause kam und nur den Kopf geschüttelt hat, weil die Besichtigung mal wieder ein Totalausfall war.

»Hey, du bist schon wieder zurück. Das ging aber schnell«, sagt Ryder, öffnet den Kühlschrank und inspiziert den Inhalt. Er entscheidet sich für einen Joghurt, den eigentlich ich mir gekauft habe, und mit leisen Unmut sehe ich zu, wie er den Deckel abzieht und ihn genüsslich löffelt.

Er könnte wenigstens fragen.

»Oh, Cleo! Hi. Schon wieder da?«, ertönt Junes Stimme von hinten. Sie rubbelt sich mit einem Handtuch die Haare trocken, tapst zu Ryder, stellt sich auf die nackten Fußspitzen und küsst ihn. Er lässt den Joghurt Joghurt sein und vor meiner Nase beginnt die allmorgendliche Knutscherei.

Es ist ja nicht so, als würde ich es ihnen nicht gönnen. Mein Gott, es hat sage und schreibe zehn Jahre gedauert, bis sie an diesen Punkt kamen, und das ist ganz ehrlich eine kleine Ewigkeit! Aber so langsam geht es mir ziemlich auf den Zeiger. Ich räuspere mich vernehmlich, die beiden lösen sich grinsend voneinander.

»Hast du gut geschlafen, Junybunny?«, fragt Ryder und reibt seine Nase an der von June.

»In deinen Armen auf jeden Fall«, sagt June und reibt ihre Nase an seiner. Sie sind ein wirklich hübsches Paar, die zwei. June mit ihren kurzen, hellblonden Haaren, ihrem zarten Äußeren, und Ryder, der sie um zwei Köpfe überragt und sie praktisch unter seinen Achseln verstecken könnte. Es ist süß. Und es ist nervig.

»Ich kann das nicht mehr. Dieser Typ ist so ein Arschloch! Er boykottiert, nein sabotiert eure Hochzeit, weil er einer Rothaarigen die Klamotten vom Leib reißen will! Das ist absolut inakzeptabel!«, sage ich laut und mein Ton unterbricht das Geschmuse zwischen June und Ryder. June kommt zu mir an den Küchenblock, legt den Arm um mich.

»So schlimm?«, fragt sie mitfühlend, aber ich bin wütend. Wütend auf sie und wütend auf Ryder. Von Anfang an habe ich ihnen gesagt, dass Demon und ich das nicht tun können. Gemeinsam Trauzeugen sein. Ich habe mir bei June den Mund fusselig geredet, sie gebeten, doch einfach eine unserer anderen besten Freundinnen, Lav oder Willow, zu fragen. Aber sie besteht auf mich, und Ryder besteht auf Demon. Ich kann überhaupt nicht verstehen, wie jemand wie Demon Ryders bester Freund sein kann. Ryder ist ... sanft und gutmütig und ruhig und besonnen. Demon ist ... er ist ... ein Arsch! Er ist der Grund, warum Frauen ein ganz bestimmtes Klischee von Männern im Kopf haben.

Er erfüllt sie nämlich alle. Und noch einige mehr dazu.

»Ja. Nein. Es geht schon«, sage ich missmutig, weil ich June nicht den schönsten Tag ihres Lebens mit meinen Befindlichkeiten vermiesen will. Außerdem bin ich die PR-Managerin unserer Wedding-Agentur! Es ist mein verdammter Job, solche Dinge souverän zu organisieren! Nur eben nicht mit Demon Hell, diesem –

»Steht die Tischordnung denn? Oder brauchst du meine Hilfe?«, fragt June und schneidet sich einen Apfel.

»Wir kriegen das schon hin. Kümmere du dich um dein Kleid«, sage ich und lächele.

Dann kommunizieren wir eben per Mail, denke ich und angele nach meinem Handy.

Könntest du mir bitte eine Auflistung von Ryders Gästen machen, die auf keinen Fall an einem Tisch zusammensitzen können? Wenn du mit der Rothaarigen fertig bist? tippe ich und drücke auf *Senden*.

Keine Minute später kommt zu meiner Überraschung eine Antwort.

Stell dir vor, ich kann beides gleichzeitig. Die eine Hand habe ich an ihrem Hintern, die andere auf der Tastatur.

Ich schnaube. Dieser eingebildete Fatzke!

Ist nur die Frage, wie gut?

Soll ich ihr Stöhnen aufnehmen?

Verschone mich! Schick mir einfach deine Vorschläge.

Demon und Cleo: nicht an einen Tisch. Auf keinen Fall an einen Tisch!

Oh, dieser Mistkerl! Dieser blöde, blöde Mistkerl!

Meine Finger tippen auf mein Handy, als würde ich es massakrieren wollen.

Oh ja, da hast du recht! Es reicht mir schon, dass wir in derselben Stadt wandeln. Nein, warte, auf demselben Planeten! Willst du nicht vielleicht umziehen? In die Hölle oder so?

Da! Jetzt habe ich es ihm gegeben!

Süße, da komme ich her. Und jetzt wäre ich dir sehr verbunden, wenn du die Klappe halten würdest. Die Rothaarige ist nämlich ebenfalls kurz davor, zu kommen.

»Argh!«, rufe ich aus und werfe das Handy auf den Tresen.

June blickt von ihrem Obstgeschnippel hoch, Ryder stoppt auf dem Weg ins Bad.

»Alles in Ordnung?«, fragt er.

Nein?! Nichts ist in Ordnung? Bring mal deinen Freund zur Besinnung?

Kontrolliert hole ich Luft. »Ja. Dieses Software-Update macht mich noch wahnsinnig«, sage ich und Ryder verdreht die Augen.

»Ja, kenne ich. Meines hat zwei ganze Tage gehangen. Hey, Ladies, wie sieht's aus? Wollen wir heute Abend einen Film ansehen? Wir könnten uns ein Thai-Curry kochen?«, schlägt er dann vor und June grinst breit. »Oh ja, Schatz! Das wäre super!«, sagt sie begeistert, meine Begeisterung hält sich in Grenzen. Das heißt, Ryder wird wieder hier übernachten. Das heißt, ich werde mich wieder wie das fünfte Rad am Wagen fühlen und mich irgendwann, selbst wenn der Film noch nicht zu Ende ist, in mein Zimmer verkrümeln, weil ich ihre Kuschelei nicht mehr ertrage. Ich werde ein schlechtes Gewissen haben, weil ich mich nicht einfach für sie freuen kann, und ich werde gleichzeitig sauer sein, weil ich keinen Freiraum mehr in meiner eigenen Bude habe. Ich meine, so gut ich Ryder kenne, so wenig Lust habe ich, mich in meinem Schlafanzug und meinen dicken Wollsocken vor ihn zu fläzen.

»Wollt ihr nicht mal wieder zu Ryder nach Hause?«, frage ich beiläufig und June verzieht das Gesicht.

»Sorry, aber die Frauen, die Demon mitbringt, sind nicht gerade leise, wenn du verstehst? Ich mache da kein Auge zu, auch wenn Ryders Zimmer am anderen Ende der Wohnung liegt. Das sind solche Tussen!« Sie steckt sich einen Apfelschnitz in den Mund und deutet mit einem zweiten Stück auf mich. »Kennst du diese Weiber, die nur am Kichern sind? Egal, was Demon sagt oder tut, sie kichern! So richtig schrill und hoch.« Sie imitiert das Geräusch, ich zucke zusammen. »Ja! Siehst du! Du erschrickst auch! Ich frage mich jedes Mal wieder, wie er das aushält? Und was er mit diesen Weibsbildern will? Sie passen wirklich durch die Bank nicht zu ihm«, sagt June und schüttelt den Kopf.

»Hey, die eine, die mit diesem Hund, die war der Abschuss!«, sagt Ryder von der Badezimmertür aus und beide brechen in ein Lachen aus.

»Ja! Bitte, was war das? Eine bellende Ratte?«, gluckst June.

»Demon hat vielleicht geglotzt, als sie mit dem Tier in ihrer Handtasche vor der Tür stand. Der Anblick war zum Schießen!«, grinst Ryder.

Meine Frage bezüglich der Übernachtung ist irgendwie untergegangen.

Ich seufze leise. Dann eben nicht.

Ich stehe auf, nehme meine Tasche und gehe zur Tür.

»Hey, willst du mit shoppen gehen? Für das Curry?«, fragt June mich, aber ich winke ab.

»Lass mal. Ich muss noch ein paar Dinge im Büro aufarbeiten. Wir sehen uns später«, sage ich und verdrücke mich nach unten in die Agentur.

Hinter mir höre ich Ryder, wie er June fragt, ob sie noch einmal duschen will, und schließe mit Nachdruck die Tür.

Auf diese Geräusche kann ich nämlich gut und gerne verzichten.

Ich bin so in den Vertrag mit einem Fachmagazin vertieft, dass ich das Klicken von Willows Kamera erst höre, als sie direkt vor mir am Tisch steht. Erschrocken blicke ich auf und Willow grinst. Die Kamera dieser Frau scheint an ihrem Auge festgewachsen zu sein. So gut wie nie sieht man Willow ohne ihr wichtigstes Accessoire, aber dafür ist sie auch einfach die Beste in ihrem Job. Gerade erst hat sie eine Auszeichnung von einem renommierten Kunstverein erhalten, der ihre Fotostrecke „Pre-Marrriage" in einer Galerie ausgestellt hat. Wir sind alle superstolz auf sie und haben diesen Preis gefeiert bis in die Morgenstunden.

»Was machst du hier? Es ist Sonntag und wir haben ausnahmsweise keine Hochzeit«, frage ich, Willow hebt die Brauen.

»Was machst du hier? Es ist Sonntag und wir haben ausnahmsweise keine Hochzeit«, fragt Willow zurück.

»Ach, ich … habe zu tun«, sage ich und deute auf die Papiere vor mir.

Willow nickt. »Gehen dir die Zuckerschnecken da oben langsam auf den Geist?«, trifft sie den Punkt.

Ich verdrehe die Augen. »Versteh mich nicht falsch, sie sind wirklich süß. Aber wir sind dauernd zu dritt. Ryder ist ständig hier, nur weil Demon seinen Schwanz nicht in seiner Hose lassen kann.«

Willow lacht kurz, dann wird sie ernst. »Du kannst ihn so gar nicht leiden, oder?«

Ich suche nach Worten, will nicht jammern. »Es geht schon. Er ist … er interessiert sich nicht für die Vorbereitungen, weißt du? Ich meine, wann hat der männliche Trauzeuge das auch jemals getan? Bei der Tischordnung sagt er: Es wäre doch lustig, wenn sich ein paar Gäste die Köpfe einschlagen. Ein unvergessliches Erlebnis für jede Hochzeit. Bei den Brautpaarspielen, die ich vorschlage, sagt er: Wir sind doch nicht auf einem Kindergeburtstag. Lass die Leute trinken, das genügt schon. Bei der Auswahl der Band sagt er: Hey, wie wäre es mit Karaoke? Das kommt immer gut an. Kurz gesagt: Er macht mich wahnsinnig. Also mache ich es lieber alleine«, sage ich und schiebe meinen Missmut über Demons miesen Charakter auf sein mangelndes Organisationstalent.

»Mmh. Aber sonst kommt ihr gut miteinander aus?«, hakt sie nach.

»Ja. Ja, sicher«, sage ich lahm, Willow nimmt auf der Tischkante Platz, schlägt die langen Beine in der schwarzen, engen Jeans übereinander.

»Du kannst mir ruhig die Wahrheit sagen, ich schweige wie ein Grab, das weißt du doch«, sagt sie und grinst.

Ich halte die Luft an, puste sie dann aus. »Ich kann ihn nicht ausstehen, Willow. Er ist genau wie mein Dad! Ein Lebemann, ein Gigolo, ein totaler Macho. Er sieht jeder Frau hinterher, die uns über den Weg läuft, als wäre er den ganzen Tag auf einem Viehmarkt. Wegen ihm sehe ich nur noch Brüste, knackige Hintern, wiegende Hüften! Es ist schrecklich! Er ist arrogant und überheblich, oberflächlich und respektlos! Wie kann auch nur eine einzige Frau auf ihn hereinfallen? Kein Wunder, dass seine Verlobung geplatzt ist! Dieser Blödmann hat es nicht anders verdient!«, lasse ich mich aus und bin selbst überrascht über die Vehemenz, mit der ich diese Worte über Demon hervorstoße. »Und June ist es völlig egal! Sie lässt zu, dass dieser Typ Trauzeuge für sie und Ryder wird? Er schenkt Ryder am Junggesellenabschied mit Sicherheit eine Stripperin, die aus einer Torte springt! Nein, warte! Er schenkt ihm zwei Stripperinnen, die aus einer Torte springen!«, rufe ich laut und Willow rutscht lachend ein Stück zurück.

»Wow. Das klingt deutlich«, sagt sie.

Ich schlage die Hände vors Gesicht und luge zwischen den Fingern hervor. »So schlimm?«

Willow nickt. »Kriegst du es hin, dich zu beherrschen bis nach der Hochzeit?«, fragt sie dann mitfühlend.

Ich nehme die Hände weg, zucke die Schultern. »Ja. June ist meine beste Freundin. Und sie ist glücklich. Also werde ich seine bescheuerte Art einfach hinnehmen und die Zähne zusammenbeißen. Ich muss ihn ja schließlich nicht heiraten, nur eine Weile ertragen«, sage ich und meine es auch so.

Es gibt sicher sehr viel schrecklichere Probleme als das hier.

Glaube ich.

DEMON

Lieber Himmel! Diese Frau kostet mich den letzten Nerv! Ich tippe auf meinem Handy eine Antwort, die sie in jedem Fall zum Schweigen bringen wird, und lege es dann weg.

Scheiße, wie kann man so dauergestresst sein wie Cleo?

Wie geht das?

Sie läuft durch die Gegend wie eine straff gespannte Gitarrensaite. Alles muss besprochen, genaustens durchgeplant und aufgeschrieben werden. Die Tischordnung, die Reihenfolge der Songs, die die Band spielen soll, die mehr als albernen Braut-und-Bräutigam-Spiele, die meistens nur für peinliche Lacher bei der Gästeschar gut sind.

Nichts kann mal spontan sein.

Ich meine, jeder weiß doch, dass die Tischordnung spätestens nach dem Aperitif über den

Haufen geworfen wird. Weil die Leute meistens keine Lust haben, neben demjenigen zu sitzen, neben den sie Menschen wie Cleo platziert haben. Es ist mir sowieso schleierhaft, wie Ryder und June diese dämliche Idee haben konnten, Cleo und mich als Trauzeugen zusammenzustecken. Das ist ja wie in einem dieser schlechten Hollywoodfilme mit Ashton Kutcher und irgendeiner blonden Hohlbirne als weibliche Hauptdarstellerin. Ich habe es ihm gesagt. Ich habe gesagt: »Ryder, Cleo und ich, das ist wie Feuer und Eis. Das wird nicht funktionieren.« Er hat mich nur ganz komisch angesehen und mir auf die Schulter geklopft. »Du machst das schon«, hat er gesagt, und dann ist er wieder zu June verschwunden, bei der er permanent herumhängt. Ich meine, ich kann ihn ja verstehen, die beiden sind schließlich zehn Jahre umeinander geeiert, aber es ist schon leer in unserer Bude. Und das wird es auch bleiben, denn natürlich werden die zwei sich etwas Eigenes suchen. Besser gesagt, sie tun es schon. Dann muss sowieso eine Lösung her. Vielleicht kaufe ich Ryder seinen Anteil an der Wohnung einfach ab. Geld spielt bei mir keine Rolle, ich habe meine erste Million schließlich schon mit Anfang zwanzig an der Börse gemacht.

Irgendwie muss man mir das an der Nase ablesen können, denn die Rothaarige, der Cleo noch irgendetwas zugeflüstert hat, bevor sie Hals über Kopf das Weite gesucht hat, flirtet so offensichtlich mit mir, dass es schon schamlos ist. Und sie sieht ganz klar aus wie die Kategorie Frau, deren einziges Lebensziel darin besteht, sich einen reichen Mann zu angeln.

Kurz überlege ich, was ich mit ihr anstelle. Wenn ich sie auf einen Kaffee einlade, verbringe ich die Nacht nicht allein.

Allerdings bin ich heute schon verplant.

Und diese Planung werfe ich nur in ganz besonderen Fällen über Bord.

Ist sie so ein Fall?

Ihr Blick ruht auf mir, unter ihren dichten Wimpern glitzern ihre Pupillen gierig, und nein, ich beschließe, sie ist nicht so ein Fall.

Sicher bin ich kein Kind von Traurigkeit. Und sicher ist mein Verschleiß an Bettgeschichten in die Höhe geschnellt, seit June und Ryder ein Paar sind. Ich meine, warum nicht? Wenn dein bester Freund sich endgültig aus dem Singleleben verabschiedet und du konsequent leugnest, dass dich das irgendwie beschäftigt, musst du dich eben ablenken. Mit dem, was du bevorzugst. Keine Bindung, keine Verpflichtung, keine Verantwortung. Denn das kann dazu führen, dass –

»Entschuldigen Sie, aber ich muss Sie das einfach fragen«, unterbricht die Rothaarige meine Gedanken, als sie an meinen Tisch kommt. Wenn sie jetzt etwas Originelles sagt, lade ich sie für heute Abend auf ein Date ein. »Hat Ihnen schon mal jemand gesagt, dass Sie Liam Hemsworth zum Verwechseln ähneln«, kichert sie.

Verdammt!

Das ist nicht originell, das ist dumm.

Egal. Sie hat schöne Brüste unter dem engen Strickpulli. Und einen schönen Hintern in dem Jeansmini.

»Nein. Das habe ich noch nie gehört. Darf ich Sie auch was fragen?«, gebe ich scheinbar geschmeichelt zurück, sie nickt begeistert. »Wollen Sie mit mir ausgehen?«

Ihre braunen Augen leuchten auf, weil sie nicht glauben kann, dass sie ihr Ziel so einfach erreicht, trotzdem tut sie so, als wäre sie überrascht. Sie legt die kleine Hand auf ihren immensen Vorderbau, öffnet die rosigen Lippen.

»Oh! Sie kommen wohl gleich zur Sache?«, fragt sie und tut so, als würde sie sich zieren.

Ich stehe auf, nehme meine Jacke, stecke mein Handy ein und stelle mich dicht vor sie. »Sie und ich verbringen die letzten beiden Stunden damit, uns gegenseitig zu taxieren. Meine Bekannte hat Ihnen mit Sicherheit mein angeblich schlimmstes Geheimnis verraten, und ich kann Ihnen sagen, es ist gelogen. Ich bin gut im Bett, kultiviert und ein angenehmer Gesprächspartner. Ich habe Geschmack und nur wenige Dinge sind mir für schöne Frauen zu teuer. Also falls sie Interesse haben, hier ist meine Karte. Rufen Sie mich an. Leider habe ich jetzt noch einen wichtigen Termin.« Ich fasse nach ihrer Hand, stecke ihr meine Karte zu und deute einen Kuss auf ihren Handrücken an. Sie ist kurz davor, in Ohnmacht zu fallen, als ich sie loslasse und gehe.

Und auch wenn ich einen Sieg errungen habe, fühlt es sich irgendwie leer an.

Als ich am Spätnachmittag nach Hause komme, ist Ryder ausnahmsweise da. Und eigentlich auch schon wieder weg. Er will gerade mit einer Tasche in der Hand zur Tür hinaus, als ich aufschließe.

»Hey!«, sage ich.

»Oh, hi«, sagt Ryder und dreht postwendend wieder um. Ich folge ihm, schließe die Tür.

»Du musst meinetwegen nicht bleiben. Verschwinde zu der Liebe deines Lebens, ich komme klar. Mein Sonntagsbesuch war okay heute«, sage ich lachend und werfe meine Jacke über den Barhocker am Küchentresen. Doch Ryder stellt seine Tasche ab, öffnet den Kühlschrank und holt zwei Bier heraus. Er reicht mir eines, setzt sich und kommt gleich zur Sache.

»Klappt das mit dir und Cleo?«, fragt er und trinkt einen Schluck.

»Oh Gott. Was tut sie? Heult sie bei euch rum?«, frage ich zurück.

Ryder schüttelt den Kopf. »Nein. Ein bisschen

vielleicht.« Er grinst schief, um den Vorwurf wenigstens schick zu verpacken.

Es zieht nicht bei mir. »Hör mal, Ryder, die Frau ist echt grauenvoll. Ich meine, was habt ihr euch dabei gedacht? Du kennst mich doch gut genug, um zu wissen, dass sie und ich ...«, ich wackele mit dem Kopf und hoffe, dass ich es nicht aussprechen muss.

»Dass du total auf sie stehst?«, interpretiert Ryder mein Gewackel.

Ich verschlucke mich beinahe an meinem Bier. Hustend lasse ich die Flasche sinken, verziehe das Gesicht.

»Bist du irre? Niemals!«, sage ich und breche in ein für meine Verhältnisse hysterisches Lachen aus. Dann kombiniere ich und mein Lachen verstummt abrupt. »Moment mal! Du ... ihr ... du und June, ihr habt das mit Absicht gemacht?«, stoße ich hervor und schlage mir die Hand an die Stirn. Dann sehe ich meinen besten Freund an, der breit grinst. Ich richte die Flasche auf ihn, kneife ein Auge zu. »Das habt ihr euch ja schön ausgedacht. Die Kitschgeschichte schlechthin. Trauzeugen verlieben sich bei den Hochzeitsvorbereitungen.« Ich lache. »Ryder! Mann! Ich meine, echt süß, dass dich der Pfeil des Amor so getroffen hat, aber du musst deinen rosaroten Zuckerguss nicht überall verteilen. Und schon gar nicht bei mir.«

Ryder sieht das wohl anders, weil er mir widerspricht. »Du täuschst dich, Demon. Gerade bei dir. Ich weiß doch, was dir mit Tara –«

Ich hebe die Hand, würge ihn an dieser Stelle ab, weil das eindeutig zu weit geht.

»Ryder, alles, was recht ist, aber es geht um deine Hochzeit und nicht um mich. Und ich will nicht verkuppelt werden. Mir geht es gut. Mir geht es blendend, okay? Ich fühle mich wohl, so wie es ist. Und Cleo und ich werden die Aufgaben der Trauzeugen tausendprozentig erfüllen. Ohne dass wir euer Liebesglück auf uns kopieren müssen. Außerdem, frag sie mal. Ich vermute, sie übergibt sich ohne Vorwarnung auf deine Schuhe.«

Damit ist das Thema der Verkupplung für mich beendet. Für Ryder nicht. Er lässt nicht locker, aber so ist er eben. Deswegen ist er mit seinen Fällen als Menschenrechtsanwalt so ein Ass. Er verbeißt sich wie ein Terrier und gibt nicht auf. Gut, vor Gericht hat er damit Menschen das Leben gerettet. Meines würde er damit –

»Cleo ist eine super Frau! Sie passt perfekt zu dir. Sie ist klug, sie ist attraktiv, sie steht auf Pizza und Bier und man kann sich zu hundert Prozent auf sie verlassen. Sie würde alles für ihre Freunde tun und erst recht für ihren Partner. Also ihren Lebenspartner. Also, du weißt schon, was ich meine. Und ich weiß, dass sie sich einsam fühlt. Besonders jetzt, wo –«

»Wow, wow, okay, Freundchen!«, fahre ich Ryder dazwischen. »Darum geht es hier? Du hast ein schlechtes Gewissen, weil du ihr June praktisch wegnimmst?« Ich stelle das Bier mit Nachdruck auf dem Küchenblock ab, beuge mich zu Ryder, der wenigstens den Anstand hat, beschämt dreinzublicken.

»Nicht so ganz«, nuschelt er.

»Raus mit der Sprache. Was ist der Grund dafür, dass du mir Cleo anpreist, als wolltest du sie an den Meistbietenden verkaufen?«, sage ich und Ryder holt tief Luft.

»Weißt du, es ist so: June und ich haben da eine Wohnung in Aussicht. Allerdings wird sie gerade noch renoviert. Sie ist echt perfekt, Demon! Absolut perfekt. Der Preis, die Lage, die Größe, einfach alles. Der einzige Haken ist«, er macht eine kurze Pause, sieht auf den hölzernen Küchentresen und kratzt mit dem Daumennagel in einem Astloch. »Sie ist erst Ende des Jahres beziehbar.«

»Und? Das klingt doch super«, sage ich, Ryder zuckt die Schultern.

»Ja, ja unbedingt. Aber hey, wir heiraten in drei Monaten. Im Juli. Und dann sind wir ein Ehepaar. Ein Ehepaar, das nicht zusammenwohnen kann? Ich meine, wie bescheuert ist das?«, fragt er mich, derweil ich jetzt die Schultern zucke.

»Sind doch nur sechs Monate«, sage ich.

»Hättest du sechs Monate von Tara getrennt leben wollen? Und mal ehrlich, das ist doch kein Zustand, für niemanden von uns. Cleo ist genervt, weil ich ständig bei ihr und June rumhänge, du bist genervt, wenn June ständig hier rumhängt. Ich meine, dabei haben wir ja theoretisch zwei Wohnungen, die uns gehören. Oder zumindest jeweils die Hälfte davon. Und da dachten wir ... also ... wir dachten, bis wir einziehen können, könnten wir doch ...?« Er lässt den Satz offen und blickt mich mit seinen braunen Augen an, als wäre er ein verwaistes Hundebaby.

»Spinnst. Du?«, frage ich langsam und deutlich.

»Es wäre ja nur übergangsweise. Sozusagen. Und ihr beide dürftet auch wählen, wo ihr die WG lieber haben wollt? Hier oder in Soho. Das Loft von June und Cleo ist der Hammer, Demon!«

Ich schüttele den Kopf. Ich schüttele und schüttele, bis mir beinahe schwindelig ist. »Ryder, bist du von allen guten Geistern verlassen? Hörst du dir selbst mal zu? Ich bekomme 'ne geile Bude und die Frau dazu obendrauf? Vergiss es.«

»Bitte, Demon! Ich übernehme auch deinen Anteil an der Hypothek«, sagt Ryder.

»Nein.«

»Komm schon. Sechs läppische Monate! Nicht mal, weil June und ich ja noch in den Flitterwochen in Thailand sein werden.«

»Du sagst es. Sechs läppische Monate.«

»Demon. Ich möchte keine Minute mehr von June getrennt sein. Ich habe zehn Jahre verpasst, habe Gelegenheiten verstreichen lassen. So viel

Zeit. Ich will nicht noch mehr verlieren. Bitte. Denk wenigstens darüber nach«, sagt er und die Dringlichkeit in seiner Stimme lässt mich leicht wütend werden.

»Selbst wenn ich zustimmen würde, was ich hiermit nicht tue, aber selbst wenn, würde Cleo niemals zustimmen.«

»Sie hat schon Ja gesagt«, sagt Ryder.

Nichts könnte mich mehr verblüffen. »Du verarschst mich!«

Ryder zieht die Luft durch die Zähne. »Okay. Sie hat zumindest nicht Nein gesagt. Sie hat ... gar nichts gesagt«, gibt er zu, ich stoße mich vom Tresen ab.

»Da hast du es. Wahrscheinlich war sie viel zu geschockt, um einen Ton herauszubringen. Freiwillig würde sie das nie tun. Und ich auch nicht. Wir reden hier davon, dass diese Frau und ich unter einem Dach leben sollen. Wir sollen uns den gleichen Kühlschrank teilen und das gleiche Badezimmer.«

»Wir haben zwei Badezimmer«, stellt Ryder vollkommen richtig fest.

Ich werfe die Arme in die Luft. »Von mir aus! Dann eben nicht das Badezimmer. Aber die Wohnung, Ryder! Die Wohnung! Meine und ihre Privatsphäre. Absolut hirnrissig, diese Idee.«

Ryder starrt mich an, holt tief Luft und packt die schweren Geschütze aus.

»Demon, ich sage es nicht gerne, aber ich bin

damals auch ausgezogen für dich und Tara. Ich habe keine Sekunde gezögert, um euch den Raum zu geben, den ihr als Paar gebraucht habt«, sagt er. »Jetzt kannst du was für mich tun.«

Okay.

Das ist eiskalte, eisenharte Erpressung auf höchster emotionaler Ebene.

Und es ist mein bester Freund.

Der Typ, der mich damals aufgefangen hat, als es mir echt übel ging.

Verdammt.

Und dann höre ich mich sagen: »Ich denke drüber nach, okay?«

Wie das manchmal funktioniert, dass der Mund etwas spricht, das der Kopf gar nicht will.

CLEO

»Du willst also, dass ich ausziehe?«, frage ich June, die sich sichtlich windet. Auf dem Herd köchelt das Curry, erfüllt die Wohnung mit würzigem Duft, während mir leicht übel ist.

June legt ihre Hand auf meine, sieht mich an. »Cleo, du weißt genau, dass es so nicht ist. Aber ich werde heiraten. Und früher oder später ...«

Ich atme tief ein. Sie hat ja recht. Wir sind keine neunzehn mehr. Wir sind erfolgreiche Frauen, Mitte zwanzig, und natürlich ist das die nächste Station in unserem Leben. Ich war nur irgendwie nicht darauf vorbereitet. Ich sage es June, sie nickt.

»Ich weiß«, sagt sie.

»Es ging alles so schnell mit dir und Ryder. Und auch irgendwie nicht. Immerhin kennt ihr euch euer ganzes Leben und habt genug Zeit verschwendet. Ich verstehe euch ja. Aber das ist mein Zuhause, June«, sage ich.

June nickt heftiger. »Ja. Du ... hast recht! Das ist eine dumme Idee. Entschuldige! Ich habe nicht wirklich darüber nachgedacht. Wir warten einfach, Ryder und ich. Bis die Wohnung bezugsfertig ist. Basta«, sagt sie resolut und lächelt mich liebevoll an. Und verrückterweise macht mir ihr Verständnis ein schlechtes Gewissen. June steht auf, dreht sich zum Herd und rührt im Curry. Sie plappert von unserem nächsten Auftrag, einer Frühjahrshochzeit, die in vier Wochen stattfinden wird, und von der Tortenidee, die sie dazu hat, und ich grübele über unser Dilemma.

Wäre es wirklich so eine Vollkatastrophe, wenn ich vorübergehend bei Demon einziehe?

Oh Gott, ja, wäre es!

Schon bei dem Gedanken daran beginnt es in meinem Magen heftig zu ziehen.

Hinter uns geht die Tür auf und Ryder tritt ein. Er stellt eine dick gepackte Tasche auf den Boden und schnuppert.

»Das riecht köstlich! Hast du die Chilis schon rein?«, fragt er June, während er aus seiner Jacke schlüpft und sie in den Garderobenschrank hängt.

Er ist hier schon zu Hause. Er hat einen Schlüssel, kommt und geht, wann er will, bewegt sich hier, als wäre er nie woanders gewesen. Ryder begrüßt mich kurz mit einem flüchtigen Kuss auf die Stirn, als wäre ich seine Schwester, und läuft dann zu June, umarmt sie von hinten und blickt ihr über die Schulter in den Topf.

Eng aneinander geschmiegt kichert June, als Ryder ihr etwas ins Ohr flüstert. Ich sehe den beiden zu und kann mir beim besten Willen nicht vorstellen, mit einem frisch verheirateten Ehepaar unter einem Dach zu wohnen.

Seufzend erhebe ich mich, gebe Bescheid, dass ich mich bis zum Essen in mein Zimmer zurückziehe, was die zwei nicht kommentieren. Wahrscheinlich hören sie mich nicht einmal.

Die neue Woche verdeutlicht das Dilemma, in dem June, Ryder und zwangsläufig auch ich stecken.

Am Montagmorgen darf ich Junes Verlobten mit noch vom Schlaf geröteten Augen in seiner ganzen von Gott gegebenen Pracht erblicken. Er läuft mir nämlich, nur mit einem Handtuch um die Hüften, auf dem Weg vom Bad zu Junes Zimmer über den Weg. Ich bin noch halb im Schlummerland und stolpere blind gegen ihn, was das Handtuch dazu veranlasst, nach unten zu rutschen.

Ich schreie, Ryder flucht, June stürzt aus ihrem Zimmer. Ryder und ich bücken uns gleichzeitig nach dem Handtuch, stoßen mit den Köpfen aneinander und vor meiner Nase baumelt sein bestes Stück.

»Oh Gott!«, quieke ich.

»Verdammt!«, stößt Ryder hervor und hinter uns kichert June.

Ich finde das überhaupt nicht witzig. Mit der Hand vor den geschlossenen Augen stammele ich eine Entschuldigung und sprinte beinahe ins Badezimmer. Dort knalle ich die Tür so fest zu, dass sie in den Angeln wackelt.

Am Dienstag spielt sich die ganze Szene umgekehrt ab.

Ryder starrt auf meinen nackten Körper, als ich tropfnass aus der Dusche steigen will, weil ich vergessen habe, die Badezimmertür abzuschließen.

Ich erschrecke so sehr, dass ich zurückhüpfe, auf den feuchten Fliesen ausrutsche und auf meinem Hintern lande. Ich stauche mir den Steiß und kann drei Tage kaum aufrecht laufen.

Und jedes Mal, wenn ich Ryder begegne, verfärbt sich mein Gesicht so rot wie der Apfel von Schneewittchen. Zwar versichert mir June grinsend, dass das alles Ryder und sie nicht die Bohne störe und ich mir keine Gedanken machen soll, aber dass es mich stört, auf den Gedanken kommt sie wohl gar nicht.

Hätte ich Lust gehabt, eine Dreier-WG zu gründen, dann hätte ich das getan.

Habe ich aber nicht. Ursprünglich bin ich mit meiner besten Freundin zusammengezogen und nicht mit ihrem Lover dazu.

Am Donnerstag gerate ich mit Ryder aneinander, als June noch unterwegs ist.

Er hat meinen schweineteuren Lieblingspullover aus reinem Kaschmir aus Versehen in seine Wäsche gesteckt. Ich kann ihn nun einer Chihuahua-Dame schenken, die dürfte noch hineinpassen. Ryder entschuldigt sich tausendmal, doch ich bin trotzdem stinksauer. Und bevor ich etwas Falsches sage, verziehe ich mich für den Rest des Abends nach unten ins Büro.

Denn da gibt es ebenfalls genug zu tun.

Unser Auftrag für die Frühlingshochzeit tritt in die heiße Phase, die Braut wird nervös, ruft jeden Tag an und will etliche Dinge neu überdenken. Sie verwirft die getroffenen Entscheidungen bezüglich der Torte und des Nachtischs, für den June eigentlich schon alles geplant hatte, bittet Willow um vier Probefototermine an vier verschiedenen Locations, weint bei Lav, weil ihr Brautstrauß aussehen würde, als wäre er aus dem letzten Jahrhundert, und ich telefoniere mir die Finger wund und den Mund fusselig, weil ihr plötzlich die gebuchten Hotels für die Gäste, die von auswärts kommen, nicht mehr zusagen. Am Donnerstagnachmittag der darauffolgenden Woche geht das ganze Team auf dem Zahnfleisch.

Als June und ich gegen Abend endlich nach oben gehen, um die erste Mahlzeit zu uns zu nehmen, sind wir fix und fertig. Wir fallen beide auf die Couch, legen die Füße hoch und reden eine

Viertelstunde kein Wort miteinander, als Ryder hereinkommt.

Auch er sieht gehetzt aus, als er seinen Mantel auszieht, ihn aufhängt und zu uns blickt.

»Hey, Schatz«, sagt June und hebt schlapp die Hand.

»Wieso bist du noch nicht fertig?«, fragt Ryder, zieht sich die Krawatte lang und knöpft sein Hemd auf. Sein Ton klingt angespannt.

»Fertig? Für was?«, fragt June.

Ryder schnappt nach Luft. »Hast du es etwa vergessen?«

»Vergessen? Was?« June legt neben mir mit geschlossenen Augen den Kopf zurück.

»Scheiße, Mann! Ich fasse es nicht! Das Abendessen mit Senator Phillips? Heute. Wir wollten uns bedanken, dass er mir bei meinem letzten Fall geholfen hat?«, sagt Ryder und June schreckt hoch und flucht leise.

Ryder ist schon auf dem Weg ins Bad. Über die Schulter wirft er ihr zu: »Beeil dich. Dann schaffen wir es noch.«

»Kannst du da nicht alleine hingehen?«, fragt June und Ryder dreht sich um. Verblüfft antwortet er: »Nein. Das wäre ein echter Fauxpas.«

June verrollt die Augen und vor meinen Augen rutscht die Stimmung in unserer Wohnung auf den Gefrierpunkt.

Oh Mann. Der erste voreheliche Streit bahnt sich hier an und ich bin mittendrin.

»Hör mal, Ryder, ich bin nicht Charlene. Ich mag dieses gesellschaftliche Parkett nicht und du weißt das ganz genau«, sagt sie viel zu scharf, wie ich finde. Allerdings kann ich es ihr nicht verübeln, wir haben wirklich eine harte Woche hinter uns.

Ryder schnaubt laut und vernehmlich. »Dieses gesellschaftliche Parkett, wie du es nennst, gehört nun mal zu meinem Job. Ich muss bei gewissen Menschen gut Wetter machen, wenn ich mich für meine Mandanten einsetze. Das nennt man Politik, June«, sagt er, als wäre June ein kleines ungezogenes Kind.

»Ach ja? Und nur weil das dein Job ist, muss ich solchen Menschen auch den Arsch lecken?« Sie erhebt sich vom Sofa.

»Ich glaube, mein Gehalt trägt wesentlich dazu bei, dass wir uns die neue Wohnung leisten können«, erwidert Ryder, und ich wünschte, sie hätten sie schon.

Jetzt schnaubt June laut und vernehmlich, wirft die Arme in die Luft.

»Was soll das heißen? Entschuldige bitte, aber ich leiste meinen Beitrag ebenso?«

Mein Kopf fliegt hin und her wie bei einem Tennismatch, langsam rutsche ich auf der Couch nach vorne und will aufstehen und mich verdrücken, als June zu mir herumwirbelt.

»Sag doch auch mal was! Du weißt doch, wie müde ich heute bin! Würdest du da etwa mitgehen?«, faucht sie mich an, ich sehe erschrocken zu ihr hoch.

»Äh …«, mache ich, als Ryder sich zu Wort meldet.

»Natürlich würde sie! Sie wüsste ganz genau, wie sie ihren Mann am besten unterstützen kann!«, stellt er fest.

Beide blicken mich abwartend an und ich fühle mich in meiner eigenen Wohnung wie ein Scharfrichter. »Ich … ich habe gar keinen Mann«, sage ich lahm.

»Stell dir vor, du hättest einen!«, verlangt Ryder.

»Sie würde ihm genau das Gleiche sagen!«, bestimmt June.

»Würdest du nicht, Cleo, stimmt's?«, fragt mich Ryder direkt.

»Würdest du doch, Cleo, oder?«, fragt mich June.

»Ich wäre ganz froh, wenn ihr mich da raushalten würdet?«, gebe ich kleinlaut von mir.

June wendet sich mit in die Hüfte gestemmten Händen an mich. »Heißt das, du fällst mir in den Rücken?« Ihre Augen funkeln mich an.

»June, bitte. Ich –«

June reckt mir die Hand entgegen. »Schon gut, ich habe verstanden. Du hältst lieber zu ihm als zu mir. Kein Problem!«, sagt sie eisig, und bevor ich mich empören kann, mischt sich Ryder wieder ein.

»Siehst du? Selbst Cleo muss mir zustimmen. Weil ich recht habe!«, sagt er triumphierend, ich stöhne.

»Hast du nicht!«, zischt June.

»Du bist selbstgefällig und egoistisch!«, knallt Ryder June vor die Füße.

»Was? Spinnst du? Du bist hier derjenige, der selbstgefällig und egoistisch ist, nicht ich!«, schreit sie zurück.

Ryder hebt die Hand, deutet mit dem Finger auf June. »Schrei mich nicht an, okay?«, brüllt er.

»Schrei du mich nicht an!«, brüllt June zurück.

Ich erhebe mich. Das ist mir eindeutig zu viel. Viel zu viel.

Ryder wettert weiter. »Das muss ich mir nicht bieten lassen! Ich hatte nur eine Bitte! Eine winzige, kleine Bitte! Begleite mich zu einem angenehmen Abendessen in einem guten Restaurant! Mehr nicht! Kein Grund, so auszurasten! Andere würden sich die Finger danach lecken!« Er zeigt June den Vogel, die daraufhin wirklich ausrastet. Mit einem Wutgebrüll stürmt sie auf Ryder zu, der die Flucht ergreift. Mit großen Schritten stürmt er zu Junes Zimmer, dreht sich an der Tür noch einmal um.

»Ich brauche einen Moment für mich. Ich hoffe, du kannst das akzeptieren«, schnauzt er.

Zu meiner Verblüffung ändert June die Richtung und stürmt ihrerseits zu meinem Zimmer. Dort angekommen hebt sie den Zeigefinger.

»Oh nein! Ich brauche einen Moment Pause von dir! Ich hoffe, du kannst das akzeptieren!«, keift sie zurück, und dann sehe ich verblüfft zu, wie beide Türen synchron ins Schloss fallen.

Ich stehe im Wohnbereich wie eine komplette Vollidiotin.

Mein Zimmer ist belegt.

Und so soll das jetzt noch neun Monate gehen?

Das Summen meines Handys kündigt eine eingegangene Nachricht an.

Mechanisch greife ich danach und lese.

Hast du heute Abend Zeit? Ich habe etwas mit dir zu besprechen. Gruß, Demon

steht da.

Und ich hätte es nicht für möglich gehalten, aber um diesem Kriegsschauplatz zu entkommen, würde ich mich sogar mit dem Teufel treffen. Ich tippe ein Ja und drücke auf Senden.

DEMON

Knapp eine Woche hat mich Ryders Bitte verfolgt. Eine Woche habe ich darüber gegrübelt und bin die Vor- und Nachteile durchgegangen.

Auf der Pro-Seite stand letztendlich nur ein Punkt.

Ryder ist mein bester Freund. Ich liebe ihn.

Das war's.

Auf der Kontra-Seite häuften sich die Argumente, und ich war schon versucht, ihm eine feige Nachricht zu schicken, in der ich meine Absage halbgar erkläre.

Habe ich nicht getan.

Weil ich auf der Pro-Seite noch einen weiteren Punkt vermerken müsste, den ich aber partout nicht aufs Papier bringen will. Denn dann steht er dort und geht nicht mehr weg.

Nämlich, dass es hier in der Bude, seit Ryder kaum noch da ist, sehr still geworden ist. Klar, ich arbeite sehr viel. Und klar, Ryder und ich haben nicht den ganzen Tag aufeinandergehangen. Aber trotzdem gab es ein Gefühl von Gemeinschaft. Jetzt ist es irgendwie leer, wenn ich die Wohnungstür aufschließe, obwohl es das oft auch war, als Ryder noch mein Mitbewohner und nicht ständig zu Hause war.

Doch die momentane Leere hat eine andere Qualität.

Sie ist sehr, sehr leise. Sie hat kein Echo, fast so, als würde sie die Stille verschlucken, die herrscht. Es ist skurril, dass mir das etwas ausmacht. Denn eigentlich komme ich mit mir selbst ziemlich gut zurecht. Ich mag mich. Aber offensichtlich nicht genug, um diese Stille angenehm zu finden.

Also schreibe ich Cleo. Fragen kostet ja nichts. Sollte sie sich, wie vermutet, postwendend auf meine Schuhe übergeben, überlege ich mir eben etwas anderes.

Cleo sieht leicht gestresst aus, als ich vom Tisch aus beobachte, wie sie den kleinen, aber feinen Italiener betritt, den ich vorgeschlagen habe.

Mehrere Köpfe drehen sich zu ihr um, was ich niemandem verdenken kann. Sie hat wirklich verblüffende Ähnlichkeit mit Charlize Theron, der Schauspielerin. Der hellblonde, akkurat geschnittene Bob fliegt um ihr schmales Gesicht, als sie sich suchend umblickt und mich dann entdeckt. Mit großen Schritten durchquert sie das Restaurant, die langen Beine stecken in einer dunklen Jeans und braunen Lederboots mit Absatz, der pastellrosa Pullover mit tiefem Ausschnitt, der zum Vorschein kommt, als sie sich aus ihrer Lederjacke schält, liegt eng an ihrem Oberkörper an.

»Hi«, sagt sie knapp, drapiert die Jacke über der Stuhllehne und nimmt Platz. Sie streicht sich die Haare hinters Ohr, räuspert sich kurz und legt die perfekt manikürten Hände manierlich auf das rot-weiß karierte Tischtuch. »Also? Was gibt's?«, fragt sie mich dann. Es ist verrückt, aber irgendwie hat sie jedes Mal eine andere Augenfarbe, wenn wir uns treffen. Einmal ist es ein blasses Blau, ein anderes Mal ein zartes Grün. Einmal sind goldene Sprenkel darin zu erkennen, ein anderes Mal funkeln sie türkis. Jetzt gerade erinnert mich ihr durchdringender Blick an den tosenden Atlantik, an dunkelblaue Wellen, gekrönt von strahlend weißer –

Ich unterbreche mich selbst.

Was denke ich denn da? Seit wann bin ich zu Monet mutiert? Ich meine, was in aller Welt interessiert mich die Farbe ihrer Augen? Habe ich vor, sie zu malen?

Ich schüttele leicht den Kopf, um mich von diesem klischeehaften Mist zu befreien, und konzentriere mich darauf, zu lächeln. Freundlich. Ich muss freundlich sein. Das ist das A und O, sonst kann ich mein Vorhaben gleich als gescheitert in die Kiste packen.

»Schön, dass du gekommen bist. Ich war so frei und habe uns eine Flasche Rotwein bestellt? Du magst doch Wein?«, sage ich und schenke ihr ein Glas aus der bauchigen Korbflasche ein. Schweigend sieht mir Cleo zu, wie ich mein Glas erhebe und es über dem Schein der Kerze an ihres halte. »Auf einen wundervollen Abend«, sage ich. Nur zögerlich nimmt Cleo ihr Glas auf und klirrt damit leise an meines. Wir trinken, ich setze ab, lächele wieder. »Kurz hatte ich überlegt, einen Tisch draußen zu nehmen, aber es ist Anfang März abends doch noch ziemlich frisch«, sage ich, Cleo runzelt die Stirn. »Aber die Antipasti hier sind ein Traum. Sie haben diese dicken grünen Oliven, die sie direkt aus Apulien importieren. Wenn du die einmal probiert hast, wirst du nie wieder andere Oliven essen wollen.«

Okay. Ich labere mir hier einen Wolf.

Das sieht Cleo wohl genauso, denn sie hebt die Hand, holt tief Luft. »Okay, Demon. Was soll das hier? Ich meine, bist du zum Homeshopping-Kanal gewechselt und willst mir das Wetter und Oliven verkaufen?«, fragt sie, die Brauen nach oben gezogen.

»Ziehst du bei mir ein?«, komme ich ohne Umschweife zum Punkt.

»Ja«, sagt Cleo.

»Weißt du, ich denke, Ryder hat recht. Warum sollten die beiden als Ehepaar getrennt leben? Es handelt sich ja nur um ein paar Monate. Und wir sind ihre besten Freunde. Und ihre Trauzeugen. Wir sollten sie unterstützen. Ich meine, ich verstehe, dass du dich dagegen sträubst, aber ich bin ein äußerst angenehmer Mitbewohner. Ich bin kultiviert, ordentlich, kann kochen, und ich habe schweineteure Kopfhörer, die einen super Klang haben. Du würdest nicht mal –«

»Ich habe Ja gesagt, Demon«, unterbricht mich Cleo, ich stutze.

»Du hast Ja gesagt?« Es ist mir wirklich entgangen.

Sie nickt, fasst nach ihrem Glas und trinkt es in einem Zug aus.

»Einfach so?«, hake ich vorsichtshalber nach.

Cleo stellt ihr Glas mit Nachdruck auf das Tischtuch, schnappt sich ihre winzige Handtasche, die sie neben ihre Serviette gelegt hatte, schiebt ihren Stuhl zurück.

»Ja. Einfach so. Das bedeutet aber nicht, dass ich Lust habe, mit dir hier zu essen. Das bedeutet nur, dass ich June liebe und dass ich es tatsächlich keine Sekunde länger mit den beiden unter einem Dach aushalte. Es muss sich erst noch herausstellen, ob ich es mit dir kann. Aushalten, meine ich. Und ich werde alles in meiner Macht stehende tun, um diese Wohnungsrenovierung voranzutreiben. Wenn es sein muss, schwinge ich selbst den

Hammer. Hauptsache, dieses blöde Dilemma verkürzt sich auf ein absolutes Minimum. Wenn du mich jetzt entschuldigen würdest, ich gehe mich in einer Bar gepflegt betrinken, bis sich die Wogen in *meinem* Zuhause wieder geglättet haben.«

Sie streift sich ihre Jacke über, zieht die Mundwinkel kurz nach oben, und dann ist sie so schnell wieder verschwunden, wie sie aufgetaucht ist.

Ich brauche nur eine Millisekunde, um fünfzig Dollar auf den Tisch zu werfen, mir meine Jacke zu schnappen und ihr hinterherzustürmen.

Ich hole sie an der Ecke des Blocks ein.

»Was willst du? War ich nicht deutlich genug?«, fragt sie, als wir die Straße überqueren und ich neben ihr herlaufe.

»Ich dachte, wir könnten das vielleicht bei einem Gläschen Champagner feiern?«, schlage ich vor, Cleo schnaubt abfällig.

»Du findest das einen Grund zum Feiern? Wenn ich mein Zuhause verliere und mit dir zusammenziehen muss? Das spricht mal wieder für deine unfassbare Arroganz.« Sie stoppt vor einer Bar, vor der kleine Grüppchen von Menschen zusammenstehen, die sich lachend unterhalten und den Rauch einer Zigarette in die New Yorker Nachtluft pusten.

Ich steuere auf den Eingang zu, ziehe die Tür auf und lasse Cleo den Vortritt.

»Sagte ich nicht, ich will mich alleine gepflegt betrinken?«, fragt sie spitz.

»Vielleicht habe ich auch Durst?«, entgegne ich. Cleo verdreht wortlos die Augen nach oben, schiebt sich durch den Eingang und das Gedrängel in der Bar an die Theke. Ich folge ihr auf dem Fuße.

»Ein Millers bitte«, sagt sie zu dem Barkeeper, ich hebe neben ihr erstaunt die Brauen.

»Du magst Bier?«

»Weißt du das nicht schon von meinem Tinder-Profil?«, entgegnet sie mir.

Ich signalisiere dem Barkeeper, dass ich das Gleiche nehme.

»Cleo, jetzt lass uns das doch mal vergessen. Herrgott, das ist Wochen her. Seitdem haben wir uns so oft getroffen und du machst mir das immer noch zum Vorwurf!«, sage ich genervt. Ich meine, wie nachtragend kann man sein?

Cleo wendet sich mir zu, ich grinse unschuldig.

»Ich mache dir das nicht zum Vorwurf, Demon. Du bist, wie du bist. Ein Lügner, ein Frauenheld, ein eingebildeter Macho eben. Das ist nicht schlimm, da ich nichts mit dir zu tun habe. Außer dass du dummerweise der Trauzeuge des Verlobten meiner besten Freundin bist. Und für ein paar Monate mein Mitbewohner. Nicht mehr und nicht weniger. Und wir sollten einige Regeln aufstellen, damit wir so wenig wie möglich miteinander zu tun haben«, sagt sie, trinkt von ihrem

Bier und lächelt mich dann genauso unschuldig an.

»Du bist echt ätzend«, ist meine Antwort, weil mich ihre Beleidigungen ärgerlicherweise treffen. Sonst liegen mir die Frauen zu Füßen. Sie sagen mir, wie unwiderstehlich, wie sexy oder wie charmant ich bin. Cleo hingegen hat keine Ahnung, wer oder was ich wirklich bin. Und es geht sie auch nichts an, wenn sie so verbohrt ist.

»Oh! Habe ich dich jetzt verletzt?«, fragt sie und klimpert mit den langen Wimpern.

Ich lache knapp. »Du mich? Das schaffst du gar nicht. Ich wollte lediglich das Kriegsbeil begraben, um uns die nächsten Monate so angenehm wie möglich zu machen. Aber mit Regeln funktioniert es natürlich auch.« Ich zucke die Schultern, nehme einen Schluck von meinem Bier.

»Regel Nummer eins: Niemand kocht für den anderen. So was tun Freunde, aber keine Geschäftspartner«, ist Cleos Antwort.

»Ach? Wir sind Geschäftspartner?«, gebe ich zurück.

»So sollten wir das angehen, ja. Wir schließen ein Geschäft über ein gemeinsames Dach über dem Kopf ab.«

»Okay, bitte. Niemand betritt ungefragt das Zimmer des anderen«, stelle ich Regel Nummer zwei auf, was Cleo ein müdes Lächeln entlockt.

»Ich denke nicht, dass ich überhaupt auch nur

jemals einen Grund finde, dich in deinem Zimmer aufzusuchen. Diese Regel kannst du streichen.«

Sie kaut eine Erdnuss, spült mit ihrem Bier nach, richtet dann die Flasche auf mich.

»Du lässt die Finger von meinen Zeitungen. Ich hasse es, wenn die Seiten vom Umblättern schon verknittert sind. Das sind meine Zeitungen«, sagt sie, ich ziehe das Schälchen mit den Nüssen zu mir heran.

»Sag bloß, du liest die Daily Press?«, frage ich, werfe mir drei Erdnüsse hintereinander in den Mund.

Cleo holt sich das Schälchen zurück. »Diesen Schund kannst du dir zu Gemüte führen. Ich rede von den seriösen Medien. Aber dachte ich mir schon, dass die nichts für dich sind.« Sie greift mit der ganzen Hand in die Schale.

»Keine Schnulzenfilme auf meinem Flatscreen. Das ist ekelhaft«, sage ich.

»Keine gebrauchten Teebeutel irgendwo herumliegen lassen. Das ist ekelhaft«, verlangt Cleo.

»Ich hasse Tee. Der ist bestenfalls geeignet für Fußbäder.«

»Apropos Bad. Wir brauchen feste Uhrzeiten.« Sie hebt den Zeigefinger, ich winke ab.

»Du hast dein eigenes Badezimmer. Allerdings ohne Wanne. Die gehört mir.«

»Und wenn ich mal baden will?«

»Dann fragst du mich.«

»Davon träumst du vielleicht. Keine Bananen im Kühlschrank oder in einer Obstschale oder in einem Smoothie oder sonst wo. Ich habe eine Allergie dagegen und schon der kleinste Partikel davon kann bei mir zu Erstickungsanfällen führen.«

Ich krause die Nase, schiebe den Kopf zurück. »Mal abgesehen davon, dass ich dir keinen Smoothie zubereite, aber Bananen? Die haben 'ne Schale«, sage ich konsterniert.

»Auf die ich allergisch reagiere, kapiert? Ich habe das schon seit meiner Kindheit und es ist äußerst gefährlich.«

Warum habe ich das Gefühl, dass sie mich verarscht? Ich meine, wer hat eine Allergie gegen Bananenschalen? Wie dämlich ist das? Ich schiebe den Gedanken beiseite, sage: »Keine Telefonate außerhalb deines Zimmers. Ellenlange Frauengespräche stressen mich«, was einfach frei erfunden ist. Bei Tara hat es mich nie gestresst. Ich fand es sogar sehr interessant, ihr dabei zuzuhören.

»Keine Tennissocken auf Sandalen«, kontert Cleo.

Hä? Sehe ich aus wie ein Typ, der so was tragen würde?

»Wenn du deine Tage hast, bleib in deinem Zimmer. Frauen sind dann unausstehlich«, haue ich raus. Keine Ahnung, wo das herkommt, es ist selten dumm.

»Pornos glotzen ist verboten. Von ständigem Masturbieren bekommt man Schwielen an den Händen«, kontert Cleo.

»Es geht dich einen Scheiß an, was ich in meinem Zimmer treibe.«

Cleos Finger schwebt vor meinem Gesicht. »Wusste ich's doch! Du bist ein Pornoglotzer! Ekelhaft!«

Ich rücke dicht an sie heran. »Und du prüde Kuh hast doch noch nie einen guten Porno gesehen. Wahrscheinlich würdest du so scharf werden, dass man dein Höschen auswringen könnte«, sage ich und wundere mich selbst, wie wir plötzlich hierhergekommen sind? An den Punkt, an dem wir über Pornos sprechen und ich ihr so nahe bin, dass mir ihr Parfum in die Nase zieht. Dass ich ihre Halsschlagader vor Wut heftig pochen sehen kann und mich dieses Grübchen mitten auf ihrer vollen Unterlippe in seinen Bann zieht.

»Du hast nicht die leiseste Idee, was mich scharfmacht«, flüstert Cleo und funkelt mich an.

»Wollen wir es herausfinden?«, murmele ich und funkele sie an.

Cleo öffnet den Mund, will etwas sagen, schließt ihn wieder und leckt sich über die Lippen. Ihre Pupillen verdunkeln sich, sie blinzelt, und in ihren Augen blitzt etwas auf, das mich irritiert.

Dann geht mir ein Licht auf. Und zwar so gewaltig, als würde ein leuchtender Schriftzug über ihr prangen.

Sie steht auf mich!

Gottverdammt, sie wollte Ja sagen!

Hundertprozentig war sie kurz davor, Ja zu sagen!

Denn wenn ich eines neben dem Börsengeschäft im Schlaf beherrsche, dann ist es, zu erkennen, ob eine Frau mit mir ins Bett will. Und, Scheiße, sie will es! Ich fasse es nicht! Beinahe will ich die Faust in die Luft stoßen und mich freuen wie ein Zwölfjähriger, der ein Seifenkistenrennen gewonnen hat, verkneife es mir gerade noch so.

»Niemals«, faucht Cleo und wendet sich von mir ab.

Aber es ist zu spät.

Sie weiß, dass ich es weiß.

Verflucht, das wird eine heiße Geschichte mit uns.

CLEO

Ich verschwinde so schnell zur Toilette, wie ich nur kann, stoße mit der Schulter die Tür auf und stürze an eines der Waschbecken, im Nacken noch Demons diabolisches Grinsen. Die Hände in das schwarze Porzellan gekrallt, blicke ich in den Spiegel und kann nicht glauben, dass sich die Hitze immer noch in Wellen in mir ausbreitet.

Gottverdammt, ich steh auf ihn!

Ich war kurz davor, seine Frage mit Ja zu beantworten! Die Kontrolle zu verlieren.

Und er hat es genau gesehen. Er hat praktisch meine Gedanken gelesen, hat sich in mein Kopfkino eingeschlichen und einen Blick auf die Bilder erhascht, die dort über die Leinwand liefen. Denn selbstverständlich habe ich schon mal einen Porno gesehen. Und selbstverständlich hat er mich irgendwie angetörnt. Aber plötzlich war der Hauptdarsteller Demon und die Frau auf dem

Bett unter ihm war ich. Demon stand an der Kante über mir, nackt, verschwitzt und mit unfassbar sexy Muskeln, seine Hände fuhren meinen Hals entlang, über meine Brüste, meine Rippen, zu meinem Nabel und meinem Schambein. Aufreizend langsam spreizte er meine Beine, legte sie sich auf seine Schultern und –

Okay, stopp, ermahne ich mich selbst.

Hier ist Schluss!

Mein Kopf schnellt hoch, mit weit aufgerissenen Augen mustere ich mein Spiegelbild.

Was ist nur los mit mir?

Ich kann diesen Mann doch gar nicht ausstehen! Er nervt mich. Seit Wochen geht er mir auf den Zeiger, und ich bin einfach nur froh, wenn ich nicht in seiner Nähe sein muss. Und jetzt macht er mich auf einmal scharf?

Ich drehe das kalte Wasser auf, lasse es über meine Handgelenke laufen, bis es prickelt, benetze mir anschließend das erhitzte Gesicht, bis ich wieder klar denken kann.

Mit einem der flauschigen Gästehandtücher trockne ich mich ab, bedecke mit dem duftenden Tuch meine Augen, der Geruch nach frisch gewaschener Wäsche vertreibt den von Demons markantem Parfum.

Nüchtern betrachtet fehlt es mir einfach an Sex. Das ist alles und hat nicht das Geringste mit Demon zu tun. Es ist Monate, fast ein Jahr her, dass ich jemanden hatte, und Demon wäre nur

Mittel zum Zweck. Ein zugegebenermaßen sehr ansehnliches Mittel zum Zweck, aber mit weniger habe ich mich auch noch nie zufriedengegeben. Dieses Defizit zu beheben dürfte in einer Stadt wie New York jetzt nicht das größte Problem für mich darstellen. Ein, zwei nette Dates und diese irritierende Fixation auf Demon, die sich eben gezeigt hat, löst sich in Schall und Rauch auf.

Als ich zurückkomme, grinst er immer noch unverschämt.

Ohne das zu beachten, nehme ich auf dem Barhocker Platz und sehe mich interessiert um. Warum warten, wenn ich mich mitten auf dem Markplatz der Single-Männer befinde? Ich lasse den Blick schweifen, während Demon mich anspricht.

»Haben wir dann alle Regeln aufgestellt?«

»Oh, noch lange nicht. Aber den Rest können wir ja erledigen, wenn ich meine Kartons reintrage«, sage ich locker, und meine Augen bleiben an einem Mann hängen, der mich vom anderen Ende der Bar anlächelt. Er ist eindeutig attraktiv mit seinen kurzen, schon leicht ergrauten Haaren, seiner großen Gestalt und dem markanten Gesicht. Gepflegt, elegant, obere Mittelklasse. Und genau meine Liga.

Na bitte. Geht doch.

»Und wann genau wäre das?«, fragt Demon neben mir.

Ich hebe mein Bier in Richtung des Mannes,

lächele leicht zurück und trinke einen Schluck. Er tut es mir gleich und damit ist der Weg zu mehr bereitet.

»Gleich am Wochenende? Samstag?«, schlage ich Demon knapp vor, der näher an mich heranrückt, um meine Aufmerksamkeit zu erlangen. Sein Ellenbogen streift meinen, er neigt sich mir zu.

»Du kannst es kaum erwarten, gib es zu«, sagt er, von sich selbst überzeugt, ich drehe mich zu ihm. Mein Gesicht schwebt dicht vor seinem, und wieder kann ich es nicht verhindern, dass ich auf die Narbe an seiner Oberlippe starre. Was er da wohl gemacht hat? Hat ihn eine Frau in ihrer Ekstase zu fest gebissen? Oder hat er sich mal geprügelt? Nein. Demon prügelt sich nicht. Dafür ist er viel zu glatt.

Auch er starrt auf meinen Mund, als ich sage: »Stimmt. Ich kann es kaum erwarten. Wenn du mich deshalb entschuldigen würdest?« Ich nehme mein Bier, meine Handtasche und rutsche vom Barhocker. Irritiert sieht mir Demon zu, wie ich mir meine Jacke über den Arm drapiere und ihm noch einen schönen Abend wünsche.

»Wo willst du hin?«, fragt er verblüfft.

»Du sagtest es schon. Ich kann es kaum erwarten. Wir sehen uns dann am Samstag«, sage ich und drehe mich schon halb um.

»Äh …«, sagt Demon, ich lächele breit.

»Super. Also tschüss dann.« Mit diesen

Worten laufe ich mit wiegenden Hüften zum anderen Ende der Bar, mir seines perplexen Blickes mehr als bewusst.

Ich muss mich zwingen, nicht sofort zu Demon hinüberzusehen, als ich den Fremden frage, ob der Platz neben ihm noch frei ist, und der freudig bejaht und mich auf einen weiteren Drink einlädt. Ich bestelle mir einen Cocktail, irgendwie weiß ich, dass ein Bier bei diesem Mann unangebracht wäre. Er stellt sich als Christian Moore vor, Partner einer großen Immobilienkanzlei, und überhäuft mich sogleich mit netten Komplimenten. Eine angeregte Unterhaltung entspinnt sich, ich lache glockenhell, schiebe mir verirrte Strähnen hinters Ohr, bin mir dabei Demons Anwesenheit mehr als bewusst. Irgendwann werfe ich doch einen Blick zu ihm hinüber, und tiefe Befriedigung erfasst mich, als ich seine versteinerte Miene wahrnehme. Grüßend hebe ich die Hand, Demon erwidert nichts. Er leert sein Bier, knallt es auf die Theke, wirft Geld dazu. Dann grapscht er nach seiner Jacke, und keine Minute später bahnt er sich, unverkennbar wütend, einen Weg zum Ausgang.

Oh. Ich habe diesen Macho wohl verärgert. Das tut mir aber leid.

Ich grinse.

Verflucht, das wird eine heiße Geschichte mit uns.

»Schade, dass June nur noch so selten dabei ist«, sagt Willlow bei unserem wöchentlichen Freitagstreffen. Das haben wir vier Mädels eingeführt, als wir merkten, dass unsere Freundschaft unter der Geschäftsbeziehung zu leiden begann. Wir sahen uns nur noch bei der Arbeit, quatschten nur noch über die Arbeit, und als die uns immer mehr in Beschlag nahm, wurde der Freitagstalk geboren. Jeden Freitag treffen wir uns in unserer Lieblingsbar, trinken Cocktails und verbieten uns jeden Kommentar über die Agentur. Ausschließlich Unterhaltungen über private Dinge sind erlaubt. Ich liebe diese Abende und genieße sie sehr. Allerdings hat Willow recht. Seit June mit Ryder zusammen ist und der Termin für die Hochzeit steht, ist sie leider immer seltener dabei.

»Ja, schade. Aber ich kann es verstehen. Immerhin haben sie dann sturmfrei«, antworte ich Willow, die die Arme auf dem Tisch kreuzt und sich zu mir beugt. Ihre dicken, dunklen Haare in dem obligatorischen Pferdeschwanz fallen ihr über die Schulter, als sie mich aus ihren rehbraunen Augen intensiv mustert.

»Also, du räumst das Feld? Von wegen sturmfrei? Und ziehst ausgerechnet zu Demon?«, fragt sie ohne Umschweife. So ist Willlow. Pragmatisch, praktisch, außerirdisch schön. Sie hat etwas von Angelina Jolie, aber das scheint ihr selbst nicht bewusst zu sein. Willow legt keinen Wert auf ihr Äußeres. Weder braucht sie einen teuren Friseur, noch hat sie einen besonderen Kleidungsstil. Meist trägt sie Jeans und einen Hoodie oder wie jetzt bei den relativ milden Temperaturen ein schlichtes weißes Shirt. Trotzdem sieht sie jedes Mal umwerfend aus, und dass ihr das nicht klar ist, macht sie noch attraktiver. Und seit June sich rarmacht, sind sie und ich näher zusammengerückt.

Ich zucke die Schultern, als wäre es kein großes Ding, dass ich bei Demon unterkomme. »Ja. Das ist einfach kein Zustand, wenn Ryder dauernd bei uns ist. Erst letzte Woche durfte ich ihn splitterfasernackt bewundern, und glaub mir, das war kein Spaß!«, sage ich und rolle mit den Augen.

Willow grinst. »Sieht er so schlimm aus?«

Ich schüttele den Kopf, lache. »Nein! Aber wir sind eben keine zwanzig mehr. Weißt du, mit sechsundzwanzig muss ich in keiner WG mehr wohnen, in der ein Pärchen die Finger nicht voneinander lassen kann. Außerdem sind sie wie ein Hurricane, wenn sie sich in die Haare bekommen.« Ich puste die Luft aus, gerade als Lavender zu uns stößt. Sie ist die Vierte in unserem Bunde. Mit dem für sie typischen Duft nach Maiglöckchen tänzelt sie an unseren Tisch, schält sich aus ihrer leichten Jacke und nimmt verträumt lächelnd neben mir Platz. Sie fasst sich in die wallenden, roten Locken, schiebt sie über ihre Schulter und küsst mich auf die Wange.

»Hi. Sorry wegen der Verspätung, aber Andrea hat ihre U-Bahn verpasst«, sagt sie und ihre Stimme ist ein leichter Singsang. Das ist sie immer. Lav hat die seltene Gabe, allein mit ihrer Anwesenheit zu beruhigen. Wie auch immer sie das macht. Sie ist die Dekoqueen in der Agentur und beinahe so zart und wunderschön wie die Blumen, mit denen sie arbeitet. »Worüber habt ihr geredet? Über Cleo und Demon?«, fragt sie, als hätte sie uns verkabelt und mitgelauscht. Auch das ist eine seltsame Eigenschaft von Lav, wie wir sie alle nennen. Diese Übersensibilität für alles und jeden in ihrer Nähe.

Willow nickt und streicht mit dem Finger über den Zuckerrand ihres Cosmopolitan. »Ja. Hätte nie erwartet, dass Cleo so selbstlos ist«, sagt sie grinsend. Lav schüttelt den Kopf.

»Cleo ist nicht selbstlos. Sie und Demon passen perfekt zusammen«, stellt sie fest, was mir ein ungläubiges Schnauben entlockt.

»Tun wir nicht. Ich kann ihn nicht ausstehen«, erwidere ich.

»Warum ziehst du dann mit ihm zusammen?«, fragt Lav erstaunt.

»Das ... ich mache das für June. Und weil ich ...«

»Okay, schade. Ich hatte das Gefühl, er ist der Richtige für dich«, sagt Lav schulterzuckend.

»Nein«, sage ich lachend. »Ganz sicher nicht. Ich habe da jemanden kennengelernt, der ist wirklich nett«, will ich gerade von Christian erzählen, als ein Mann an unserem Tisch stehen bleibt.

»Willow? Willow Evans?«, sagt der absolut umwerfend aussehende Kerl und Willow dreht sich erstaunt um.

»Äh ... ja?«, sagt sie und kraust die Nase. Sie hat ganz offensichtlich keine Ahnung, wer er ist, was mir total unverständlich ist. Wie kann man dieses Gesicht vergessen? Herrgott, der Typ gehört mit seinem Masterbody, seinen stechend grünen Augen, den scharfen Konturen und dem vollen blonden Haar auf jede Leinwand hier in Manhattan. Er ist der Surferboy schlechthin, grinst jetzt breit, was zwei unfassbar süße Grübchen auf seinen markanten Wangen zum Vorschein bringt.

»Seth Lawson. Wir waren zusammen auf der Highschool«, sagt er erklärend und lacht kehlig.

Erst passiert wenig bei Willow. Grübelnd zieht sie die Brauen zusammen, dann scheint es zu klingeln. Sie reißt die Augen auf, deutet auf ihn. »Seth? Du bist Seth Lawson? Scheiße, ich hätte dich niemals wiedererkannt!«, ruft sie aus und Seth zuckt mit den breiten Schultern. »Ja, ich weiß. Habe ich schon des Öfteren gehört. Hab mich ja auch ziemlich verändert.«

Willow nickt bekräftigend. »Kann man wohl sagen. Warst du früher nicht ne Bohnenstange?

Und hattest diese Brille? Du warst dieser Superschlaue, der in der Cafeteria immer in der Ecke der Nerds saß, oder?«, haut sie raus, aber es scheint Seth nicht wirklich peinlich zu sein.

Ich glaube, sie verwechselt ihn. Sie muss ihn verwechseln, dieser Mann kann unmöglich jemals auch nur eine Sekunde in seinem Leben hässlich gewesen sein.

»Ja, stimmt«, erwidert Seth. Lav und ich werfen uns einen verdutzten Blick zu.

»Wie geht es dir? Was machst du so?«, fragt Willow, die keine Spur von Verlegenheit über ihre wenig schmeichelhafte Beschreibung von Seth in seiner Jugend zeigt.

»Mir geht es super. Bin Professor an der NYU für Mathematik, Physik und angewandte Geisteswissenschaften«, sagt Seth und das haut mich dann doch beinahe vom Hocker. Er stand wohl in der allerersten Reihe, als Gott perfekte Gene verteilt hat.

Willow scheint nicht so beeindruckt. »Cool. Passt zu dir«, sagt sie nur und nickt.

»Wie sieht's aus? Wollen wir mal was trinken gehen?«, fragt Seth, doch zu meinem vollkommenen Unverständnis schüttelt Willow den Kopf. Ich will sie schon unter dem Tisch treten, als Seth in der Hosentasche seiner Jeans kramt und Willow ganz altmodisch seine Karte überreicht.

»Hier. Falls du deine Meinung änderst. Ich

würde mich freuen. Wir könnten über alte Zeiten plaudern«, sagt er.

»Wir haben keine gemeinsamen alten Zeiten. Ich habe dich auf der Highschool kaum gekannt«, sagt Willow und jetzt trete ich sie doch unterm Tisch.

»Au!«, entfährt es Willow, als Seth uns freundlich noch einen schönen Abend wünscht und sich verabschiedet.

Kaum ist er weg, zische ich: »Sag mal, spinnst du? Der Typ ist ein absoluter Traum! Wie kannst du ihn abweisen?«

Willow sieht mich an, als hätte ich nicht mehr alle Tassen im Schrank. »Sorry, aber wir nannten ihn früher *The Brain*. Er konnte alle Primzahlen rückwärts aufsagen oder so, hat damals schon vier Fremdsprachen beherrscht und irgendwann in der Zehnten hat er dann zwei Klassen übersprungen. Ich meine, wie könnte er sonst mit achtundzwanzig schon eine Gastprofessur an der Uni haben? Ich habe ihn dadurch damals aus den Augen verloren und das war mir auch völlig gleich.«

»Und das ist was Schlechtes? In welchen Beziehungskategorien suchst du die Männer aus?«, frage ich zurück, Lav lächelt nur.

»Ich suche mir gar keine Männer für Beziehungen aus. Ich will nämlich keine und das weißt du ganz genau«, antwortet Willow. Bevor ich weiter nachbohren kann, beehrt uns ein weiterer

Überraschungsgast. Es ist June, die doch noch kommt, und wir alle freuen uns sichtlich, sie zu sehen. Etwas außer Atem schiebt sie sich neben Lav an den Tisch, wuschelt sich durch die noch feuchten Haare.

»Entschuldigt, aber ich war noch duschen«, sagt sie, bestellt eine neue Runde Cocktails.

»Nachdem ihr es wild in der ganzen Wohnung getrieben habt?«, fragt Willow grinsend, June errötet.

»Wir haben nicht …«, verneint sie, wir drei brechen in ein Lachen aus. »Es wäre schön dämlich, würdet ihr nicht, wenn ihr schon sturmfrei habt«, kichert Willow und June wird ernst. Sie wendet sich an mich, legt die Hand auf meine.

»Cleo, du musst das nicht tun. Es war eine echt blöde Idee von mir, dir den Umzug zu Demon vorzuschlagen. Ich habe noch mal mit Ryder gesprochen und er sieht das genauso. Vergessen wir das Ganze«, sagt sie, doch ich schüttele zu ihrem Erstaunen den Kopf.

»Nein, June. Das ist okay, wirklich. Ein verheiratetes Ehepaar sollte zusammenleben. Und es sind ja nur ein paar Monate«, sage ich und tätschele ihre Hand.

»Außerdem mag sie Demon. Wir alle mögen ihn. Sie kann es nur nicht zugeben«, sagt Lav und zieht an ihrem Strohhalm.

»Stimmt. Also ich mag Demon. Er ist ein echt netter Kerl«, gibt ihr Willow recht.

Mein Blick schießt erst zu ihr, dann zu Lav. »Lav, ich sage es nur ungern, aber dieses Mal liegst du falsch. Ich tue das einzig und allein für June, weil ich sie liebe. Demon und ich werden zwar unter einem Dach wohnen, aber so gut wie nichts miteinander zu tun haben. Wir stellen Regeln auf, und davon abgesehen bin ich die meiste Zeit sowieso in der Agentur oder bei Kunden. Alles rein geschäftlich«, stelle ich klar. »Und ich mag Demon nicht. Was kein Weltuntergang ist, schließlich muss man nicht jeden Menschen leiden können, richtig?«, schiebe ich hinterher.

Drei Augenpaare sehen mich stumm an, bis Lav die Schultern zuckt.

»Von mir aus. Dann kapierst du es eben erst später. Macht ja nichts«, sagt sie leichthin und Willow und June nicken bestätigend.

»Darauf könnt ihr lange warten. Das wird mir hier zu blöd bei eurer Datingshow für Arme. Ich gehe. Nach Hause, wo ich jetzt ausnahmsweise mal meine Ruhe habe«, sage ich und weiß, dass ich mich total kindisch benehme, als ich mir meine Jacke schnappe und aufstehe.

»Komm schon, Cleo! Es war nicht so gemeint«, versucht es June, aber ich bin wütend. Was soll das? Sind sie meine Kupplerinnen? Ich suche mir meine Männer immer noch selbst aus!

»Doch, war es. Sie steht auf ihn, sie weiß es nur noch nicht«, bleibt Lav beharrlich, was mich schnauben lässt.

»Nur dass ihr es wisst! Ich habe jemanden kennengelernt. Er heißt Christian, ist Immobilienmakler, Mitte vierzig und eindeutig erwachsener als ihr. Eigentlich wollte ich euch von ihm erzählen, aber mir ist die Lust vergangen. Macht euch noch einen schönen Abend!«, fauche ich, dann gehe ich. Zwar ruft mir Willow etwas Witziges hinterher, doch ich schaffe es nicht, über meinen Schatten zu springen.

Ich bin viel zu nervös wegen morgen. Denn da trage ich meine Kartons zu Demon.

Was ich June mit Absicht verschwiegen habe.

DEMON

»So. Das war der letzte Karton. Viel hast du ja nicht dabei«, sage ich und trage Cleo den Karton durch den Flur zu ihrem Zimmer. Cleo schließt hinter mir die Wohnungstür und folgt mir auf dem Fuße.

»Ich habe ja auch nicht vor, allzu lange zu bleiben. Außerdem bin ich sowieso jeden Tag in der Agentur, und wenn ich etwas brauche, gehe ich einfach hoch ins Loft. Du kannst das hier abstellen«, sagt sie und deutet auf den dunklen Parkettboden vor der Tür. »Du weißt doch, niemand betritt das Zimmer des anderen«, schiebt sie freundlich lächelnd hinterher, als ich mich aufrichte.

»Das heißt, ich soll dir nicht helfen?«, frage ich der Höflichkeit halber, weil es wirklich nicht viel zu helfen gäbe. Cleo hat ungefähr so viel mitgebracht wie Tara, wenn sie über ein langes Wochenende mit mir verreist ist. Drei Kartons, die schwer wie Zement waren, drei Kleidersäcke, zwei Koffer.

»Danke, nein«, sagt Cleo im Türrahmen, verschränkt die Arme und blickt mich abwartend an. Sie will wohl, dass ich verschwinde.

»Okay. Gut. Dann … herzlich willkommen. Soll ich dir die Wohnung mal zeigen? Oder hast du später Lust auf ein Glas Wein?«, frage ich.

Cleo ist schon dabei, die Tür zu schließen. »Oh, vielen Dank, aber nein. Du musst mich weder willkommen heißen noch mit mir anstoßen. Ich bin ja nicht dein Gast, Demon. Ich bin deine Mitbewohnerin, mit den gleichen Rechten und Pflichten wie du. Und ich würde jetzt gerne in Ruhe auspacken.«

Sagt's und schließt die Tür vor meiner Nase.

Ich stehe auf meinem Flur wie ein Depp. »Zicke! Ich wollte nur nett sein«, murmele ich.

»Das habe ich gehört«, sagt Cleo gedämpft, ich schnaube.

»Mir egal!«, antworte ich, dann drehe ich mich um und schlendere ins Wohnzimmer, den Duft ihres Parfums, der noch im Gang schwebt, in der Nase.

Jetzt habe ich also eine Frau in der Wohnung. Ist lange her, dass das der Fall war. Erinnerungen an Tara überschwemmen mich, als ich auf der Couch Platz nehme und nicht so recht weiß, was ich mit mir anfangen soll. Ich hatte mir für den heutigen Tag nichts vorgenommen, weil ich dachte, Cleo könnte Hilfe gebrauchen. Irgendein Möbelstück aufbauen oder so. Was eigentlich Quatsch ist, weil das Zimmer ja komplett möbliert ist. Aber es hätte ja sein können, dass sie eine Vitrine oder eine Kommode oder irgendwas mitbringt. Ein Teil, an dem sie besonders hängt, weil es ihr ihre Eltern geschenkt haben. Das scheint nicht der Fall zu sein und so hänge ich meinen Gedanken nach.

Tara hat nur ein paar Monate hier gewohnt, aber diese Monate hatten es in sich. Sie waren schrecklich schön, weil Tara schrecklich chaotisch war.

Wenn sie gut drauf war, tanzte sie morgens um sechs mit lauter Musik durch die Bude, weckte mich damit und dann gab es zum Frühstück etwas völlig Verrücktes wie zum Beispiel Waffeln mit Baked Beans getränkt in Ketchup. Wir aßen diese unmögliche Kombi und beschmierten uns mit dem Ketchup, den wir uns dann gegenseitig lachend von den Lippen leckten.

Wenn sie allerdings schlecht drauf war, drehte sie die ganze Nacht Heavy-Metal-Songs auf, saß mit wirren Haaren im Morgenmantel auf diesem Sofa und stierte bei dem Lärm vor sich hin. Das waren die weniger guten Tage. Ich schüttele mich kurz, um die Erinnerung und das lähmende Gefühl, das mich flutet, abzuschütteln.

Ich lausche, aber aus Cleos Zimmer kommt

kein Geräusch. Sie ist wohl eher von der stillen Sorte.

Ich blicke mich prüfend um und versuche die Wohnung mit Cleos Augen zu sehen. Bei Ryder und mir ist alles funktional, schlicht, exklusiv. Wir wollten das so. Designermöbel dominieren den klaren und in jedem Fall sehr maskulinen Stil. Das Ledersofa, die schmale weiße Konsole, über der der Flatscreen montiert ist, der Esstisch mit den sechs schlanken, aber bequemen Stühlen drumherum. Die Küche ganz in schwarz mit Edelstahlgeräten, dem Granitblock und den Barhockern, an den Wänden Schwarz-Weiß-Drucke von Menschen, die ich bewundere. Muhammad Ali, Steve Jobs, ein paar Supermodels in coolen Posen. Das ist aber auch so ziemlich das Weiblichste, das man hier finden kann. Keine Blumen, keine Kissen in zarten Farben, kein schickes Geschirr oder wallende Stoffvorhänge. Ryder hat ebenso wenig Sinn dafür, und Tara hatte ihn erst recht nicht. Schon wieder schleicht sie sich in meine Gedanken. Resolut erhebe ich mich von der Couch und beschließe, mir etwas zu essen zu machen. Kurz überlege ich, ob ich meinem Lieblingsitaliener um die Ecke einen Besuch abstatte, aber das wäre dann doch etwas unhöflich Cleo gegenüber.

Oder?

Ich weiß es nicht, ich kann diese Frau überhaupt nicht einschätzen. Cleo ist unnahbar. Ich weiß nur, dass es mir massiv gegen den Strich ging, als sie mich in der Bar letzte Woche einfach stehen gelassen hat. Wegen einem Mann, der doppelt so alt sein muss wie sie. Er hatte graue Haare!

Ich meine, fährt sie auf Sugardaddys ab?

Das passiert mir selten, dass mich eine Frau abblitzen lässt. Und ob ich es will oder nicht, aber es macht Cleo umso interessanter für mich. Man könnte sagen, mein Jagdinstinkt ist geweckt. Er war es erst recht, als ich in der Bar das kurze Flackern in ihren Augen bemerkt habe, als unsere Unterhaltung zu schlüpfrigen Themen abgeglitten ist.

Sie ist scharf auf mich. Diese Frau ist eindeutig scharf auf mich. Ich muss nur den Knopf finden, den ich drücken muss, dann ist alles andere ein Kinderspiel.

Wobei es wahrscheinlich äußerst unklug wäre, mit Cleo Laurent im Bett zu landen. Zum einen wohnen wir noch eine Weile unter einem Dach, zum anderen ist sie Junes beste Freundin und, nicht zu vergessen, die Trauzeugin der bevorstehenden Hochzeit meines besten Freundes. Da wäre es eher unvorteilhaft, diese ohnehin komplizierte Verbindung noch mit einer Prise unverbindlichem Sex zu würzen.

Ob sie gut im Bett ist?

Oh, bestimmt ist sie das.

Frauen wie Cleo, nach außen hin stark und tough, sind im Bett aus meiner Erfahrung weich und anschmiegsam. Ich mag das. Auch wenn man das nicht vermuten würde. Tara war eher aggressiv beim Sex. Sie hat sich genommen, was sie brauchte, ohne großes Vor- oder Nachspiel. Wenn man es genau nimmt, hat sie sich im Bett benommen wie ein Mann. Zärtlichkeiten oder Kuscheln, darüber hat sie nur rau gelacht. Und ich hätte niemals zugegeben, dass ich das vermisst habe. Tara hätte sich vor Lachen nicht mehr eingekriegt.

Das Klingeln an der Tür reißt mich aus meinen Gedanken. Ich schrecke hoch, erhebe mich von der Couch und überlege auf dem Weg durchs Wohnzimmer, wer das sein könnte. Ryder und June vielleicht? Ich habe Cleo vorhin gefragt, wo die beiden denn seien, schließlich ist es ihr Umzugstag. Ich bin davon ausgegangen, dass sie ihr helfen würden. Aber Cleo war sehr kurz angebunden. Sie hätten zu tun, sagte sie, mehr nicht. Vielleicht kommen sie jetzt vorbei, um –

»Das ist für mich!«, ruft Cleo am Ende des Flures aus ihrer Tür.

Ich drehe mich um. »Für dich?«, frage ich überrascht. »Woher weißt du das?«

Cleo kommt auf mich zu. Sie hat sich umgezogen und trägt jetzt eine luftige Bluse, eine weiße lockere Marlene-Hose und ist barfuß. Mir bleibt bei ihrem Anblick kurz die Spucke weg.

Verdammt, sie sieht einfach umwerfend aus, wie sie da über den Parkettboden läuft und irgendwie perfekt in das Interieur der Wohnung passt. Wenn ich Innenarchitekt wäre, ich würde sie den ganzen Tag in diesem Outfit den Flur hoch und runter schicken.

»Muss ich Besucher bei dir anmelden? Diese Regel kenne ich gar nicht«, sagt sie, als sie sich an mir vorbeischiebt und den Knopf der Sprechanlage drückt. »Achter Stock bitte«, sagt sie und dann stehen wir beide stumm an der Tür und warten.

Wen, verflucht, hat sie eingeladen? Diesen alten Sack aus der Bar? Das wäre ja wohl die Höhe! Am ersten Tag in unserer neu gegründeten WG! Ich verschränke die Arme, wippe auf den Füßen leicht vor und zurück, wir beide blicken auf die Tür, als würde sie sich gleich von Zauberhand öffnen und offenbaren, wer davorsteht.

»Bist du seit Neuestem Türsteher?«, fragt Cleo spöttisch, ohne mich anzusehen.

»Das ist meine Wohnung. Ich kann stehen, wo ich will«, sage ich.

»Oder bist du vielleicht Page hier? Hey! Das wäre doch ein Job für dich. Anspruchslos und einfach, und du könntest Freundlichkeit lernen«, erwidert Cleo ungerührt.

»Was bist du dann? Ein Luxus-Callgirl, wenn du dir an einem Samstagmittag Männer einlädst?«, rutscht es mir heraus, Cleos Kopf fährt herum, sie funkelt mich aus ihren grünen Augen an.

»Du ... du ...«, sucht sie nach einem Wort und die Wut dampft ihr förmlich aus den Ohren. Okay, vielleicht war das wirklich nicht der beste Witz, den ich jemals gerissen habe. Aber bevor Cleo mich als Arschloch betiteln kann und bevor ich mich entschuldigen kann, ertönt der Türsummer und Cleos Arm schießt vor. Sie reißt die Tür so heftig auf, dass ich einen Schritt zurück machen muss. Neugierig schiele ich über ihre Schulter, schon einen Spruch auf den Lippen, falls sie Opa aus dem Altenheim Einlass gewähren will, aber auf dem Gang steht ... ein Lieferbote.

»Cleo Laurant?«, fragt er und blickt auf seinen Scanner.

»Ja«, sagt Cleo, der junge Typ reicht ihr zwei Tüten, Cleo signiert den Empfang und bedankt sich. Der Typ verschwindet wieder, weil es diese Lieferjungs ja bekanntlich immer eilig haben, Cleo dreht sich wortlos um und geht in den offenen Wohn-/Essbereich, und ich stehe da wie der Vollidiot, der ich bin. Ich schließe die Tür, atme aus.

Warum habe ich meine Klappe nicht halten können? Das war total und vollkommen unnötig und daneben. Erstens geht es mich einen feuchten Dreck an, wen sich Cleo wann wohin einlädt, und zweitens, Scheiße noch mal, war es ein Lieferdienst! Was hat mich da eben geritten? Das war wohl Revierverteidigung vom Feinsten. Als wäre Cleo nicht meine Mitbewohnerin, sondern meine … meine … Abrupt wende ich mich um, folge Cleo. Sie steht am Küchenblock und packt die Tüten aus.

»Es tut mir leid. Das war absolut daneben eben«, sage ich mit den Händen in den Hosentaschen.

Cleo ignoriert mich, stellt Päckchen und Gläser nebeneinander auf.

»Hast du gehört?«, hake ich nach, doch Cleo zeigt keine Reaktion. Ich trete an den Küchenblock, stütze mich mit den Armen darauf ab. »Cleo? Ich entschuldige mich hiermit hochoffiziell. Ich war ein Idiot. Sorry, okay?«, versuche ich es ein drittes Mal und Cleo hält in der Bewegung inne.

Sie hebt den Kopf, sieht mich durchdringend an. »Du bist nicht nur ein Idiot, du bist ein fieser und gemeiner Mensch, Demon. Du bist einfach von Grund auf böse. Aber das macht nichts. Ich muss mich ja mit dir nicht abgeben«, sagt sie und lächelt dabei.

»Es ist mir so herausgerutscht«, verteidige ich mich.

»Ist es nicht«, sagt Cleo.

»Ist es doch.«

»Ja. Und den Weihnachtsmann gibt es tatsächlich«, sagt Cleo.

Was will sie, Herrgott? Soll ich vor ihr auf die Knie fallen? Das kann sie vergessen. Ich kenne sie nicht mal wirklich. »Es war ein Witz, okay? Was kann ich dafür, wenn du so eine Spaßbremse bist? Ich habe mich entschuldigt!«, sage ich und es klingt alles andere als souverän. Es ist kindisch.

Cleo ist mein hilfloses Argument nicht mal eine Antwort wert. Sie lächelt nur still und das macht mich noch wütender.

Ich schnappe nach einem der Gläser, studiere das Etikett. »*Forever Beautiful*. Unsere Superfood-Mischung aus Chiasamen, Acaí, Maca, Acerola und ... Spinat?«, lese ich laut vor und schnaube. Ich grapsche nach dem nächsten Glas, lese: »*Super Green*. Weizengras, Spirulina, Baobab, Chlorella.« Angewidert verziehe ich das Gesicht. »Was soll das sein, Chlorella? Bleichst du dich jetzt von innen?«, frage ich und weiß überhaupt nicht, warum ich so schnippisch bin. Denn natürlich kenne ich Superfood, ich bin ja kein Banause. Einzig der Drang, Cleo eine Reaktion zu entlocken, treibt mich zu meiner abfälligen Frage.

Gut, immerhin gelingt mir das auch. Cleo reißt mir das Glas aus der Hand, ihre Wangen sind leicht gerötet.

»Lass die Finger von meinen Sachen, Mr. Hell«, faucht sie, ich hebe die Hände und die Brauen.

»Wow. Ich wusste nicht, dass das die Kronjuwelen sind, sorry«, sage ich und mache einen Schritt zurück.

Cleo findet mich nicht witzig. Sie findet wahrscheinlich gar nichts mehr an mir. Weder Witz noch Charme noch Höflichkeit. Womit sie vollkommen recht hat. Würde ich auch nicht, wenn ich sie wäre. Aber irgendwie kann ich nicht anders.

Cleo stützt die Hände am Küchenblock auf, fixiert mich mit einem langen Blick, bevor sie spricht. »Ich würde es vorziehen, wenn wir uns nur noch schriftlich verständigen«, sagt sie.

»Schriftlich?«, frage ich und krause die Nase.

»Ja, schriftlich«, sagt sie.

»Du meinst, per Nachrichten auf dem Handy?«

Cleo reckt den Zeigefinger und geht. Minuten später kommt sie zurück, beugt sich kurz über den Esstisch, richtet sich auf und reicht mir ein gelbes Post-it.

Ich möchte mich nicht mit dir unterhalten, steht da.

Ich lese, sehe sie an, sehe den Zettel an. Dann schnappe ich mir den Stift aus ihrer Hand, reiße ein Post-it ab und kritzele: *Fein! Ich mich auch nicht!,* und halte es Cleo unter die Nase.

Sie liest, verzieht die Mundwinkel nach oben, schreibt einen neuen Zettel.

Blödmann, steht da.

Sie beschimpft mich praktisch stumm. Die Frau schafft es tatsächlich, mich ohne einen Ton auf die Palme zu bringen.

Verrückte!, schreibe ich, schiebe es ihr hin.

Mistkerl!

Schrulle!

Armleuchter!

Hattest du nicht gesagt, du willst dich nicht mit mir unterhalten?

Will ich auch nicht!

Schön!

Schön!

Den Tisch mit gelben Post-its übersät, machen wir beide auf dem Absatz kehrt und stürmen aus dem Raum. Sie biegt im Flur nach links ab, ich nach rechts.

Als sie an ihrem Zimmer ankommt, rufe ich zu ihr hinüber: »Ich bin kein böser Mensch, okay?«

Cleos Antwort ist die Tür, die zufällt.

Voller Zorn starre ich auf den leeren Flur. »Ich bin kein böser Mensch«, wiederhole ich leise und weiß ganz genau, wen ich da überzeugen will.

Und das ist ganz sicher nicht Cleo.

CLEO

Blind taste ich nach meinem Handy, auf dem der Wecker klingelt, und drücke die Snooze-Taste. Zehn Minuten. Ich brauche nur noch zehn Minuten.

Herrgott, die letzten beiden Nächte schlafe ich in dieser Wohnung, in diesem Zimmer, in diesem Bett, wie ein Stein. Es ist verrückt, aber ich kann mit Fug und Recht behaupten, dass ich noch nie in meinem Leben irgendwo so tief und traumlos geschlafen habe. Nicht nur, dass die Fenster wohl so gut isoliert sind, dass der Lärm der Stadt außen vor bleibt, nein, auch scheint dieser Raum eine Energie zu haben, die mich in Tiefenentspannung versetzt.

Als der Wecker zum zweiten Mal schrillt, schlage ich die Augen auf und räkele mich zufrieden. Durch die Lamellen der Rollos kriechen die ersten Strahlen der Märzsonne und malen Muster auf den wunderschönen Parkettboden. Gestern habe ich den ganzen Tag meine wenigen Habseligkeiten ausgepackt, die ich mitgenommen habe. Nun stehen auf der hübschen cremefarbenen Kommode meine liebsten Bücher, auf dem breiten Fenstersims liegen weiche Kissen und eine Decke, daneben stehen meine Pflanzen. Duftkerzen und eine Vase mit leuchtend gelben Tulpen, die ich mir beim Händler auf dem Sonntagsmarkt gekauft habe, sorgen für einen frischen Farbtupfer auf dem runden Tisch vor der pastellmintgrün gestrichenen Wand.

Als Demon mir vorgestern mein Zimmer gezeigt hat, war ich ziemlich überrascht. Es unterscheidet sich deutlich vom Rest der Wohnung. Keine Ahnung, wie er und Ryder diesen Raum vorher genutzt haben, aber hier ist eindeutig ein femininer Touch zu erkennen. Am Fenster hängen sogar zarte weiße Gardinen und auf dem Boden liegt ein flauschiger grauer Teppich. Ich lasse meinen Blick schweifen zum Stuck an den Wänden über die Decke. Da muss mal etwas gehangen haben, aber übrig geblieben ist nur ein starker Karabiner. Ein Sandsack vielleicht? Würde zu Demon passen. Einfach mal stupide gegen etwas boxen.

Seit unserem Post-it-Abkommen habe ich ihn nicht mehr zu Gesicht bekommen. Gestern war er den ganzen Tag unterwegs, und als er abends nach Hause kam, bin ich mit einer schönen Tasse Tee in mein Zimmer verschwunden.

Die Ruhe, die ich allein in der Wohnung hatte, war eine Wohltat. Keine verliebte June, kein sie anhimmelnder Ryder, kein nackter Mann, den ich nicht nackt sehen will, keine Streitereien, in die ich unfreiwillig hineingezogen werde, keine Musik, die ich nicht hören will.

Ich habe keinen Schimmer, wo Demon sich herumgetrieben hat, aber die Wohnung ganz für mich zu haben, war ein Traum. Zwar habe ich mich nur im Wohn-/Essbereich und in meinem Zimmer aufgehalten, schließlich schnüffele ich nicht in Demons Privatsphäre herum, aber die Stille war Balsam für mich. In aller Ruhe habe ich mir einen Salat zum Mittag bereitet, mich an den Esstisch gesetzt, der immer noch mit unseren Post-its übersät war, und mit Genuss gegessen. Dazu habe ich ein leichtes Glas Weißwein getrunken und die watteweichen Wolken am blauen New Yorker Frühlingshimmel beobachtet. Nebenbei habe ich mir Notizen zu Junes Hochzeit gemacht, da ich davon ausgehe, dass es Demon ganz sicher nicht tun wird. Die Feier wird auf einem wunderschönen kleinen Bauernhof außerhalb der Stadt stattfinden. Eine Location, die June und Ryder auf einem Trip aufs Land Anfang des Jahres entdeckt haben und in die sie sich sofort verliebt haben. Der Besitzer vermietet seine Scheune für solche Gelegenheiten, und als ich mit June, Willow und Lav zur Besichtigung dort war, haben wir alle vor Verzückung geseufzt. June sagte, der Ort sei perfekt, weil es sie an ihre erste Hochzeit mit Ryder erinnere. Sie waren gerade Teenager, als sie sich damals wegen einer Wette, die Ryder verloren hatte, in der Scheune hinter der Farm ihres Dads in Kentucky aus Spaß das Jawort gaben. Und ihren ersten Kuss.

Als June das erzählte, hörten Lav, Willow und ich ihr gebannt zu. Es ist ungefähr das Romantischste, was ich jemals gehört habe.

Was nicht sonderlich verwunderlich ist. Bis jetzt hatte ich noch keine Beziehung, die lange hielt und von Romantik geprägt war. Irgendwie ist das nicht mein Ding. Ich glaube nicht an so was. Die Ursache dafür liegt ganz klar in meiner Kindheit. Die Ehe meiner Eltern war ein einziges Chaos. Sie hassten und sie liebten sich. Einen Monat schrie meine Mom mit meinem Dad herum, er würde jedes Flittchen vögeln, das ihm über den Weg laufen würde, packte ihre Koffer und zog aus, im nächsten Monat übernahm mein Dad diesen Part. Wenn sie dann jeweils wieder reuevoll zurückkamen, war eine Weile Ruhe, bis das Spiel von vorne losging.

Ich glaube, ich war ungefähr acht Jahre alt, als ich begriff, dass die Phasen, in der wir eine glückliche Familie waren, nie lange anhielten.

Heute leben sie getrennt zusammen. Wie das geht? Keine Ahnung. Sie haben sich in Florida ein Grundstück gekauft, dort ein Haus im spanischen Stil gebaut und teilen sich das riesige Anwesen.

Meine Mom bietet Yogakurse und spirituelle Lebensberatung für Paare an, was ein Hohn an sich ist, mein Dad züchtet Orchideen, und bei den wenigen Gelegenheiten im Jahr, bei denen ich sie besuche, frage ich mich oft genug, wie ich ihre Tochter sein kann. Meine Eltern sind frei von jeglichen Konventionen, mir kann es nicht strukturiert genug sein.

Der Wecker klingelt zum dritten Mal und reißt mich aus meinen Gedanken. Zeit zum Aufstehen. Ein hektischer Montag steht mir bevor.

Willow bringt zur Mittagspause unsere Lieblingssandwiches mit. Sie klopft an die Glastür meines Büros in der Agentur und winkt mit den braunen Tüten. Ich gebe ihr ein kurzes Zeichen, dass ich mein Telefonat noch beende, sie nickt grinsend.

Als ich zu meinen Freundinnen in Junes Backstube stoße, in der wir, wenn es die Zeit zulässt, an dem großen Tisch immer unsere Pausen gemeinsam verbringen, sehen mich alle drei mit einem vorwurfsvollen Blick an. Schon im Gehen hebe ich kapitulierend die Hände.

»Okay, okay. Es tut mir leid. Aber es war wirklich keine große Sache«, sage ich, kaum dass ich bei ihnen angekommen bin.

June und Willow reden gleichzeitig auf mich ein.

»Keine große Sache? Du ziehst klammheimlich aus und das ist keine große Sache?«, fragt June empört.

»Wir hätten doch helfen können!«, sagt Willow anklagend.

Lavender streicht sich nur die dichten roten Locken hinters Ohr und wartet erst einmal ab. Das macht sie immer so. Lav braucht selten viele Worte. Was nicht heißt, dass sie nicht reden kann wie ein Wasserfall. Sie weiß nur meistens vorher schon, was der andere sagen will. Wie auch immer sie das anstellt. Manchmal ist das echt gespenstisch.

»Cleo? Würdest du mal was dazu sagen?«, erinnert mich June, die Hände in die Hüfte gestemmt, an die eigentliche Thematik.

Ich zucke mit den Schultern. »Was soll ich denn sagen? Ich habe zwei, drei Dinge in Kisten gepackt und bin zu Demon gezogen. Das war doch der Deal, oder etwa nicht?«, frage ich June, die auf mich zustürmt und mich an den Schultern packt.

»Cleo! Du bist meine beste Freundin! Wir haben diese Wohnung da oben gemeinsam! Du musst doch mit mir über so was reden!«

»Aber das haben wir doch! Darüber geredet. Und wir haben uns doch darauf geeinigt, dass das die beste Lösung für alle ist«, erinnere ich sie.

June verdreht die Augen, zieht mich an sich und drückt mich fest. »Ich hatte doch gesagt, du musst das nicht tun. Es war eine blöde Idee von uns«, sagt sie und streicht mir dabei über meinen geglätteten Bob, als wäre ich ein Waisenkind, das nun endlich Eltern gefunden hat.

Ich tätschele ihren Rücken. »Schon gut, June. Alles bestens. Es geht mir gut, okay?«, beruhige ich sie, neben mir schnalzt Willow mit der Zunge.

»Darauf wette ich, bei einem Mitbewohner, der auf das Cover der GQ als *Sexiest Man Alive* gehört. Erzähl mal? Hast du ihn schon tropfnass nur mit einem Handtuch um die Hüften aus der Dusche kommen sehen? Oder, was ich auch extrem sexy finde ... lag er schon in einer Jogginghose, oberkörperfrei auf der Couch und hatte die nackten Füße auf dem Tisch abgelegt?«, fragt Willow, wir drei sehen sie irritiert an.

»Die nackten Füße auf dem Tisch abgelegt? Was hast du für Fantasien?«, sage ich und löse mich aus Junes Umarmung.

»Wieso? Sagt bloß, ihr steht da nicht drauf? Nackte Männerfüße, kräftig und gepflegt, mit Adern durchzogen? So leicht gebräunt?«

June starrt, Lav starrt, ich starre, bis June grübelnd den Kopf schüttelt. »Darüber habe ich mir noch nie Gedanken gemacht. Aber jetzt, wo du es sagst ... Ryder hat echt sehr schöne Füße. Manchmal, da massiere ich sie ihm. Sie sind –«

Willow unterbricht sie: »Entschuldige, aber ich habe nach Demon gefragt.« Sie wendet sich an mich. »Also? Läuft dir der Sabber schon aus dem Mund?«

Mein Ausdruck wird angewidert, ich rücke von June ab. »Nein? Wir sind ... Mitbewohner auf Zeit. Mehr nicht. Außerdem habe ich euch das letzte Mal schon erklärt, ich stehe nicht auf Demon Hell. Er ist genau das, was ich von ihm erwartet habe, und ich kann ehrlich gesagt überhaupt nicht verstehen, wie ihr ihn so verkennen könnt«, stellte ich klar und für mich ist die Unterhaltung damit beendet. Meine Freundinnen sehen das wohl anders. Oder besser, Willow. Sie bleibt am Ball, als hätte ihr jemand Geld dafür geboten, dass ich zugebe, Demon Hell unwiderstehlich zu finden. Sie schubst mich leicht.

»Komm schon, Cleo! Jetzt gib es doch mal zu! Er ist heiß!«, sagt sie und zwinkert dabei äußerst komisch. Es sieht aus, als hätte sie eine Fliege im Auge. Aber mir ist nicht zum Lachen zumute. So langsam, aber sicher gehen mir meine Freundinnen mit der Glorifizierung von Demon auf den Zeiger.

»Wenn ihr es genau wissen wollt, haben wir uns darauf geeinigt, nur noch schriftlich zu kommunizieren. Auf Post-its. Das ist für uns beide der beste Weg, miteinander auszukommen«, sage ich und im nächsten Moment verfluche ich mich dafür. June schlägt nämlich die Hände vor den Mund und atmet scharf ein.

»Oh Gott! Ist es so schlimm? Ihr seid unsere

Trauzeugen! Ihr müsst euch verstehen! Meine Hochzeit wird eine Katastrophe«, stößt sie hervor und ihre entsetzte Mimik lässt mich sofort zurückrudern.

»Mach dir keine Gedanken! Wir kommen klar«, sage ich, aber June schüttelt den Kopf.

»Das … das gefällt mir gar nicht! Ich muss mit Ryder reden. Das war –«

Willow hustet plötzlich, hält sich die Serviette an den Mund. »Die Sandwiches sind heute staubtrocken!«, röchelt sie und Lav klopft ihr hilfsbereit auf den Rücken.

»Geht's wieder?«, fragt sie und reicht Willow ein Glas Wasser. Willow trinkt und nickt.

»Ja, danke. Müssen von gestern sein«, sagt sie und blickt auf das Sandwich in ihrer Hand.

»Also, Menschen, die stumm sind, machen das ja auch so. Sich schriftlich verständigen. Nur nicht unbedingt mit Post-its. Ich glaube, sie haben da weiterentwickelte Techniken. Aber warum nicht? Ich jedenfalls liebe diese bunten, kleinen Zettel«, sagt Lav und lächelt mich an.

»Eben. Für Menschen, die nicht sprechen können, ist das Alltag. Für uns eben auch. Also für Demon und mich, meine ich. Kein Ding«, nehme ich Lavs Steilvorlage auf und nicke dazu bekräftigend.

»Aber warum tut ihr das? Ich dachte, ihr beide … ihr würdet euch … wenn ihr erst mal zusammenwohnt …«, stammelt June, bis Willow sie unterbricht.

»Herrje, June! Jetzt mach mal halblang. Cleo ist gerade mal zwei Tage bei Demon. Nicht alle sind von der schnellen Sorte wie du und Ryder. Nach nur einem halben Jahr Beziehung schon zu heiraten.«

June schnaubt. »Wir sind nicht schnell! Wir sind langsamer als Schnecken! Ich kenne Ryder seit der Middle School. Wir haben so viele Jahre verpasst! Ich will doch nur, dass Cleo –«

Willow hält ihr die Hand vor die Nase. »Wir wissen alle, was du willst. Eine traumhaft schöne Hochzeit mit Freunden, die sich mögen. Und die bekommst du, richtig, Cleo? Ihr werdet euch doch zusammenraufen?«, fragt sie an mich gewandt und der Blick aus ihren Augen ist durchdringend.

»Ja, sicher. Ich würde niemals etwas tun, das euren großen Tag gefährdet, June. Demon und ich sind erwachsen, und Post-its hin oder her, wir wollen beide unsere Aufgabe als Trauzeugen bestmöglich erfüllen. Mal abgesehen davon, was ist eigentlich mit euch beiden? Ich sehe erst zu Lav, dann zu Willow, um endlich von mir abzulenken. Denn so langsam komme ich mir vor wie die Kuriositätenattraktion auf einem Jahrmarkt. »Wen bringt ihr beide mit? Oder wollt ihr am Singles-Tisch sitzen?«, frage ich.

Zu unser aller Überraschung sagt Lav: »Oh, ich habe jemanden.«

»Was?«, entfährt es uns anderen gleichzeitig.

Lavs Augen blitzen amüsiert. »Ja«, sagt sie geheimnisvoll.

»Wen?«, hake ich nach, doch Lav schüttelt den Kopf. »Ihr kennt ihn nicht. Aber er ist sehr nett. Es ist mein neuer Nachbar. Und letzten Monat, da hatte ich kein Mehl mehr und wir wollten backen, und da habe ich einfach bei ihm geklingelt und er hat es mir geliehen. Und letzte Woche waren wir im Kino«, sagt sie stolz, wir sind sprachlos. Seit ich Lav kenne, hatte sie noch nie ein Date. Kein einziges. Gut, das mag auch an ihren komplizierten Lebensumständen liegen, aber irgendwie haben wir uns alle so daran gewöhnt, dass es jetzt komisch klingt.

»Jetzt schaut nicht so! Er ist wirklich sehr nett«, sagt Lav lachend, June umarmt Lav. »Entschuldige, Lav! Das ist ganz wunderbar! Ich freue mich so für dich!«, sagt sie und Willow und ich stimmen zu. Wenn es jemand verdient, dann Lav.

Dann räuspere ich mich. »Wie ich ja schon gesagt habe, ich habe auch jemanden kennengelernt und wir waren schon was trinken. Er ist superattraktiv und superkultiviert«, sage ich und sehe selbstzufrieden in die Runde.

June klappt der Mund auf. »Was? Wann? Warum erzählst du mir das nicht?«, fragt sie verblüfft.

»Das habe ich. Vielleicht hast du nicht zugehört, weil du mit Ryder und deiner Hochzeit beschäftigt bist?«, sage ich.

»Das ... das geht nicht!«, sagt June leicht verzweifelt.

Ich runzele die Brauen. »Wieso? Was ist denn das für eine Reaktion? Eben freust du dich für Lav, und mir sagst du, das geht nicht? Wie nervös bist du wegen deiner Hochzeit?«, gebe ich zurück und June wird rot.

Eine tiefe Männerstimme enthebt sie einer Antwort.

»Hallo?«, ruft jemand aus dem Foyer. Wir haben wohl das Klingeln der Türglöckchen überhört.

»Wir kommen!«, ruft June und eilig verlässt sie mit mir die Backstube, während Willow noch mit ihrem staubtrockenen Sandwich kämpft und Lav in ihr Lager verschwindet.

Im Foyer steht ein Typ, der mir bekannt vorkommt. Unsicher sieht er sich in seiner Lederjacke und der abgetragenen Jeans um, grinst dann unverschämt süß. Es ist ungewöhnlich, dass in der Agentur nur ein einzelner Mann auftaucht. Meistens finden die zukünftigen Bräute zuerst zu uns.

»Hallo. Was können wir für Sie tun?«, fragt June und tritt auf den Mann zu.

»Äh ... ich bin auf der Suche nach Willow? Willow Evans? Ich dachte, sie ... arbeitet hier? Zumindest steht das so im Internet«, sagt er und bei mir fällt der Groschen. Das ist der Kerl aus der

Bar. Willows Schulkamerad, der angeblich in einem anderen Leben pummelig und ein Mobbingopfer gewesen sein soll. Heute hat er Ähnlichkeit mit Brad Pitt. Also, dem jungen Brad Pitt.

»Seth, richtig?«, sage ich und reiche ihm die Hand.

Erfreut ergreift er sie, nickt. »Ja, genau. Sie waren mit Willow an dem Abend in der Bar. Entschuldigen Sie, aber ich habe Ihren Namen vergessen«, sagt er.

Ich winke ab. »Ich hatte ihn gar nicht gesagt. Willow hat uns nicht vorgestellt. Ich bin Cleo, das ist June. June, das ist Seth. Er war mit Willow auf der Highschool.«

Ich drehe mich um, rufe laut: »Willow? Dein Date für Junes Hochzeit ist da!«

Lächelnd wende ich mich wieder Seth zu, sehe aus dem Augenwinkel, wie June mich perplex mustert.

»Oh, ich wusste nicht, dass ich ein Hochzeitsdate bin«, sagt Seth grinsend, ich grinse zurück.

»So schnell kann es gehen«, sage ich.

»Wer ift für mich da?«, fragt Willow nuschelnd hinter uns, dann erstaunt: »Feth?« Sie schluckt ihr Sandwich herunter, wischt sich mit dem Handrücken über den Mund. »Was machst du denn hier?«, ruft sie aus.

»Ich bin wohl dein Hochzeitsdate, wie ich eben erfahren habe«, sagt Seth, Willow hustet.

»Äh, wie bitte?«, sagt sie, ich verdrücke mich

mit der Begründung, einen Telefontermin zu haben. Den ganzen Weg in mein Büro grinse ich in mich hinein.

Was die drei Damen können, kann ich schon lange.

DEMON

Zettel schreiben?

Ernsthaft?

Bin ich noch in der Highschool und kritzele heimlich Botschaften auf Papierfetzen? Was denkt Cleo sich dabei? Und überhaupt. Warum mache ich da mit?

Auf dem Weg zu meiner Mom grübele ich über den gestrigen Tag und den Start mit Cleo und unserer WG.

»Zettel schreiben? Weil ich einen Scherz gemacht habe?«, murmele ich in der U-Bahn vor mich hin und schüttele den Kopf. Eine Frau sieht mich konsterniert an, weil ich wohl seltsam aussehen muss, wie ich da meine Selbstgespräche führe. Ich lächele sie beruhigend an, doch sie erwidert mein Lächeln nicht.

Humorlos. Genau wie Cleo. Gleich jeden zivilisierten Umgang miteinander verlieren, nur weil ich witzig war? Herrgott, die Frau ist so steif wie ein Bambusrohr.

Eigentlich bin ich an diesem Sonntag viel zu früh dran, aber ich hatte echt keine Lust, Cleo über den Weg zu laufen. Sonntagsvormittags sollte man gemeinsam gemütlich einen Kaffee genießen und sich nicht auf Post-its irgendwelche Guten-Morgen-Grüße hin- und herschicken.

Na super.

Die Frau zieht gerade mal bei mir ein und schon fliehe ich aus meinen eigenen vier Wänden. Das kann ja die nächsten Monate heiter werden.

»Was willst du denn schon hier?«, fragt mich meine Mom, als sie mir die Tür zu dem kleinen Häuschen mit Garten in Jersey öffnet. Wie jeden Sonntag trägt sie ihre Schürze, die ergrauten Haare sind unter einem Haarnetz versteckt, an ihren Händen finden sich Spuren von Mehl, weil sie, wie jeden Sonntag, wahrscheinlich gerade ihren berühmten Apple Crumble backt.

Kochen und Backen war und ist für sie schon immer die Ablenkung von allen Problemen, die das Leben so mit sich bringt. Seit ich mit vierzehn zu ihr gekommen bin, hat sie die Schwierigkeiten mit ihren Pflegekindern in Bratensoße und Kartoffelbrei, in Erbsengemüse und Auflauf, in Apfelkuchen und Kirschkompott ertränkt.

Das hat sich bis heute nicht geändert, auch wenn sie dafür eigentlich nicht mehr fit genug ist und ihre Schützlinge längst ausgezogen und über den ganzen Erdball verteilt sind.

Nur ich bin in ihrer Nähe geblieben, nur ich besuche sie. Ich habe ihr auch dieses Häuschen gekauft, als das Guthaben auf meinem Bankkonto dafür ausgereicht hat. Es ist klein, aber gemütlich, und als ich eintrete, hänge ich zuallererst meine Jacke auf, ziehe meine Schuhe aus. Wer bei meiner Mom mit Schuhen das Haus betritt, kann sicher sein, dass er unmittelbar einen Besen in die Hand gedrückt bekommt, um den Straßendreck New Yorks wegzufegen.

»Komm mit in die Küche, ich bin noch gar nicht so weit«, sagt meine Mom und kneift mich in die Wange. Auch das tut sie immer noch, obwohl ich längst zu alt dafür bin. Ich lasse sie gewähren, grinse schief und folge ihr dann durch den kurzen Flur in die Küche, in der es köstlich duftet. Auf dem Herd blubbert eine Soße, im Ofen backt ein Hackbraten und am Tisch sitzt Mrs. Shrinkle, ihre Betreuerin. Meine Mom leidet an Alzheimer, und noch bringe ich es nicht übers Herz, sie in ein Pflegeheim abzuschieben.

»Demon, mein Junge! Du bist schon wieder gewachsen!«, sagt Mrs. Shrinkle, während sie die Bohnen knackt.

»Tatsächlich?«, sage ich und sehe an mir herunter. Ich bin seit Jahren einen Meter neunzig groß und keinen Zentimeter größer geworden, aber das scheint Mrs. Shrinkle nicht zu interessieren. Es ist ihr Standardspruch, den ich jedes Mal gleich pariere.

»Muss an Moms Sonntagsessen liegen«, sage ich, Mrs. Shrinkle nickt.

»Ja. Ritas Braten ist wie Popeyes Spinat«, antwortet sie auch wie jedes Mal.

Mrs. Horatia Shrinkle ist, wie ihr Name schon vermuten lässt, ein Unikat. Ich habe sie über eine Zeitungsannonce gefunden, nachdem meine Suche über eine spezielle Agentur für Pflegekräfte gescheitert war. Die Kandidaten der Agentur waren mir alle zu klinisch, zu kalt, zu distanziert, und ich habe sie rundheraus abgelehnt.

Dann kam Mrs. Shrinkle. Mit ihren lilafarbenen Haaren, die sie jeden Tag in dicke Wellen legt, mit ihrem dick geschminkten Gesicht, in dem sich das Puder in den tiefen Altersfalten absetzt, mit ihren feuerroten Fingernägeln und ihrer resoluten, aber herzlichen Art meiner Mom gegenüber, hat sie mich gleich überzeugt. Denn resolut muss man sein, wenn man Mom betreut. Wenn sie einen ihrer Schübe hat, kann es äußerst unangenehm werden. Die liebevolle Strenge, mit der Mrs. Shrinkle meine Mom in den Griff bekommt, ist phänomenal. Auch jetzt steht sie auf und verhindert, dass der Hackbraten zu einem Stück Kohle verbrennt, ohne meiner Mom ihre Vergesslichkeit vor Augen zu halten. Sie schiebt es kurzerhand auf den Ofen.

»Rita, der Braten!«, sagt sie und öffnet die Tür des Ofens. Meine Mom dreht sich erschrocken um, den Kochlöffel mit dem klebrigen Kartoffelbrei noch in der Hand. »Aber ich habe ihn doch eben erst rein! Wie kann er schon fertig sein?«, sagt sie und Kartoffelbrei tropft auf ihre Schürze.

Mrs. Shrinkle zieht den Braten heraus, wedelt den Rauch beiseite. »Ich habe schon tausendmal gesagt, das alte Ding hier ist höchstens noch zum Feuermachen gut«, sagt sie, während sie das Blech auf der Arbeitsplatte abstellt.

Ich nehme meiner Mom den Kochlöffel aus der Hand, führe sie zum Tisch. »Setz dich, Mom. Ich sehe nach dem Essen, okay?« Sanft drücke ich sie auf einen Stuhl. Meine Mom nickt und dann folgen Mrs. Shrinkle und ich einer einstudierten Choreografie, die wir bei meinen Besuchen immer aufführen. Ich schneide den Braten, richte das Gemüse und den Brei in Schüsseln an, Mrs. Shrinkle deckt den Tisch.

»Du hast zwei Teller vergessen«, sagt meine Mom zu ihr, als ich das Essen auftrage, Mrs. Shrinkle sieht kurz zu mir herüber.

Ich beuge mich zu Mom, lege meine Hand auf ihre. »Mom, wir sind nur zu dritt. Pete wird nicht kommen. Er ist in Sydney. Mit Ariana. Er hat doch geheiratet, du erinnerst dich? Sie haben ein Baby bekommen, er und Ariana«, sage ich leise, die Augen meiner Mom beginnen zu glänzen.

»Oh ja, richtig! Der kleine Sam. Irgendwo habe ich doch ein Foto von ihm.« Sie will aufstehen, aber Mrs. Shrinkle klatscht ihr Brei auf den Teller.

»Du isst jetzt erst einmal, Rita. Danach sehen wir uns Bilder an.«

Ich nehme ebenfalls Platz und eine Weile essen wir schweigend. Dann blickt meine Mom zu mir, runzelt die Stirn.

»Wo ist Tara?«

Verdammt.

Jedes Mal hoffe ich, dass sie es vergisst.

Doch jedes Mal ist es nicht so.

»Es schmeckt wirklich köstlich, Mom«, lenke ich sie ab. Der Versuch scheitert kläglich.

»Warum hast du sie nicht mitgebracht?«

Ich kaue und schlucke und habe plötzlich das Gefühl, Pappe zu essen. Langsam lege ich mein Besteck zur Seite, tupfe mir den Mund mit einer Serviette.

Mrs. Shrinkle mischt sich ein. »Das nächste Mal sollten wir die Bohnen mit Speck anbraten. Das hat meine Grandma immer gemacht.« Sie spießt eine Bohne auf und zeigt damit auf meine Mutter, doch die lässt sich nicht beirren.

»Demon? Wo ist Tara?«, bleibt sie beharrlich, ich hole geräuschlos Luft.

Ich habe keine Ahnung, wo sich Tara herumtreibt. Das letzte Mal habe ich eine Postkarte aus Dubai bekommen. Ein arabischer Geschäftsmann hatte sie dorthin auf seine Yacht eingeladen. Das ist jetzt vier Monate her.

»Sie hat unglaublich viel zu tun, Mom«, sage ich und zwinge mir ein Lächeln aufs Gesicht.

Meine Mom schnaubt. Sie richtet den Zeigefinger auf mich, ihr Blick wird stechend.

»Du! Du denkst, ich weiß nicht mehr, dass ihr euch getrennt habt! Du denkst, ich habe das vergessen! Weil ich krank bin! Aber das habe ich nicht, Demon!« Mit jedem Wort wird sie lauter, mit jedem Wort schiebt sie den Stuhl ein Stück zurück, bis sie steht. Aus der gutmütigen, eher zerbrechlich wirkenden Frau wird eine wütende Furie.

Ich hasse das.

Ich sollte aufstehen und gehen. Aber ich bleibe sitzen.

»Wegen dir ist sie weg, Demon! Sie hat mir alles erzählt. Du hast die Verlobung gelöst, und du hast sie gezwungen, das Baby wegzumachen! Du wolltest es nicht! Es ist alles deine Schuld!«, schreit mich meine Mom an. Ihr Gesicht ist zornesrot, graue Strähnen hängen ihr in die Stirn. Sie zittert am ganzen Körper und Tränen steigen ihr in die Augen.

Das ist meine gerechte Strafe.

Ich habe Tara im Stich gelassen und ich muss

mir das anhören. Vielleicht wäscht mich das von meinem Vergehen rein.

Mrs. Shrinkle steht auf, läuft um den Tisch herum und legt mir die Hand auf die Schulter. »Geh, Demon. Ich mache das hier. Geh einfach«, sagt sie leise, während meine Mom verzweifelt schluchzt.

Mechanisch schiebe ich den Stuhl zurück. Ohne ein Wort verlasse ich den Raum.

Hinter mir höre ich Mrs. Shrinkle, wie sie meine Mom beruhigt und sie nach oben führt.

»Ich wäre Großmutter, Horatia. Kannst du dir das vorstellen? So ein süßes, kleines Baby für uns?«, murmelt meine Mom auf den Stufen und Mrs. Shrinkle tätschelt ihr den Rücken.

Ich greife nach meiner Jacke und öffne die Tür.

Und ich wäre Vater.

Hätte ich besser auf Tara aufgepasst.

»Und? Wie lief es heute?«, fragt Ryder und greift nach seinem Bier.

Wir sind in unserer Stammkneipe, sitzen am Tresen, knacken Nüsse und reden. Immer wenn ich zu Besuch bei meiner Mom war, schreibt er mir eine Nachricht, ob wir uns treffen wollen, und wenn wir es tun, weiß er eigentlich schon, dass es nicht gut lief. Trotzdem fragt er. Ich zucke die

Schultern, werfe mir eine Nuss in den Mund und spüle mit Bier nach.

»Wie immer«, sage ich kurz angebunden.

»Willst du erzählen?«, fragt Ryder.

Will ich? Keine Ahnung. Aber was soll ich auch groß sagen? Er hat die Geschichte schon so oft gehört, er könnte sie im Schlaf herunterbeten.

»Sie baut ab. Ich weiß nicht, wie lange ich sie noch im Haus lassen kann. Vielleicht sollte ich mich nach einem Platz in einem Pflegeheim umsehen. Noch hat es Mrs. Shrinkle im Griff, aber es wird von Woche zu Woche schlechter«, weiche ich aus.

Ryder nickt. »Hat sie von Tara angefangen?«

Ich nicke stumm.

»Wo ist Tara gerade?«

Wieder zucke ich die Schultern. »Keine Ahnung. Du kennst sie doch. Sie könnte auf Bali bei einem verrückten Guru meditieren oder jeden Moment hier hereinspazieren und ein Bier bestellen«, sage ich.

»Ich habe sie in dieser Klatsch-TV-Show gesehen. Auf einer dieser Model-After-Show-Partys«, sagt Ryder.

Ich atme tief ein und wieder aus. »Ja. Das war letztes Jahr in Mailand. Ihr Erfolg ist echt abartig. Bei ihrem Aussehen kein Wunder.« Ich schnaube.

»Außen hui, innen pfui. Heißt das nicht so?«, sagt Ryder und es soll ein Scherz sein. Aber irgendwie kann ich nicht darüber lachen. Er schubst mich. »Okay, lass mal hören. Wie läuft es mit Cleo?«, will er wissen.

Das Thema ist aber auch nichts, was meine Stimmung erheitern kann.

»Super. Wir sind immerhin übereingekommen, uns per Post-it zu verständigen.«

Ryder zieht die Brauen zusammen. »Muss ich das verstehen?«

Ich schüttele den Kopf. »Ich verstehe es ja selbst nicht. Nur weil ich einen etwas schrägen Witz gemacht habe, redet sie jetzt nicht mehr mit mir. Wir schreiben uns Zettelchen. Wie in der zweiten Klasse.«

Ryder sieht noch irritierter aus. »Das war kein Scherz? Ihr sprecht wirklich nicht mehr miteinander? Herrje, was hast du getan? Sie als Schlampe bezeichnet?«

»Ja. Aber es war ein Witz, okay?«, sage ich.

»Nicht im Ernst? Was genau hast du gesagt?« Ryder klingt geschockt. Gott, macht er jetzt auch so ein Fass auf wie Cleo?

»Ich habe sie gefragt, ob sie einen neuen Job hat. Als Edelnutte«, sage ich und grinse.

Ryder grinst nicht. Er stößt die Luft aus. »Was?«

Ich verdrehe die Augen. »Was, was? Wenn sie nicht so verklemmt wäre, hätte sie einfach darüber gelacht!«, sage ich scharf.

»Demon? Niemand lacht über so was. Das ist

überaus beleidigend«, belehrt er mich, mein Kopf fährt herum.

»Tara hätte darüber gelacht! Sie hätte es so verstanden, wie es gemeint war. Als Witz!«, fauche ich.

Ryder hebt die Hand an die Schläfe, kreist mit dem Finger. »Tara ist eine Psychopathin. Und ganz sicher kein Maßstab für Anstand«, sagt er hart.

Mir reicht es. Mein Tag war beschissen genug, da brauche ich nicht auch noch eine Standpauke von ihm. Ich erhebe mich, trinke im Stehen den letzten Schluck aus meiner Flasche.

»Was denn, du gehst? Komm schon, das ist total albern«, sagt Ryder, aber ich wende mich ab. »Du musst endlich von ihr loskommen, Demon! Sie vergiftet dich immer noch, obwohl sie nicht mal da ist«, ruft er mir hinterher.

Meine Antwort ist der gereckte Mittelfinger.

Er ist nicht mein scheiß Dad!

CLEO

Okay.

Ich muss zugeben, es ist äußerst mühsam, sich mit jemandem ausschließlich über Notizzettel zu verständigen. Vielleicht war das nicht unbedingt die grandioseste Idee, die ich jemals hatte. Aber in diesem Moment ist mir nichts Besseres eingefallen. Es war sozusagen eine Impulshandlung. Demon Hell ist einfach nur unfassbar unverschämt, unfassbar arrogant und ... unfassbar sexy.

Scheiße.

Das wollte ich doch nicht denken!

Auch wenn es stimmt.

Seit knapp zwei Wochen teilen wir uns jetzt die Wohnung, und irgendwie hat sich eine Routine eingeschlichen, die uns die größtmögliche Distanz ermöglicht. Er ist arbeiten, ich bin arbeiten, und des Abends verschwinde ich, so schnell es geht, in meinem Zimmer. Zum einen, weil ich mich darin einfach superwohl fühle, zum anderen, weil ich ihm aus dem Weg gehen will. Aus dem Weg gehen muss. Denn Demon ist genau das, was Willow gesagt hat. Heiß. Gott, wenn wir uns morgens zwangsläufig auf einen ersten Kaffee in der Küche begegnen, muss ich meine Augen zwingen, nicht auf sein noch geöffnetes Hemd zu stieren. Warum tut er das auch? Kann er sich nicht einfach ordentlich anziehen, bevor er sich einen Espresso einlässt? Nein. Die offene Knopfleiste an seinem gestärkten blütenweißen Hemd gibt den Blick auf seine trainierte Brust und seinen flachen Bauch frei.

Es ist schrecklich.

Er ist schrecklich.

Schrecklich … heiß.

So wie der Kaffee, an dem ich mir gerade die Lippen verbrenne, weil ich schon wieder da hinstarre, wo ich doch nicht hinstarren wollte! Verdammt! Ich huste leise und verziehe das Gesicht, Demon blickt von seinem Handy auf, runzelt die Stirn.

»Alles okay?«, fragt er, weil er es immer wieder ohne diese blöden Zettel versucht. Aber ich gebe nicht nach! Das kann er vergessen! Er will mich nur mürbe machen! Wenn ich darauf eingehe, beleidigt er mich nur wieder.

Konsequent zücke ich ein Post-it, die ich mittlerweile praktischerweise auf dem Küchentisch bereitgelegt habe, und kritzele: *Danke, alles bestens.*

Wir müssen über die Hochzeit reden. Wir sollten die Planung weiter vorantreiben.

Demon liest, sieht mich dann an. »Okay. Wann? Heute Abend? Ich habe nichts vor«, sagt er lässig, und als er seine Tasse zu seinem grinsenden Mund führt, klafft sein Hemd noch weiter auseinander. Dieser miese Sack. Das weiß er ganz genau! Bestimmt hat er sich so ein Tutorial auf YouTube angeschaut, wo man lernen kann, wie man sich Bauchmuskeln anmalt. Hundert Prozent! Ich habe das mal gesehen. Da pinseln sich Männer mit dunkler Farbe die Konturen eines Sixpacks nach und es sieht täuschend echt aus. So muss das bei Demon auch sein. Wann bitte hat der Mann sonst Zeit, sich diese harten Linien anzutrainieren? Außerdem isst er wie ein Scheunendrescher. Ich muss es wissen, schließlich wohne ich mit ihm zusammen und könnte ein Buch über seine Kochkünste schreiben, die mir an manchen Tagen das Wasser im Mund zusammenlaufen lassen. Er macht köstlich duftende Pasta, Bruschetta, knackiges Gemüse in einer zarten Sojasoße und all so einen Kram. Und ja, er fragt jedes Mal, ob ich etwas abhaben möchte. Ich halte dann meinen *Nein-Danke*-Zettel hin und verdrücke mich, bevor ich schwach werde.

»Cleo?«, holt Demon mich aus meinen Gedanken und meine Augen von seinem Brustkorb.

»Was?«, frage ich reflexartig, beiße mir sofort auf die Lippen.

»Heute Abend? Wegen Junes und Ryders Hochzeit? Ich hätte da auch noch einige Ideen«, sagt Demon und tut so, als gäbe es die Nicht-unterhalten-Regel nicht.

Demonstrativ reiße ich den nächsten Zettel ab, schreibe:

Ich kann heute Abend nicht. Ich bin verabredet. Und ich habe Angst vor deinen Ideen! Sie können nur chaotisch sein.

Demon verrollt beim Lesen die Augen, ein leises »Pff« entweicht ihm, dann will er erneut losplappern. Ich hebe die Hand und stoppe ihn. Dann schiebe ich ihm den Block und den Stift hinüber und lächele unschuldig.

In einer schnellen Geste zückt Demon sein Handy, tippt darauf herum, hält es mir direkt vor die Nase.

Du bist so gottverdammt anstrengend! Und kindisch! Und verbohrt,

steht da. Ich zucke gleichgültig die Schultern. Demon tippt.

Wer, bitte, könnte sich mit dir verabreden? Er muss verrückt sein, du bist kalt und stumm wie ein Fisch!

Oh!

Oh, wie ich ihn hasse!

Heiße Wut ergreift mich. Ich presse die Lippen aufeinander und drücke bei meiner Nachricht den Kugelschreiber so fest auf das Post-it, dass es beinahe reißt.

Auch wenn dich das nichts angeht, er heißt Christian und mit ihm rede ich sehr wohl. Denn er ist höflich und kultiviert und nicht so ein Bauer wie du!

Ich bin so sauer, dass ich nicht einmal merke, dass ich meine Botschaft laut mitspreche. Demon lacht auf.

Keine zwei Minuten später lese ich auf seinem Handy:

Etwa der Opa aus der Bar? Den kannst du in zwei Jahren im Rollstuhl durch den Central Park kutschieren. Viel Spaß euch beiden! Wo geht's denn hin? In die Kantine des Altenheims?

Er grinst süffisant, während ich lese, und wartet nur darauf, dass ich die Beherrschung verliere. Aber den Gefallen werde ich ihm nicht tun. Da hat er sich geschnitten. Mit schwungvollen Buchstaben schreibe ich den Namen des Sternerestaurants auf einen Zettel, klatsche ihn Demon auf die Küchenarbeitsplatte.

Ha.

Da wird er staunen. Das *La Rose* kennt jeder in Manhattan, der auch nur ein bisschen Ahnung von gutem Essen hat. Und jeder weiß, dass man dort eigentlich keinen Tisch bekommt, wenn man nicht mindestens drei Monate im Voraus reserviert. Aber Christian kennt den Geschäftsführer. Und er führt mich heute zu unserem Date dorthin aus.

Demon pfeift anerkennend. »Das *La Rose* also. Nicht schlecht. Dann euch einen schönen Abend.« Mit diesen Worten stellt er seine Tasse in die Spüle und geht.

Er geht einfach.

Das war jetzt nicht ganz der Triumph, den ich mir erhofft hatte.

Zurück lässt er den Duft seines Parfums.

Und ich kann mich nicht entscheiden, ob ich mir die Nase zuhalten oder so lange schnuppern will, bis mir schwindelig wird.

Mistkerl!

»Und dann mussten wir das Gebäude grundsanieren lassen. Das hat den Mietern, die wir natürlich herausklagen mussten, nicht so gut gefallen, aber so funktioniert die freie Marktwirtschaft nun mal«, sagt Christian, reißt ein Stück von dem noch warmen und knusprigen Weißbrot ab, streckt seine Hand über den Tisch und schiebt es mir allen Ernstes in den Mund. Ich bin viel zu perplex, um zu reagieren, öffne mechanisch die Lippen, lasse mich von einem praktisch Fremden füttern.

Das läuft hier alles ganz und gar nicht so, wie ich es mir vorgestellt habe.

Christian ist auf den zweiten Blick mindestens so unangenehm wie Demon. Wenn nicht unangenehmer. Seit einer Stunde redet er nur von sich und seiner Immobilienfirma. Er lobt sich in den höchsten Tönen, überschüttet sich selbst mit Komplimenten, und ich habe langsam das Gefühl, er übt für seine eigene Laudatio. Ich kaue und schlucke den gefütterten Bissen, grinse krampfhaft und überlege, wie ich aus der Nummer wieder herauskomme.

Normalerweise haben June und ich für solche Fälle einen Plan. Ich schicke ihr einen ganz bestimmten Emoji, sie ruft mich auf meinem Handy an und faselt etwas von einem Notfall. Ich gebe mich bestürzt und breche ebenso überstürzt auf.

Aber wenn ich das jetzt mache, wenn ich June verrate, wie schrecklich mein Date ist, erzählt sie das mit Sicherheit Ryder. Und der erzählt es Demon. Und der lacht sich dann schlapp über mich und Opa.

Und wenn ich Christian jetzt so ansehe, ist er wirklich alt. Die grauen Haare. Und Falten hat er auch. Und ...

Moment mal.

Ist das Demon da vorne?

Ich blinzele, setze mich aufrecht hin, und tatsächlich. Die Dame am Empfang führt ihn und die vollbusige Rothaarige aus dem Café an einen Tisch. Demons Hand liegt fürsorglich im Rücken seiner Begleitung, er zieht ihr den Stuhl zurecht und sieht insgesamt unverschämt gut aus. Kaum sitzen die beiden, beugt er sich zu ihr, nimmt ihre Hand und küsst diese. Dann hebt er den Blick und sieht mich direkt an. Seine Augen bohren sich in meine, auf seine Lippen stiehlt sich ein Grinsen. Ich zucke zusammen, als wäre ich bei etwas Verbotenem erwischt worden, drehe ruckartig den Kopf und lege die Hand wie zum persönlichen Sichtschutz an meine Schläfe.

»Cleo? Geht es dir gut?«, fragt Christian, ich spiele Verstecken wie eine Fünfjährige. Als ob Demon mich so nicht bemerken würde. Und als ob ich so verbergen könnte, dass ich ihn bemerkt habe.

Großer Gott, was macht er hier? Es kann wohl kaum sein, dass er vor Wochen diesen Tisch reserviert hat und das alles ein dummer Zufall ist.

Ist es nicht, wie ich in dieser Sekunde belehrt werde.

»Cleo, Herz! Was tust du denn hier? Solltest du nicht bei meinem Bruder im Krankenhaus sein?«, ertönt Demons Stimme an unserem Tisch, mir wird heiß. Der Typ hat auch vor nichts Respekt.

»Entschuldigen Sie, aber wer sind Sie?«, fragt

Christian, ich nehme langsam meine Hand weg und drehe das Gesicht.

»Demon. Was für eine Überraschung!«, sage ich und lächele gezwungen. Demon hält sich gar nicht lange mit mir auf, wendet sich an Christian.

»Oh, ich bin der Bruder von Cleos Lebenspartner. Demon Hell, angenehm. Mein Bruder liegt wegen einer OP zur Genitalvergrößerung im Krankenhaus. Eigentlich dachte ich, Cleo würde ihm zur Seite stehen, aber wie ich sehe, trifft sie sich lieber mit einem anderen Mann.«

»Spinnst du? Was redest du denn da?«, quieke ich. Hat er das eben wirklich gesagt? Diese hanebüchene Geschichte? Ich schüttele den Kopf. »Christian, das stimmt nicht. Er lügt. Das ist mein Mitbewohner, und ehrlich, ich weiß nicht, was für ein Problem er gerade hat. Würdest du uns bitte in Ruhe lassen? Danke«, sage ich an Demon gewandt. Ich hasse es, dass er mich dazu gebracht hat, unsere Abmachung zu brechen. Aber ich kann ja schlecht hier vor Christian einen Zettel und Stift auspacken. Demon grinst noch breiter, in seinen Augen blitzt es amüsiert.

»Ach, Cleo. Wie du immer verbergen willst, dass du die treibende Kraft hinter der Penisvergrößerung meines Bruders bist. Aber dafür muss man sich doch nicht schämen! Wenn man auf dreißig Zentimeter steht, steht man eben drauf. Haben Sie denn eine adäquate Größe?«, fragt er Christian, der Demon vollkommen verblüfft anstarrt. »Nicht, dass ich mich dafür stark machen will, dass sie mit meiner Beinahe-Schwägerin im Bett landen, aber das scheint deine Absicht zu sein, richtig, Cleo?«

Ich bin im wahrsten Sinne des Wortes sprachlos. Christian und ich starren Demon an, der sich lässig grinsend auf unserem Tisch abstützt.

»Hau ab!«, fauche ich irgendwann.

»Du redest mit mir? Wow! Was ist mit unserer tollen Abmachung?«, fragt Demon und sein spöttischer Tonfall lässt mein Fass überlaufen. Ich spüre, wie mir die Zornesröte ins Gesicht steigt, als ich mich langsam erhebe und mich dicht zu ihm beuge.

»Hau ab! Du bist ein Psychopath! Ein Verrückter, ein Spinner!«, zische ich und, oh Gott! Er riecht so gut! So verdammt gut! Nicht viel zu süß wie Christian, sondern herb und männlich. Das macht mich noch wütender. Sein Geruch und der Umstand, dass Demon sich keinen Millimeter bewegt.

Ich schreie. Ich schreie Demon Hell in einem Sternerestaurant vor den Augen meines Dates an, als wäre ich eine durchgeknallte Furie.

»Hau endlich ab, okay? Du blöder, blöder ... Mann!«, brülle ich und bin die Attraktion des Restaurants. Schlagartig wird es nach meinem Ausbruch still, Köpfe drehen sich, Bestecke werden zur Seite gelegt, Getuschel setzt ein. Ich zittere am ganzen Körper, als sich Christian von seinem Stuhl erhebt.

»Entschuldige mich, Cleo, aber ich habe einen wichtigen Termin vergessen«, murmelt er und nickt Demon und mir knapp zu. Dann verschwindet er verständlicherweise.

Ich würde mich auch aus dem Staub machen, wenn ich er wäre.

Vor Demon, der leise lacht, und vor mir, die für ihn nicht mehr alle Tassen im Schrank haben kann. Wutentbrannt schnappe ich nach meiner Tasche, die sich dummerweise an der Stuhllehne verhakt. Ich ziehe und zerre, bis ich sie losbekomme. Laut klappernd fällt der Stuhl um, landet mit einem lauten Scheppern auf dem Marmorboden und die Blamage könnte nicht größer sein.

Mit hochroten Wangen werfe ich hundert Dollar auf den Tisch, dann eile ich aus dem Restaurant, nur weg von hier.

Und weg von Demon Hell, der seinem Namen alle Ehre macht.

DEMON

Warum ich das getan habe?

Ich habe keine Ahnung.

»Also, du kennst vielleicht Leute! Die hat sich ja mal total danebenbenommen. Voll peinlich, solche Frauen«, sagt Karalinka mir gegenüber und hebt die dünn gezupften Brauen. Karalinka ist ihr Künstlername, hat sie mir verraten. Welche Kunst sie jedoch macht, ist mir noch schleierhaft. Sie hat einen Social-Media-Kanal, auf dem sie sich, sich, und sich postet. Der Name soll russisch klingen, weil sie hofft, so einen russischen Oligarchen an Land zu ziehen. Den würde sie dann heiraten und hätte für den Rest ihres Lebens ausgesorgt.

Ja.

Mir ehrlich gesagt egal. Sie war für heute nur das schnellste Mittel zum Zweck, mehr nicht. Und heiraten soll sie, wen sie will.

Warum habe ich das eben getan?

Karalinka plappert und plappert und süffelt

nebenbei die halbe Flasche Champagner, während ich Cleos hochrotes und entsetztes Gesicht vor Augen habe, kurz bevor sie eben aus dem Restaurant gestürmt ist.

Warum, zur Hölle, habe ich das getan?

»Ich war noch nie so schick essen. Für was ist das hier?«, fragt Karalinka und hält eine kleine Gabel mit vier Zinken hoch.

Ich weiß warum. Weil Cleo mich seit zwei Wochen einfach verrückt macht. Sie macht mich einfach komplett verrückt mit ihrer Sturheit und ihrer Verweigerung, mit mir zu sprechen. Das ist so dämlich! Aber sie zieht es durch, als würde ihr Leben davon abhängen!

Und dann steht sie jeden Morgen in der Küche, beinahe die einzige Zeit am Tag, in der wir aufeinandertreffen, und hat ihre Bluse nicht mal richtig zugeknöpft. Immer, wirklich immer, lässt sie die oberen Knöpfe offen und gibt den Blick auf ihr Dekolleté frei. Ich meine, bemerkt sie das nicht? Dass sie nur halb angezogen ist, während sie ihren Kaffee trinkt? Ich stehe ihr dann gegenüber und muss meine Augen zwingen, sich von dem zarten Hauch schwarzer, grauer, zuletzt sogar roter Spitze, der hervorspitzt, zu lösen. Das gelingt mir nur semigut.

Und Cleo weiß das. Ich wette, sie macht das mit Absicht. Sie will mich scharfmachen, nur um mir zu zeigen, dass ich sie nicht haben kann.

Und, Herrgott, ich bin auch nur ein Mann. Ist doch klar, dass sie damit Erfolg hat.

Warum, verdammt, trägt sie sonst solche Wäsche? Es ist die perfekte Verpackung für ihre zweifelsohne perfekten Brüste. Der Ansatz ihres Dekolletés ist zu verführerisch, die Haut ganz bestimmt weich wie ein Pfirsich.

»Wie bitte? Meine Haut ist wie Pfirsich? Das ist aber süß von dir«, sagt Karalinka und lächelt breit.

Gott. Habe ich das laut ausgesprochen? Sie muss mich für einen obstverrückten Psychopathen halten.

Und überhaupt. Was mache ich denn noch hier? Die Frau mir gegenüber macht mich ungefähr so heiß wie labbriger Toast. Außerdem sollte ich mich bei Cleo entschuldigen. Schon wieder. Das wird langsam zu einem Volkssport. Aber mit dieser Sache eben habe ich den Bogen wirklich überspannt, das muss sogar jemand wie ich einsehen.

»Karalinka, es tut mir leid, aber ich muss gehen. Ich habe einen wichtigen Termin vergessen«, benutze ich die gleiche fade Ausrede wie Opi vor einer halben Stunde und stehe auf. Karalinka sieht mit großen Augen zu mir hoch.

»Echt jetzt? Aber wir wollten doch die Astern probieren?«, sagt sie enttäuscht.

»Austern. Es heißt Austern. Und sie hätten dir sowieso nicht geschmeckt. Aber weißt du was? Bestell dir doch einfach noch eine Flasche Champagner und den wirklich köstlichen Nachtisch. Ich übernehme das, okay?«, sage ich und entferne mich schon vom Tisch. Karalinka sagt noch etwas, das ich schon nicht mehr höre. Wenn ich mich nicht beeile, ist Cleo am Ende ausgezogen. Und das wäre zu schade.

Sie wartet tatsächlich mit gepackten Taschen im Flur. Kaum habe ich die Wohnungstür aufgeschlossen, stürmt sie auf mich zu und feuert mir eine Schimpftirade um die Ohren.

Also genauer gesagt gegen die Brust, weil sie mein Hemd mit bunten Post-its übersät. Ich sehe aus wie ein vollgeklebtes Whiteboard, als sie fertig ist.

Mit gefährlich blitzenden Augen steht sie vor mir, ihre Lippen sind zu einem dünnen Strich zusammengepresst. Sie muss sich unfassbar zusammenreißen, die Klappe zu halten. Kurz will ich über diesen Umstand grinsen, verkneife es mir aber besser. Stattdessen hebe ich kapitulierend die Hände, zupfe dann einen Zettel nach dem anderen ab und lese.

Wow, sie muss beim Schreiben echt furchtbar wütend gewesen sein, weil ich ihre Schrift nur schwer entziffern kann. Aber weil da sowieso nur Beschimpfungen stehen, ist es nicht ganz so dramatisch. Wahlweise bin ich ein arroganter Mistkerl, ein Sexist, ein Chauvinist, ein Egomane, ein Egoist.

Ich ziehe aus! Das bringt nichts mit uns beiden!, lese ich auf dem letzten Post-it und schon bückt sich Cleo nach ihrer Tasche und schiebt sich an mir vorbei zur Tür. Reflexartig schießt mein Arm hoch und versperrt ihr den Weg, Cleo prallt mit der Stirn an meinen Unterarm und zuckt zurück.

»Warte«, sage ich. »Es tut mir leid, okay? Schon wieder war ich ein Arschloch. Verzeih mir bitte, Cleo. Ich will nicht, dass du ausziehst«, stelle ich klar und sehe ihr tief in die Augen.

Sie soll wissen, dass ich das ernst meine. Es tut mir wirklich leid.

In einer schnellen Geste schlägt Cleo meinen Arm beiseite, ich schnaube verblüfft über ihre Kraft. Sie legt die Hand an die Klinke, öffnet die Tür, die ich in einer ebenso schnellen Geste wieder zuklatsche.

Mit dem Rücken zu mir schnauft Cleo unfassbar genervt, stampft mit dem Fuß auf. Sie greift nach ihrem Handy, tippt irgendetwas. Selbst in dieser Situation will sie einfach nicht mit mir reden.

Mir platzt der Kragen. Es kann doch nicht wahr sein, dass man diese Frau mit nichts aus der Reserve locken kann!

Cleo dreht sich um, hält mir das Telefon entgegen, aber ich dränge sie zurück. So weit, bis sie die Tür im Rücken hat.

»Rede mit mir, verflucht noch mal!«, knurre ich, doch Cleo verneint stumm, dreht den Kopf weg.

Was mich noch wütender macht. Als ob ich ihr zuwider wäre. Als ob sie sich vor mir ekeln würde. Dabei spüre ich es doch! Ich spüre doch, wie sie bebt, weil ich ihr so nah bin. Ich spüre das leichte Zittern, das sie durchfährt, als ich meinen Arm hebe und meine Hand an der Tür platziere, sodass sie keine Möglichkeit zur Flucht hat.

»Rede mit mir!«, wiederhole ich mich, vor Augen ihre heftig pochende Halsschlagader. Noch immer verweigert Cleo jedwede Reaktion. Mit der anderen Hand fasse ich an ihr Kinn, zwinge ihr Gesicht zu mir. Cleo leistet Widerstand, aber davon lasse ich mich nicht beeindrucken. Zu stark ist das Verlangen, diese Schlacht zu gewinnen. Millimeter für Millimeter dreht sie mir ihr Antlitz zu, bis ihr Mund direkt vor meinem schwebt. Ihre vollen Lippen, die sie immer noch fest zusammenpresst, als müsste sie sie mit aller Gewalt daran hindern, mit mir zu sprechen.

Und plötzlich ist mir nichts mehr wichtig, als diese Lippen zu erobern. Ihnen die meinen aufzuzwingen, sie zu schmecken, zu überprüfen, ob sie wirklich so stur sind, wie sie vorgeben zu sein. Und Cleo weiß das. Sie weiß ganz genau, was ich im Begriff bin zu tun. Über ihre Wangen legt sich ein glühender Schimmer, ihre Lider flattern aufgeregt.

Ganz langsam nähere ich mich ihrem Mund, unsere Nasenspitzen berühren sich. Unwillkürlich neigt Cleo den Kopf nach rechts, ihr Becken streift meines, als sich ihr Körper an meinen drängt. Mein Herz klopft wie irre, als ich meine Hand von ihrem Kinn nehme, um ihr den Raum zu geben, diese Situation zu beenden. Kurz warte ich, obwohl ich es eigentlich kaum abwarten kann, doch diese Sekunde ist zu wichtig. Zu wichtig ist die Entscheidung, ob Cleo bleiben oder gehen will.

Sie bleibt. Stocksteif und still, als ich meine Hand in ihren Nacken lege, ihn umgreife und sie noch dichter zu mir ziehe.

Zart streife ich ihre Lippen, was Cleo sofort ein leises Stöhnen entlockt.

Sie schließt die Augen, reckt sich mir entgegen, mein Daumen fährt über ihre Kehle.

»Sag, dass ich dich küssen soll«, verlange ich kühn. Ich weiß, dass das das Signal sein könnte, das sie an ihre Sturheit erinnert, aber die Versuchung ist zu groß. Ich will, nein ich muss diesen harten Kern knacken, muss ihre Stimme hören.

Cleo beißt sich als Antwort auf die Unterlippe, ich packe ihren Nacken fester.

»Sag es«, befehle ich rau an ihrem Mund, kann mich selbst kaum noch zurückhalten.

»Küss mich«, wispert Cleo so leise, dass ich es mir auch nur einbilden könnte. Aber es ist egal. Ich kann nicht länger warten.

Mit einem Knurren presse ich meinen Mund auf ihren, treffe auf die weichsten und vollsten Lippen, die ich jemals geküsst habe.

Verdammt, sie schmeckt so unfassbar gut. Sie fühlt sich so unfassbar gut an, dass ich beinahe sofort hart werde. Ich kralle meine Finger in Cleos schlanken Hals, als ob ich Angst hätte, sie würde mir sonst davonlaufen, und aus unserem Kuss wird eine wilde Knutscherei. Cleo öffnet ihre Lippen, lässt meine Zunge ein, erwacht aus ihrer Starre. Sie umschlingt mit ihren Armen meinen Hals, rückt an mich heran. Ihre Brüste schmiegen sich an meinen Brustkorb, ihre Hüfte drückt gegen meine Beckenknochen. Hungrig spielen unsere Münder miteinander, Cleo verliert alle Hemmungen. Fieberhaft leckt sie mir über die Lippen, süße Laute ausstoßend, die ihre Erregung verdeutlichen. Sie zerwühlt mir das Haar, lässt ihre Hüfte kreisen, spürt meinen harten Schwanz zwischen uns und presst mit voller Absicht ihr Knie mit genau dem richtigen Druck dagegen.

Meine Hand fährt über ihren Hals zu ihrem Schlüsselbein, über ihre nackte Haut, zum Ausschnitt ihrer Bluse.

Sie ist zart wie ein Pfirsich. Ich hatte recht. Köstlich zart und köstlich weich. Meine Finger streicheln sie, Cleo erschauert unter der Berührung. Mit einer sanften Bewegung sorgt sie dafür, dass der seidige Stoff über ihre Schulter rutscht, so tief, dass er den Ansatz ihres feinen Spitzen-

BHs freigibt. Stumm reckt sie sich mir entgegen, stumm will sie mir zu verstehen geben, dass ich weiter gehen darf.

Ich unterbreche unseren Kuss, Cleo schlägt irritiert die Augen auf.

»Was willst du?«, frage ich. Sie soll es mir laut und deutlich sagen. Sie soll sagen, dass sie mich begehrt, sie soll mit mir reden.

Nichts geschieht, sie sieht mich nur an.

Aufreizend lasse ich meine Fingerknöchel über ihr Dekolleté gleiten, Cleo stöhnt auf. Unter ihren dichten Wimpern sind ihre Pupillen dunkel und weit, ihr Atem geht hektisch.

»Soll ich deine Brüste berühren? Dann sag es!«

Gottverdammt, ich will sie hören! Meine Daumenkuppe streift wie zufällig ihren hoch aufgerichteten Nippel, ich sauge dabei scharf die Luft ein. Denn nicht nur Cleo kostet das hier Beherrschung. Ich habe das Gefühl, meine Hose platzt gleich von dem gigantischen Ständer, der gegen die Naht pocht. Ich könnte sie hier und jetzt einfach nehmen. Ihr die Klamotten vom Leib reißen, ihr Höschen nach unten ziehen, sie hochheben und hart in sie eindringen. Das Verlangen danach ist übermächtig.

Cleos vom Kuss feuchte Lippen öffnen sich, sie hebt ihr Bein an, ihr Schenkel reibt über meinen Schwanz.

Jetzt wird sie es sagen. Sie wird mich bitten, sie

wird es laut aussprechen. Und unsere blöde Abmachung ist endlich hinfällig.

»Niemals!«, stößt Cleo hervor und mich beiseite. Völlig verdattert sehe ich zu, wie sie sich die Bluse zurechtrückt und die Schultern durchdrückt. Sie greift in ihre hintere Hosentasche und zückt doch tatsächlich ihr Handy. Und auch wenn ihre Finger dabei zittern und ihr Atem immer noch schwer geht, tippt sie.

Sie tippt!

Die Frau hat einen totalen Knall!

Mit zwei Schritten bin ich bei ihr, umfasse ihr Handgelenk und zwinge es nach unten. Dann bringe ich mein Gesicht ganz nah an ihres und zische: »Du kannst dich so sehr bemühen, wie du willst, das eben machst du nicht ungeschehen. Du bist scharf auf mich. Das verhinderst du auch mit dieser dämlichen Abmachung nicht. Und ich garantiere dir, ich entlocke dir noch Töne, die hast du selbst noch nie von dir gehört.« Nach meinen Worten starren wir uns sekundenlang an, dann lasse ich sie los und gehe.

Ich muss mich schleunigst um meinen Ständer kümmern, sonst sprengt er mir die Hose.

Zwangsläufig wohl vorerst ohne Cleo.

CLEO

»Die Tischordnung ist prima, Cleo. Oder, Ryder? Was meinst du?«, wendet sich June an Ryder und die beiden studieren meinen Plan. Ich grübele derweil über DAS MISSGESCHICK, wie ich es, seit es geschehen ist, betitele.

Wie in aller Welt konnte ich mich dazu hinreißen lassen? Bin ich von allen guten Geistern verlassen, ausgerechnet Demon zu küssen? Ich hole tief Luft, greife nach dem Glas Wasser und trinke einen Schluck. Mein Salat steht noch unangetastet vor mir, während June und Ryder längst mit ihrem Essen fertig sind.

Wir haben uns zum Lunch getroffen, um die Gästeliste und die Tischordnung durchzusprechen und danach muss June zur Kleiderprobe. Ryder wird dann zurück in die Kanzlei fahren und ich werde June begleiten.

Gedankenverloren fahre ich mit dem Finger den silbernen Stiel der Gabel nach und beobachte, wie sich die feuchten Schlieren, die ich dabei hinterlasse, wieder verflüchtigen.

Wenn das doch nur bei DEM MISSGESCHICK auch so einfach ginge. Wenn es sich einfach verflüchtigen würde, nur noch eine diffuse Erinnerung wäre.

Aber es ist alles andere als das.

Es ist ein Feuer, das vierundzwanzig Stunden in meinem Magen brennt. Es ist ein Kribbeln auf meinen Lippen, ein sehnsuchtsvolles Ziehen in meinem Unterleib, eine Hitze in meiner Brust, die dringend nach einer Abkühlung verlangt. Es grenzte an ein Kunststück, Demon die letzten Tage nicht über den Weg zu laufen. Ich schleiche durch die Wohnung wie ein Indianer, verdrücke mich zwei Stunden früher in die Agentur und komme meistens erst gegen Mitternacht zurück. Die Nächte sind kurz und von Schlafmangel geprägt, weil ich jedes Mal, wenn ich die Lider schließe, Demon vor Augen habe und DAS MISSGESCHICK erneut durchlebe. Dann geht mein Atem plötzlich schneller und meine Hand von ganz allein auf Wanderschaft über meinen erhitzten Körper. Sie umkreist meine harten Nippel, meinen Nabel, liebkost die Innenseiten meiner Schenkel. Sie findet ihren Weg zu meiner Mitte, die in Flammen steht. Meine Finger streichen in der feuchten Wärme auf und ab, mein Rücken biegt sich durch, ich beiße ins Kissen, um seinen Namen zu ersticken, der im Moment meines Höhepunktes über meine Lippen kommt. Am liebsten würde ich ihn dann laut herausschreien, denn noch nie hat ein einziger Kuss solche Gefühle in mir ausgelöst. Ich benehme mich wie fünfzehn, als ich das erste Mal verknallt war, könnte seinen Namen überall hinkritzeln, mit lauter Herzen und Kussmündern drumherum.

Schon wieder spüre ich, wie sich die Erregung zwischen meinen Beinen staut.

Demon, Demon, Demon.

Oh Gott, ich bin schrecklich! Einfach nur schrecklich!

»Demon! Wie schön, du hast es doch geschafft!«, vernehme ich plötzlich und mein Kopf schießt hoch. Und da steht er.

Scheiße!

Scheiße, Scheiße, Scheiße!

Du lieber Himmel, sieht er gut aus! Ich hatte das vollkommen vergessen die letzten drei Tage. Oder verdrängt, keine Ahnung, aber jetzt trifft es mich mit voller Wucht. Demon beugt sich zu June herunter, küsst sie auf die Wange, klatscht sich mit Ryder ab, wendet sich dann an mich.

»Cleo«, sagt er knapp und zieht nur ganz kurz die Mundwinkel nach oben. Mit einer Hand lockert er seine Krawatte, schiebt sich neben mich auf die mit Samt bezogene Bank, und wie nicht anders zu erwarten, streift mich sein Duft. Mir wird schwindlig, und sofort werden die Bilder

DES MISSGESCHICKES noch lebendiger, als sie sowieso schon waren.

Mit feuerroten Wangen senke ich den Kopf, weil ich das Gefühl habe, jeder sieht mir meine eindeutigen Gedanken an der Nasenspitze an.

Also, besonders Demon.

Obwohl er keine Signale erkennen lässt, dass dem so ist. Im Gegenteil. Irgendwie ignoriert er mich mehr oder weniger. Er fängt sofort eine Unterhaltung mit June und Ryder an, und obwohl ich mich eben noch verstecken wollte, passt mir das so auch nicht. Warum tut er so, als wäre ich nicht anwesend? Beschäftigt ihn DAS MISSGESCHICK zwischen uns nicht? Ist es ihm egal?

Ich schnaube. Natürlich ist es ihm egal! Für Demon bin ich eine unter Tausenden, unser Kuss einer unter Millionen. Und selbstverständlich ist er sexuell nicht so ausgehungert wie ich. Er hatte ja erst die Rothaarige, dieses Flittchen.

»Ich wäre ja dafür gewesen, dass die Gäste selbst bestimmen, wo sie sitzen. Eine Tischordnung ist so spießig. Aber auf mich hört ja niemand«, sagt Demon gerade, ich runzele die Brauen.

Als ob er sich auch nur eine Sekunde mit eingebracht hat!

Gar nichts hat er getan, dieser Hochstapler!

Ich drehe den Kopf, kreuze die Arme, sehe ihn an.

Ziemlich lange. Bis er endlich gewillt ist, sich mir zuzuwenden, vergehen gute zwei Minuten.

»Was?«, fragt er dann überdeutlich und fixiert mich fest.

Mist!

Jetzt muss ich mit ihm reden, wenn ich June nicht in Panik versetzen will. Wie konnte ich das vergessen? Dass ich ja eigentlich nicht mit ihm rede?

Ein süffisantes Grinsen stiehlt sich auf Demons Gesicht, er kreuzt ebenfalls die Arme, abwartend, triumphierend.

Auch Ryder und June sehen mich an, und ich beschließe, Demon diesen Sieg nicht zu gönnen. Ich kann June sicher später erklären, warum ich mich an sie anstatt an ihn richte und sage: »Könntest du Demon bitte daran erinnern, dass er sich bis jetzt um gar nichts, was eure Hochzeit betrifft, gekümmert hat? Und dass er jetzt nicht so tun muss, als wäre das hier alles sein Verdienst?« Mein Ton ist schnippisch, ich komme mit Sicherheit rüber wie die größte Oberzicke, aber das ist mir egal.

Neben mir lacht Demon leise. »Ernsthaft, Cleo? Selbst nachdem wir uns geküsst haben, ziehst du dieses saublöde Theater noch durch?«, fragt er glucksend, und ich denke, ich habe mich verhört.

Hat er eben unseren Kuss erwähnt? Vor June und Ryder?

Hat er wohl, denn auf Ryders Gesicht erscheint ein fettes Grinsen, June schreit leise auf und schlägt sich die Hände vor den Mund.

»Ah! Ich glaube es nicht! Ihr habt euch geküsst?«, quiekt sie, als wäre das das größte Glück aller Zeiten, in mir regen sich Mordgelüste. Ich muss meine Hände zwingen, sich nicht um Demons Hals zu legen und zuzudrücken. Eine Welle des Zorns überspült mich, doch äußerlich gebe ich mich ruhig und gefasst, winke ab. Leugnen wird hier nichts bringen. Also muss ich es verharmlosen.

»Das war gar nichts. Eine Verirrung, ein kurzer Moment, überhaupt nichts Bedeutendes. Ihr kennt das doch. Da denkt man, das könnte man mal ausprobieren, und stellt dann fest, dass es in keinem Fall wiederholungsbedürftig ist. Offensichtlich beschäftigt es Demon mehr als mich. Sonst hätte er das ja nicht erwähnt. Könnten wir jetzt zum Wesentlichen zurückkommen? Eurer Hochzeit?«, sage ich lässig, greife nach dem Wasserglas und stürze den Inhalt hinunter.

Am Tisch ist es sekundenlang still, dann nickt June. »Klar, sicher. Aber ... redet ihr immer noch nicht miteinander oder wie soll ich das jetzt verstehen?«, fragt sie und klingt besorgt.

Ich zucke die Schultern. »Wir beide reden doch. Das reicht doch«, sage ich und lächele June an, die mich für komplett irre halten muss. Auch

Ryder blickt drein, als würde er nur Bahnhof verstehen, was ich ihm nicht verdenken kann.

Ich hole tief Luft. »Jedenfalls habe ich mir Gedanken um die Band gemacht. Und um eure Playlist. Ich dachte, wir könnten –«

»Aber das hat Demon doch schon längst erledigt. Die Band ist gebucht, die Songs sind ausgewählt«, unterbricht mich June leicht verblüfft. »Wusstest du das nicht?«

Wieder schießt mir das Blut in die Wangen. Er hat bitte was?

»Äh«, mache ich.

Neben mir sagt Demon: »Ich hatte dir eine Mail geschickt. Vielleicht ist sie im Spam gelandet? Das würde sicher nicht passieren, wenn wir miteinander sprechen würden. Das nennt man Kommunikation, Cleo. Aber das ist nur eine Vermutung meinerseits. Du darfst mich gerne korrigieren.«

Oh, dieser selbstgefällige Ton.

Ich mache den Fehler und sehe ihn an.

Mein Herz stolpert, mein Blick fährt über sein kantiges Kinn, seinen sinnlichen Mund, seine scharfen Konturen und bleibt an seinen stahlblauen Augen hängen. Ich schlucke. Es sollte verboten sein, so gut auszusehen. Wie soll sich ein Mensch auf das Wesentliche konzentrieren, wenn –

»Ich glaube, wir müssen dann«, sagt June und erhebt sich vom Tisch. Sie schnappt sich ihre Tasche, küsst Ryder, nimmt meine Hand und zieht mich hoch. »Kommst du, Cleo?«, fragt sie überflüssigerweise, weil sie mich ja praktisch von einem sichtlich verdutzten Ryder und einem erkennbar triumphierenden Demon wegzerrt. Ich kann mich nicht einmal ordentlich von Ryder verabschieden.

June stürmt förmlich aus dem Diner, ich spüre Demons Grinsen in meinem Nacken.

»Okay, das ist ja alles kein Problem. Es läuft doch super mit den Hochzeitsvorbereitungen. Und irgendwann werdet ihr schon noch miteinander reden«, sagt June und klirrt ihr Sektglas leicht an meines, während wir auf ihr Kleid warten, das die Designerin gleich bringen wird. Ich nicke. »Küsst er denn gut?«, fragt June neugierig und nippt an ihrem Champagner. Sie grinst verstohlen, als ich mich ihr zuwende.

»Hast du mir nicht zugehört? Es war nichts Besonderes, June!«, antworte ich mit Nachdruck. Junes Kopf ruckt bekräftigend auf und ab.

»Deswegen hast du auch ausgesehen, als würde dir ein Geist begegnen, als Demon plötzlich aufgetaucht ist«, sagt sie.

Ich schnaube. »Hör schon auf! Ich war eben in Gedanken versunken und du hattest es ja auch mit keinem Wort erwähnt.«

»Mhm«, macht June kryptisch, dann springt sie plötzlich auf. »Hey! Ich habe eine Spitzenidee! Wie wär's, wenn du auch ein Brautkleid anprobierst?« Sie strahlt mich an, ich runzele skeptisch die Stirn.

»Ich weiß nicht. Bringt das nicht Unglück?«, sage ich, obwohl ich eigentlich Lust hätte. Wer weiß, ob ich jemals in meinem Leben heiraten werde.

»Quatsch! Los doch, das wird spaßig!«, verwirft June meinen Einwand kurzerhand. Schon fahren ihre Hände durch die seidigen Kleider, ziehen prüfend eines nach dem anderen heraus. Ich stehe ebenfalls auf und wage mich an die traumhaften Roben.

Tüll und Spitze gleiten durch meine Finger, ich bewundere filigrane Blüten, bestickt mit Perlen, zähle glitzernde Knöpfe und Strasssteine. Ausladende Röcke wallen mir in etlichen Lagen entgegen, steife Korsagen, gehalten von zarten Trägern, cremefarbene Seide, weißer Satin. Ich bin praktisch eingehüllt in den Traum aller Mädchen.

»Ich könnte mich da niemals entscheiden«, sage ich irgendwann und drehe mich zu June um.

»Ich weiß. Deswegen habe ich das für dich übernommen«, sagt sie und hält mir triumphierend ein Kleid entgegen.

Es ist schlicht, aber doch raffiniert. Schmal, im Meerjungfrauenstil, mit einem tiefen Rückenausschnitt. Ohne viel Schnickschnack und doch wunderschön.

»Das?«, frage ich und nehme es June ehrfürchtig aus der Hand.

Sie nickt. »Ja, das. Los, probier es an!« Sie schubst mich in eine der riesigen Umkleideräume, will schon die Tür schließen, als ich wispere: »June! Ist das überhaupt erlaubt? Ich meine, einfach ein Kleid anzuziehen? Sollte da nicht eine Schneiderin dabei sein?«

June schüttelt vehement den Kopf. »Nicht für uns. Wir vermitteln ihnen die besten Kundinnen. Wir haben eine Sondergenehmigung.« Sie zwinkert, schiebt mich dann resolut zurück, als könnte sie es gar nicht abwarten, mich in diesem Kleid zu sehen. Irgendwie benimmt sie sich seltsam.

Aber was soll's. Dann füge ich mich eben meinem Schicksal.

Ich will gerade in die hohen Schuhe schlüpfen, die mir June noch durch die Tür gereicht hat, als sie plötzlich klopft.

»Cleo?«

»Ja?«, sage ich und traue mich gar nicht, in den Spiegel zu blicken. Ich im Brautkleid! Ich habe nicht mal einen Typen! Das bringt bestimmt und ganz sicher Unglück.

»Es tut mir leid, aber ich muss weg!«, ruft June durch die Tür.

»Was? Wieso?«

»Wir haben einen Wasserrohrbruch in der Wohnung, sagt Ryder.«

»Oh Gott! Okay, keine Panik! Warte, ich zieh das nur schnell aus! Aber was ist mit dir? Das ist doch deine Anprobe!«, sage ich und fummele hektisch an dem versteckten Reißverschluss an meiner Taille herum.

»Nein, schon gut! Ich habe das geklärt, ich kann einfach morgen noch mal kommen. Hör mal, nimm einfach ein Taxi zurück in die Stadt. Ich übernehme die Kosten«, sagt June, und dafür, dass es um ihr Hochzeitskleid und einen Wasserrohrbruch geht, klingt sie ziemlich entspannt. Hier stimmt doch was nicht.

»June?«, rufe ich, aber bekomme keine Antwort mehr. Ist sie schon gegangen? »June?«, versuche ich es erneut, doch meine Freundin scheint verschwunden.

Mit dem Taxi zurück nach Manhattan? Das wird ein Vermögen kosten! Wir sind hier in Long Island. Der Brautladen ist ein absoluter Geheimtipp, die Designerin gerade erst im Kommen, daher kann sie sich die teuren Mieten in der Stadt noch nicht leisten. Ihr Atelier befindet sich auf dem Grundstück ihrer Eltern und die Fahrtzeit zurück beträgt mindestens eine Stunde. Im Geiste rechne ich, wie viel Dollar Bargeld ich brauche, und zu allem Überfluss klemmt jetzt auch noch der Reißverschluss. Zu ging er, aber nun macht er Zicken.

Verdammt! Ich fummele und ziehe und zerre und gebe nach einer Viertelstunde schließlich auf. Ich brauche Hilfe. Sonst stehe ich in drei Stunden noch hier oder, noch schlimmer, zerstöre diesen Traum in Weiß, der genau wie die Taxifahrt ein Vermögen kostet.

Vorsichtig öffne ich die Tür, spähe nach draußen.

»Hallo? Könnte mir mal bitte jemand den Reißverschluss öffnen?«, frage ich laut, und die Stimme, die mir antwortet, ist ganz sicher nicht die der Designerin.

Mit Schwung öffne ich die Tür ganz und hoffe, dass ich träume.

Aber das tue ich nicht. Auf dem Samtsofa, auf dem eben noch June saß, sitzt jetzt Demon. Breitbeinig, einen Arm lässig auf die Lehne gelegt. Er mustert mich von oben bis unten und grinst.

Das kann doch echt nicht wahr sein!

DEMON

Gottverflucht!

Bei Cleos Anblick muss ich schlucken.

»Wow! Du siehst umwerfend aus!«, rutscht es mir heraus, bevor ich es verhindern kann. Denn genau so ist es. Genau so hatte ich es mir vorgestellt. So muss ein Mann empfinden, wenn seine Zukünftige in ihrem Kleid auf ihn zuschreitet. Cleo ist wunderschön, obwohl sie nicht mal Schuhe oder Schmuck dazu trägt. Einfach nur dieses Kleid. Es schmiegt sich an ihren Körper wie eine zweite Haut, betont ihre perfekten Kurven. Die zarten Schultern, die schmale Taille, den schlanken Hals.

Cleo antwortet wie gewohnt nichts, blickt mich nur mit großen Augen an.

Ich hebe die Arme. »Bevor du dich fragst, ob ich ein verrückter Psychopath bin, der dich stalkt, nein. June hat mich vorhin angerufen und mich gebeten, dich hier abzuholen. Und da bin ich«, sage ich.

Cleo verzieht abfällig das Gesicht, ein leises »Pff« verlässt ihre in Abscheu gekräuselten Lippen. Sie gibt mir allein mit ihrer Mimik zu verstehen, für wie überflüssig sie mich hält.

Ich stehe auf, laufe auf Cleo zu, die sich irgendwie nicht entscheiden kann, ob sie in die Kabine zurückkehren oder an mir vorbeipreschen soll.

Sie entscheidet sich für Letzteres, was ich in keinem Fall zulassen kann. Erstens lasse ich mich von ihr nicht mehr zum Deppen machen und zweitens ... lasse ich mich von ihr nicht mehr zum Deppen machen. Ich bin weder dieses Arschloch, als das sie mich darstellt, noch gefährlich. Außerdem haben wir uns geküsst. Und im Übrigen muss ich sie in diesem Dress anfassen. Ich muss über die Rundung ihrer Taille streichen, die glatte Seide fühlen, die sie so aufreizend umspielt.

In dem Augenblick, in dem Cleo an mir vorbeiläuft, packe ich ihr Handgelenk und stoppe sie. »Tu nicht so, als wäre ich unausstehlich. Immerhin bin ich fünfzig Meilen für dich gefahren«, sage ich, Cleo kommentiert es nicht. Natürlich. Gott, wie sie mir damit auf den Keks geht. Warum will sie einfach nicht kapieren, dass mich ihre Sturheit erst recht anstachelt, sie aus der Reserve zu locken.

So auch jetzt. Mit einem Ruck wirbele ich sie

herum, ziehe sie zu mir heran und fixiere ihren Arm um ihren Bauch. An mich gepresst schiebe ich sie zum Spiegel.

Wir geben ein schönes Paar ab, wie wir da so stehen. Sie, einen halben Kopf kleiner als ich, in diesem wunderschönen Kleid, den Blick zu Boden gesenkt, als würde sie dort nach störenden Staubfusseln suchen, ich, der seine Augen kaum von ihr abwenden kann.

»Sieh uns mal an. Wir sind echt ein hübsches Paar«, sage ich und weiß genau, dass ich sie damit auf die Palme bringe.

Genau so ist es. Cleos Spiegelbild presst die Lippen zusammen, sie zerrt an meinem Arm, der sie fest umklammert. Ich lache leise, was Cleos Ellenbogen dazu veranlasst, mich in die Rippen zu stoßen.

»Hey. Bist du etwa eine kleine Wildkatze? Hatte ich gar nicht von dir erwartet«, treibe ich es langsam, aber sicher auf die Spitze. Über den Begriff Wildkatze wird sie in Rage geraten, so viel steht fest.

Cleo holt mit dem Fuß aus und will mir ans Schienbein treten, ich mache elegant einen Schritt zurück und sie tritt ins Leere. Sie strauchelt leicht, ich gluckse.

»Was sollte das denn? Ein Schuss ins Blaue?« Cleo schnaubt wütend, ich packe fester zu. »Du musst nur sagen, dass ich dich loslassen soll. Das ist alles. Ein Satz, Cleo. Ein winziger, kurzer Satz«, sage ich und neige den Kopf. Meine Nase streift ihr Haar, ihren bloßen Hals. Tief atme ich ihren Duft ein, was Cleo mit einem scharfen Atemzug quittiert. Unter meinem Arm spüre ich ihren schnellen Herzschlag, den weichen Ansatz ihrer Brüste in dem dünnen Kleid.

»Komm schon, Wildkatze. Ein Satz. Dann bist du frei«, wispere ich rau an ihrem Ohr, meinen Blick in den Spiegel gerichtet, sodass mir auch nicht die kleinste Reaktion von ihr entgeht. Cleos Wangen sind zornesrot, durch den geöffneten Mund holt sie hektisch Luft, versucht immer noch, sich zu entwinden.

»Du willst es gar nicht, richtig? Du willst nicht, dass ich dich loslasse. Weil du es magst«, sage ich und mein Mund streift ihren Hals. »Du magst das«, flüstere ich und bedecke ihre Haut mit federleichten Küssen. »Und das.« Sanft beiße ich sie in die pochende Halsschlagader. »Und das.« Meine Hand gleitet nach unten, fährt über Cleos Rippenbogen über ihre Taille zu ihrer Hüfte. Gott, sie riecht so köstlich. Sie fühlt sich so köstlich an. Ich versenke meine Nase an ihrem Hals, sauge sanft an ihrer Haut, spüre unter meinen Fingern ihren flachen Bauch und brauche einen Moment, bis ich registriere, dass Cleo spricht.

»Wenn du mich nicht sofort loslässt, schreie ich den ganzen Laden zusammen, Demon Hell«, sagt sie klar und deutlich und absolut eisig.

Wow.

Okay. Sie ist sauer. Und zwar so richtig.

Ich nehme meine Hände von ihrem Körper, meinen Mund von ihrem Hals und mache einen Schritt zurück. Über den Spiegel funkelt mich Cleo an, als würde sie meinen Kopf am liebsten unter einer Guillotine platzieren. Ich zeige ihr die geöffneten Handflächen, weil ich Sorge habe, dass sie mich gleich anspringt und mir die Augen auskratzt.

»Ein Satz. Sagte ich ja.«

Cleo faucht: »Bitte sehr! Du hast gewonnen! Ich hoffe, du kannst vertragen, was du zu hören bekommst!« Mit diesen Worten stürmt sie mit gerafftem Kleid davon, ich grinse in mich hinein.

Diese Frau knacke ich. Und wenn es das Letzte ist, das ich tue.

»Ein Porsche? War ja klar!« Cleo verrollt die Augen, als sie einsteigt.

»War es das?«, sage ich und starte den Motor.

»Ja. Männer wie du fahren immer solche Autos. Sie kompensieren damit ihre soziale Inkompetenz und ihren ... na, du weißt schon«, erwidert Cleo, während sie sich anschnallt. »Nein, ich weiß nicht«, sage ich.

»Herrgott, Demon! Stell dich nicht dumm! Ich meine deinen ... dein ... Ding«, antwortet sie doch tatsächlich und fuchtelt mit ihrer Hand vor ihrem

Gesicht herum, als würde sie eine Fliege verscheuchen.

Meine Antwort ist das Gaspedal, Cleo wird in den Sitz gedrückt, als wir anfahren.

»Kannst du dir ungefähr vorstellen, wie winzig mein Schwanz sein muss, wenn ich das nötig habe?«, sage ich und stelle mit Genugtuung fest, dass Cleo sich wegen der Beschleunigung in die Polster krallt.

Von wegen soziale Inkompetenz.

In einer scharfen Kurve biegen wir auf die Interstate ein, Cleo rutscht zu mir herüber.

»Könntest du das bitte lassen?«, faucht sie, ich drehe den Kopf.

»Was? Das Fahren? Könnte schwierig werden mitten auf der Straße. Aber wenn du willst.« Nach einem Blick in den Rückspiegel trete ich auf die Bremse, Cleo ruckt nach vorne.

»Demon, verdammt!«, schreit sie. »Was soll denn das?«

Ich zucke mit den Schultern. »Ich tue nur, was du sagst.« Wir werden immer langsamer, Autos überholen uns hupend und die Fahrer zeigen mir den Vogel.

»Gib Gas, um Gottes willen!«, befiehlt Cleo.

Ich bleibe dieses Mal vernünftig. Langsam beschleunige ich, neben mir entspannt sich Cleo ein bisschen.

Eine Weile fahren wir stumm, bis ich das Schweigen breche. »Danke, Demon, dass du mich aus Long Island abholst. Das ist wirklich sehr nett von dir«, sage ich, Cleo schnaubt.

»Vergiss es. Ich habe dich nicht darum gebeten, okay? Ein Taxi hätte es auch getan. Nein, warte! Ein Taxi wäre zehnmal besser gewesen, als eine Stunde neben dir im Auto zu sitzen!«, ruft sie aus und wirft die Arme in die Luft.

Ich kralle die Hände ums Lenkrad, beiße die Kiefer aufeinander. Sie ist dermaßen frech, das ist nicht zu glauben!

»Warum tust du das, Cleo? Was in aller Welt habe ich dir so Schreckliches getan?«, stoße ich zwischen den zusammengebissenen Zähnen hervor.

»Tz! Echt jetzt, Demon? Die ganze Zeit heulst du rum, weil ich nicht mit dir reden will, und jetzt sage ich etwas und es passt dir auch nicht? Das ist erbärmlich!«

»Du bist erbärmlich! Für dich ist Freundlichkeit ein Fremdwort. Du bist kalt wie ein Fisch. Solche Frauen wie dich kenne ich. Ihr seid wie diese Gottesanbeterinnen, die ihre Männer nach dem Sex zum Frühstück verspeisen.«

Cleo schnappt nach Luft. »Was …? Spinnst du?«

Mit einem heftigen Schlenker verlasse ich die Interstate und reihe mich in den Queens Tunnel ein. Cleo wird zur Seite geschleudert, quietscht laut.

»Ich habe gesagt, du sollst aufhören, so zu fahren! Was ist los mit dir? Bist du komplett verrückt?«, schreit sie.

»Was mit mir los ist? Vielleicht brauchst du das mal. Ein bisschen durchgerüttelt zu werden, damit du merkst, dass noch Leben in dir ist!«

»Du unverschämter, arroganter Mistkerl! Kein Wunder, dass deine Verlobung geplatzt ist! Ich kann die Frau so gut verstehen. Wer hält es mit dir schon aus?«

Okay. Das geht eindeutig zu weit. Ich merke, wie mich eine heißkalte Wut erfasst.

Woher weiß sie das überhaupt?

Kaum sind wir aus dem Tunnel heraus, fahre ich an den Straßenrand. Ich lege eine Vollbremsung hin, und alles geht so schnell, dass Cleo nicht mal reagieren kann. Ich beuge mich hinüber, schnalle sie ab, greife über sie zum Türgriff und stoße die Tür auf.

»Da ist die U-Bahn. Du findest den Weg zurück allein, nehme ich an?«

Cleo starrt mich an. »Du schmeißt mich ernsthaft aus dem Auto?«, fragt sie, ich nicke.

»Ich glaube nicht, dass du auch nur die kleinste Kleinigkeit über mich beurteilen kannst, geschweige denn über Tara«, sage ich ruhig.

»Tara? Wer ist Tara?«, fragt Cleo.

»Das geht dich, gelinde gesagt, einen Scheißdreck an. Und jetzt steig aus«, gebe ich kalt zurück.

Das lässt sich Cleo nicht zweimal sagen.

»Arschloch«, sagt sie vernehmlich, dann knallt sie die Tür zu. Ich brause davon.

Aber egal wie schnell ich fahre, meiner Vergangenheit kann ich nicht entkommen.

Zu Hause feuere ich die Autoschlüssel auf die Konsole, zücke mein Handy und rufe Ryder an.

»Ich wäre dir sehr verbunden, wenn du mein Privatleben nicht mit Gott und der Welt bequatschen würdest«, sage ich, kaum dass er rangeht.

»Äh, bitte was?«

»Du hast mich schon verstanden. Cleo geht es gar nichts an, wie das mit mir und Tara damals gelaufen ist.«

Ryder holt tief Luft. »Okay, Demon. Keine Ahnung, von was du sprichst oder was schon wieder mit dir und Cleo vorgefallen ist. Ihr benehmt euch wie Kindergartenkinder. Am besten baust du mal Druck ab und ihr beide landet endlich in der Kiste. Das ist ja nicht mehr auszuhalten, wie sehr ihr aufeinander abfahrt.«

Ich knirsche mit den Zähnen. »Das ist doch überhaupt nicht das Thema!«, zische ich.

»Oh doch, das ist es! Ich habe dich noch nie so angespannt mit einer Frau erlebt. Nicht mal mit Tara. Cleo ist –«

»Lass Tara aus dem Spiel! Das mit ihr ist aus und vorbei, und ich weiß nicht, warum ihr alle immer davon anfangen müsst!«, brülle ich in den Hörer.

Kurz ist es still am anderen Ende, ich atme hektisch ein und aus.

»Und genau das ist der Punkt, Demon. Tara hält dich immer noch fest in ihren Klauen, du merkst es nur nicht. Niemand fängt ständig von ihr an. Du solltest endlich das Ende finden.«

Dann legt er auf.

Ich starre auf mein dunkles Display, kann nicht fassen, wie ignorant alle sind. Ryder und June und ganz besonders Cleo!

Sie macht mich wahnsinnig! Einfach wahnsinnig. Und das liegt ganz sicher nicht daran, dass ich sie vögeln will. Das habe ich gar nicht nötig.

Ich will einfach nur, dass sie sich mir gegenüber zivilisiert benimmt. Nicht mehr und nicht weniger. Warum will das keiner kapieren?

Immer noch wütend springe ich unter die Dusche. Ich drehe das Wasser auf die kälteste Stufe, der Strahl prasselt auf mich herab und sticht mir in die Haut.

Ich stütze die Arme an die Wand, mein Kopf sinkt auf meine Brust.

›Ich bin schwanger, Demon.‹

Ich beiße die Zähne zusammen, dränge das Hämmern in meinem Kopf zurück.

Hättest du nur anders reagiert, Demon. Dann hättest du das alles verhindern können, flüstert eine leise

Stimme in mir. *Du bist ein selbstsüchtiger, arroganter Mistkerl. Cleo hat recht und du weißt das!*

»Halt die Klappe! Halt einfach die Klappe!«, brülle ich mich selbst an.

Dann schlage ich meine geballte Faust so fest gegen die Fliesen, dass die Haut aufplatzt. Blut rinnt über die Knöchel, sammelt sich gurgelnd im Abfluss.

Doch der Schmerz, den ich spüre, kommt nicht von meiner Hand.

CLEO

Bis ich zu Hause bin, ist meine Wut verraucht. Vielleicht war meine Reaktion Demon gegenüber wirklich ein kleines bisschen übertrieben. Immerhin ist er für mich bis nach Long Island gefahren. Und er war eigentlich ganz nett. Er hat mir sogar ein Kompliment gemacht. »Du siehst umwerfend aus«, hat er gesagt. Und so hat er sich auch benommen, als er mich an sich gezogen und festgehalten hat. Es war ein total verrücktes Gefühl, zu wissen, dass er mich im Spiegel beobachtet, während er mich zu verführen versucht. So nennt man das doch, oder? Wenn der Mann sein Begehren so deutlich zeigt? Ich meine, ich konnte spüren, dass er einen Ständer hatte. Denn eines ist sicher. Demon fährt diesen Porsche nicht, weil sein Ding die Größe einer Gewürzgurke hat.

Es hat mich dermaßen angemacht, dass mir beinahe das Herz in der Brust zersprungen ist. Er ist so verdammt selbstbewusst, macht keinen Hehl daraus, dass er mich … dass er mit mir ins … ich meine, er sieht sich dabei selbst in einem Spiegel an? Um nichts in der Welt hätte ich die Augen heben können. Oh Gott, nein! Doch ihm scheint das nicht das Geringste auszumachen.

Was ihm allerdings durchaus etwas ausmacht, ist die Geschichte seiner geplatzten Verlobung. Wusste ich gar nicht, dass er so empfindlich darauf reagiert. June hat das irgendwann nur in einem Nebensatz erwähnt, als sie sich mit Ryder beim Kochen unterhielt. Das war vor ein paar Wochen, es ging um Ryders und Demons Smoking. Da fragte sie Ryder, ob Demon noch seinen Hochzeitssmoking habe und ob er den nicht einfach anziehen will? Ryder drehte sich zu June und hob die Brauen. Er sagte: »Ganz sicher nicht. Lieber geht er nackt. Das weißt du doch.« June seufzte. Ich sprach sie einige Tage später darauf an.

Sie winkte ab, verdrehte die Augen. »Demon hat die Verlobung zwei Wochen vor der Hochzeit ohne weitere Erklärung gelöst. Ich kannte die Frau nicht, das war vor meiner Zeit. Sie ist heute ein berühmtes Model oder so.«

Damit war die Unterhaltung zu Ende, und ganz ehrlich? Ich würde von Demon auch nichts anderes erwarten. Natürlich heiratet dieser Mann nicht. Demon und sich ein Leben lang binden? Unmöglich. Sicher hat er dieser Frau das Herz gebrochen, so kurz vor der Hochzeit einfach alles abzublasen.

Ich schließe die Wohnungstür auf, alles ist dunkel. Längst ist es Abend und Demon scheint nicht da zu sein. Ich schlüpfe aus den hohen Schuhen, tapse über den Flur zu meinem Zimmer. Dann stoppe ich. Ein verrückter Gedanke schleicht sich in mein Gehirn.

Tara.

Er hat sie Tara genannt.

Und irgendwo hier muss es ja noch Spuren von ihr geben. Fotos zum Beispiel?

Und Demon ist nicht da.

Ich will ja nur wissen, wie sie aussieht.

Langsam laufe ich rückwärts, am Wohnzimmer vorbei, zu seiner Zimmertür. Ich lege das Ohr an die Tür, aber alles ist still. Vorsichtig drücke ich die Klinke, öffne die Tür einen Spalt und ignoriere die Stimme, die mir befiehlt, das besser sein zu lassen.

»Hallo?«, wispere ich und stecke den Kopf ins Zimmer. Alles ist dunkel. Ich schiebe mich ganz hinein, schließe die Tür und mustere Demons Reich.

Wow.

Spartanisch wäre noch nett ausgedrückt. Er steht wohl auf japanische Zenharmonie.

Das Bett ist ein einfacher, niedriger Futon, auf dem Boden liegt eine Kokosmatte, die Wände sind kahl. Links geht eine Tür zu seinem Ankleidezimmer ab, wie ich vermute, rechts an der Wand steht eine Kommode aus Walnussholz. Sonst gibt es hier nichts. Keine Bücher, keine Bilder, keine Pflanzen. Als wäre er ein Mönch oder so.

Dann bleibt mir eine große Suche ja erspart. Ich laufe zur Kommode, ziehe die erste Schublade auf. Das Licht der Straßenbeleuchtung fällt auf T-Shirts und zusammengerollte Gürtel. In der zweiten sieht es schon besser aus. Neben einer ledernen Dokumentenmappe liegt ein Stapel Postkarten. Ich nehme die oberste, die offensichtlich aus Dubai kommt, drehe sie um.

Sweetheart. Die Araber haben einen totalen Knall! Gestern hat einer dieser stinkreichen Prinzen doch ernsthaft ein Pferd auf seine Yacht bringen lassen. Es hatte ein künstliches Einhorn angeklebt und die Mähne war pastellrosa gefärbt. Hier schneit es ununterbrochen. Du fehlst. Ich wünschte, du würdest mich ficken.
Love xxx Tara

Leicht geschockt lege ich die Karte beiseite. Ich wünschte, du würdest mich ficken? Und es schneit in Dubai?

Die nächste Karte ist aus Bali.

Loverboy. Mein Guru hat Ähnlichkeit mit Mr. Delf. Weißt du noch? Unser Nachbar? Der mir immer

unter den Rock gegriffen hat und mir dafür zwanzig Dollar zugesteckt hat?
Wenn ich nicht schlafen kann, stelle ich mir vor, wie ich deinen Schwanz lutsche.
Love xxx Tara.

Oh Gott! Diese Frau muss vollkommen verrückt sein.

Verrückt nach Demon, dass sie ihm immer noch schreibt. Und dann solche Sachen? Wie kann sie das tun, wenn er sie hat sitzen lassen? Und sie kennen sich offenbar von früher. Sie waren Nachbarn? Hat er seine Jugendliebe heiraten wollen? Und sie dann eiskalt abserviert?

Ich nehme die Dokumentenmappe auf und zögere. Das geht mich eigentlich erst recht nichts an. Allerdings brauche ich Antworten. Immerhin wohne ich mit diesem Mann zusammen. Wenn er ein irrer Psychopath ist, sollte ich das wissen. Warum Demon das sein sollte, weiß ich jetzt selbst nicht, aber damit rechtfertige ich mein Tun. Kurzerhand schiebe ich das schlechte Gewissen beiseite, schlage die Mappe auf und lese.

Ein Dokument des Staates New York mit einem amtlichen Stempel und Zahlen, Daten, Fakten.

Mit jedem Wort werden meine Augen größer, ich halte die Luft an.

Demon ist ein Pflegekind? Er, diese Tara und ein gewisser Peter sind gemeinsam bei einer Frau

Namens Rita Stiller aufgewachsen. Demon kam mit vierzehn Jahren zu ihr und Tara mit zehn.

Er wollte seine Stiefschwester heiraten? Das ist –

»Was machst du hier?«

Ich erstarre.

Verdammte Scheiße!

Ich lege die Mappe zurück, drehe mich um.

Da steht Demon, nur mit einem Handtuch um die Hüften. Seine Brust glänzt feucht, aus seinen Haaren tropft Wasser. Langsam kommt er auf mich zu und mein Herz beginnt zu rasen. Mein Mund wird staubtrocken, meine Kehle schnürt sich zu, als er vor mir stoppt, auf mich herabsieht und seine Frage erneut stellt.

»Was. Machst. Du. Da?«

Oh Gott. Er ist stinkwütend.

Und er riecht himmlisch. Einfach himmlisch. Ich schlucke, den Blick fest auf seine muskulöse Brust gerichtet, und plötzlich bin ich mir nicht mehr sicher, ob mir das Blut in den Ohren rauscht, weil er mich erwischt hat oder weil er mir fast nackt gegenübersteht.

»Ich … das …«, stottere ich und sehe nur noch einen Ausweg. Ich muss ihn ablenken. Ich muss diesen Duft einatmen, tief, so tief ich kann, ich muss meine Hand auf diese Brust legen und prüfen, ob sie tatsächlich so steinhart ist, wie sie den Anschein erweckt. Ich muss dieses Handtuch entfernen und muss …

Schon erhebe ich mich auf die Fußspitzen, schon liegen meine Hände auf seinem nackten Oberkörper, schon meine Lippen auf seinen. All diese Eindrücke schicken Schauer über meinen Rücken, Hitze sammelt sich in meinem Unterleib. Meine Brustwarzen reagieren und ziehen sich zusammen und ganz klar bin ich mehr als bereit für diesen Mann. Ich will Sex. Auf der Stelle.

»Was …«, nuschelt Demon an meinem Mund und will mich abwehren, ich schlinge die Arme um seinen Nacken, wispere: »Jetzt halte du doch mal zur Abwechslung die Klappe. Du willst das doch auch, oder?«

Er unterbricht unseren köstlichen Kuss, hält mich an den Schultern und fixiert mich.

»Was denn? Ich soll dich vögeln, damit ich vergesse, dass du in meinen Sachen wühlst?«, fragt er rau, ich nicke.

Demon sieht mich sekundenlang an, dann löst er den Knoten seines Handtuchs, das mit einem leisen Rascheln zu Boden fällt. Meine Augen folgen ihm, bleiben an seinem Schwanz hängen. Gott, er ist … Ich schlucke.

Schön?

Kann man einen Schwanz als schön bezeichnen? Also sollte man das über einen Schwanz sagen können, dann über Demons. Er ist beschnitten, hat die perfekte Form, die perfekte Farbe, die perfekte Größe. Wie von selbst recke ich fasziniert die Hand, umschließe sein bestes

Stück. Samtige Härte schmiegt sich in meine Handfläche, mit der Kuppe fahre ich über die Eichel, was Demon ein leises Stöhnen entlockt. Ermutigt von diesem Geräusch intensiviere ich meine Berührung, gleite auf und ab, erhöhe den Druck und das Tempo und zwischen meinen Beinen sammelt sich die Feuchtigkeit. Ich bin nicht einmal nackt und so erregt, dass alleine der Stoff meines Höschens mich unsäglich reizt. Demon legt den Kopf in den Nacken, seine Brust hebt und senkt sich heftig. Doch plötzlich macht er einen Schritt zurück, meine Hand fällt herab.

»Zieh dich aus«, sagt er und ich tue nichts lieber als das. Mit fahrigen Bewegungen entledige ich mich meiner Bluse, steige aus meiner Hose und meinem Slip. Kaum habe ich das erledigt, packt mich Demon, drängt mich an die Kommode und hebt mich darauf. In einer schnellen Geste teilt er meine Schenkel, positioniert mich an die Kante des Möbels. Er greift in meine Haare, zieht meinen Kopf zurück, ich schließe die Augen. Ich spüre, wie er die Körbchen meines BHs anhebt, spüre, wie meine Brüste aus der Halterung quellen. Ich spüre seine Finger, die meine Warzen umkreisen, sie kneifen und drücken. Oh Gott! Heiße Blitze zucken in meinem Unterleib, ich stehe in Flammen. Meine Schamlippen schwellen an, ich benetze das Holz der Kommode mit meiner Nässe. Keuchend kralle ich die Hände in die Kante, schreie stumm nach Erlösung.

Demon zieht fester an meinen Haaren. »Soll ich dich ficken?«, fragt er, und obwohl ich beim Sex noch nie auf Dominanz stand, macht es mich jetzt gerade unglaublich an. Vielleicht habe ich es auch nur noch nie ausprobiert. Hier jedenfalls ist es genau das Richtige, nein, mehr noch, es ist, als ob alleine dieses Machtgefüge zwischen uns mich auf der Stelle kommen lässt. Ich nicke, Demon reißt an meinem Haar. »Dann sag es.«

Ich öffne die Augen, sehe ihn direkt an. »Fick mich«, sage ich. Diese Worte sind mir noch nie über die Lippen gekommen. Und doch sind sie nicht schmutzig oder sündig. Sie sind pure Lust, pure Ehrlichkeit.

Demon lässt meinen Schopf los, legt seine Hände an meinen Hintern, zieht mich an sich und dringt mit einem Ruck in mich ein.

Ich schreie auf.

Es ist ... ich finde keine Worte.

Keine Worte dafür, wie er zustößt, immer und immer wieder, wie er mich mit jedem Stoß der Befriedigung näherbringt, die ich brauche. Verdammt, ich hatte vergessen, wie gut das ist.

Vielleicht war es aber auch noch nie so gut. Vielleicht hat mich ein Mann noch nie so selbstbewusst und selbstverständlich genommen. Es ist egal, ich kann nicht länger darüber nachdenken, weil mir die Sinne vernebeln. Ich fühle nur noch. Demons Hand in meinem Nacken, die mich festhält, meinen Höhepunkt, der auf mich zurast, mich erfasst, mich mit sich nimmt und nicht enden will. Meine Beine zittern unkontrolliert, ich keuche und stöhne viel zu laut, aber auch das ist mir nicht peinlich. Ich komme und komme und bin so mit mir beschäftigt, dass mir Demons Lust völlig entgeht. Immer noch zucke ich, als Demon mit einem letzten Stoß den Kopf zurückwirft und dann innehält. Meine Erregung ist so sensibel, dass ich sein Pochen in mir wahrnehme.

Minutenlang verharren wir danach auf der Kommode, ich ringe nach Luft, Demon ringt nach Luft, bis er irgendwann sagt: »Ich habe dir gesagt, ich entlocke dir Töne, die du selbst noch nie von dir gehört hast.«

Und anstatt sauer über seine Arroganz zu werden, muss ich lachen. Weil ich so erfüllt und glücklich bin, platzt das Lachen über seinen Spruch aus mir heraus.

Und auch Demon grinst breit.

»Du Mistkerl«, sage ich glucksend, als Demon mir von der Kommode herunterhilft. Ich bin nämlich etwas wackelig auf den Beinen.

»Aber ein begabter Mistkerl, so viel musst du zugeben«, sagt Demon und reicht mir meinen Slip und meine Bluse. Ich streife sie mir über, er geht in sein Ankleidezimmer und kehrt in einer grauen Jogginghose zurück. Und jetzt muss ich es ansprechen. Ich senke die Augen, blicke auf meine nackten Beine und meine bloßen Füße.

»Es tut mir leid, dass ich in deinen Sachen geschnüffelt habe«, sage ich zerknirscht, wage es nicht, ihn dabei anzusehen.

Demon kommt auf mich zu, hebt mit dem Finger mein Kinn an, zwingt mir sanft seinen Blick auf. »Du kannst mich einfach fragen, Cleo, okay?«

Ich nicke.

»Hast du Hunger?«

Immer noch nicke ich. Den Salat zum Lunch mit June hatte ich unangetastet gelassen und obwohl ein anderer Hunger in jeder Hinsicht gestillt ist, knurrt mein Magen vernehmlich.

Demon lächelt bei dem Geräusch. Feine Grübchen bilden sich in seinen kantigen Wangen, in seinen blauen Augen schimmert es warm. »Gilt die alberne Regel mit dem Kochen noch? Immerhin habe ich dich eben zum Orgasmus gebracht«, stellt er ohne jegliche Scham fest, was mich wieder zum Lachen bringt. Diese Selbstverständlichkeit ist herrlich erfrischend.

Ich winke ab. »Die Abmachung ist hiermit hinfällig. Aber ich warne dich. Ich lasse sogar Wasser anbrennen«, erwidere ich, als Demon mich an der Hand in die Küche zieht. Er platziert mich auf einem der Barhocker, stellt mir eine Flasche Rotwein und zwei Gläser hin.

»Das wirst du hinbekommen, oder?«, fragt er, während er Eier, Käse, Tomaten und Weißbrot auf dem Küchenblock aufreiht.

Ich entkorke die Flasche und wundere mich

über die Vertrautheit, die plötzlich zwischen uns herrscht. Der Wein gluckert dunkelrot in die Gläser, das Gas entzündet sich am Herd, und es ist, als wäre es schon immer so mit Demon gewesen. Ich meine, sicher, ich hatte vor nicht einmal einer halben Stunde den besten Sex meines Lebens mit diesem Mann, aber vor nicht einmal drei Stunden habe ich ihn noch verabscheut.

Oder vielleicht auch nicht. Vielleicht habe ich längst geahnt, dass er mein Herz berührt, und mich deshalb so scheußlich benommen.

Ich schiebe die Fragen beiseite, weil Demon zu erzählen beginnt, während er Eier verquirlt, Käse reibt und Butter in der Pfanne schmelzt. Er erzählt, dass seine richtige Mom drogenabhängig war und er seinen Dad niemals kennengelernt hat. Dass er mit vier Jahren in ein Heim kam und von da an von einer Pflegefamilie zur anderen. Dass er schließlich bei Rita gelandet ist, die dem, was man eine Mom nennt, wohl am nächsten kam. Er erzählt, dass er sich in der Schule so sehr ins Zeug gelegt hat, dass er ein Stipendium von der NYU bekam. Dass er in Rekordzeit sein Studium im Finanzwesen absolviert hat und letztendlich an der Börse einer der jüngsten und erfolgreichsten Broker der Wall Street wurde. Er erzählt es, als wäre es ganz normal. Als wäre es nichts Besonderes, sich selbst so zu disziplinieren und aus einer mehr als schweren Kindheit das Beste zu machen. Er redet über alles, nur Tara lässt er aus. Obwohl ihm klar sein muss, dass ich die Postkarten gefunden habe.

Und ich bin sicher nicht so dumm, die entspannte Stimmung zwischen uns mit der Frage danach zu zerstören.

Wir reden und lachen und essen und wandern dann mit dem restlichen Wein auf das Sofa.

Irgendwann weit nach Mitternacht fallen mir in Demons Schoß die Augen zu und ein tiefer und traumloser Schlaf übermannt mich.

DEMON

Es ist Samstagabend. Cleo und ich laufen die Stufen der U-Bahn nach oben, als sie mich plötzlich stoppt.

»Was ist?«, frage ich und Cleo beißt sich auf die Lippen.

»Könnten … könnten wir getrennt einlaufen? Also zuerst ich und du eine Viertelstunde später?«

Ich schnaube. »Echt jetzt?«

»Ja. Ich will nicht, dass unsere Freunde von uns … also, von dir und mir …«, ihre Hand zeigt erst auf mich, dann auf sich, dann wieder auf mich. Ich schnalze mit der Zunge, mache einen Schritt auf sie zu und lasse den Blumenstrauß für Willow hinter ihrem Rücken verschwinden. An diesem lauen New Yorker Frühlingsabend ziehe ich sie an mich.

»Du willst also nicht, dass jemand weiß, dass ich dich seit vier Tagen um den Verstand vögele?«, flüstere ich ihr ins Ohr und ihre Haare kitzeln mich mit dem für sie typischen Duft.

Gott, ich könnte sie rund um die Uhr …

Cleo schubst mich weg, blickt sich hektisch um.

»Lass das! Du kannst mich doch nicht öffentlich umarmen! Wenn uns jemand sieht!«, faucht sie. Wenn sie wütend ist, wirkt sie noch anziehender auf mich als sowieso schon.

Ich nicke ernst, sehe verstohlen nach links und rechts.

»Du hast recht. Sie könnten hier überall versteckt sein. Ryder steht wahrscheinlich hinter diesem Hydranten, getarnt mit einem roten Gummianzug. Und June ist die alte Frau da vorne, die die Tauben füttert. Und Willow späht mit einem Fernglas aus diesem Hochhaus und –«

Cleo boxt mich gegen den Arm.

«Au!«, sage ich und grinse dabei.

Cleo wippt ungeduldig mit dem Fuß, kreuzt die Arme. »Also ich laufe jetzt los und du wartest hier. Genau fünfzehn Minuten, klar? Erst dann kommst du nach!«, befiehlt sie und setzt sich schon in Bewegung.

»Cleo, wir wohnen zusammen! Es ist total unverdächtig, wenn wir gemeinsam auf Willows Geburtstagsparty auftauchen!«, rufe ich ihr hinterher, doch Cleo biegt schon um die Ecke und lässt mich einfach stehen.

Scheiße, wenn sie mich nicht so um den Verstand bringen würde, würde ich sie in den Wind schießen.

Leider ist das nicht möglich. Denn der Sex mit Cleo ist atemberaubend. Er ist sensationell, einzigartig, meisterhaft. Keine Ahnung, was diese Frau macht, aber sie macht es verdammt gut. Und weil ich das auf keinen Fall aufs Spiel setzen will, warte ich mit dem Strauß in der Hand exakt fünfzehn Minuten.

Dann laufe ich los.

Ob mich andere Männer als Pantoffelheld bezeichnen würden?

Kann sein. Mir egal.

Sie haben eben noch nie von Cleo Laurant einen geblasen bekommen.

»Und dann ist dieses Pferd mit mir durchgegangen und Ryder hat mir das Leben gerettet«, erzählt June Seth, der lacht. June reckt ihr Weinglas in Richtung Willow, die am Kopfende des langen Tisches im Foyer der Agentur sitzt.

»Willow hat daraus eine echt tolle Fotostrecke gemacht. Sie muss sie dir bei Gelegenheit mal zeigen«, sagt sie stolz und Willow winkt bescheiden ab. Sie streicht sich die Haare aus dem Gesicht und prostet uns allen zu.

»Leute, ich bin euch echt sehr dankbar, dass ihr mit mir gemeinsam die letzten Stunden meines vierundzwanzigsten Lebensjahres zu Grabe tragt. Ab jetzt kann es nur noch bergab gehen«, sagt sie unheilvoll und nimmt einen Schluck von ihrem Bier.

Wir alle heben unser Glas, prosten Willow zu, die in zwei Stunden Geburtstag hat, nur Seth wirkt irritiert.

»Wieso geht es ab jetzt bei dir nur noch bergab? Das verstehe ich nicht«, sagt er ernst. Irgendwas stimmt mit dem Typ nicht. Als ich mich vorhin mit ihm unterhalten habe, konnte er mit meinem Smalltalk so gar nichts anfangen und lenkte das Gespräch, wie auch immer er das geschafft hat, auf die komplizierten Aspekte der Quantenphysik. Als Seth sich so richtig reinsteigerte, habe ich abgeschaltet und nur noch genickt. Und kein Wort mehr verstanden. Und jetzt versteht er Willows Spruch nicht?

Willow verrollt die Augen, lächelt dabei aber. »Seth, das sagt man so, okay? Das ist ein Sprichwort. Ich werde älter, es geht bergab, Cellulite, Falten, graue Haare?«, erklärt sie, Seth lacht auf.

»Oh. Okay. Nur dass dir das vorerst nicht passieren wird. Falten bilden sich nämlich durch folgende Ursachen«, fängt er an auszuholen, aber Willow steht auf, geht um den Tisch herum und hält ihm kurzerhand den Mund zu.

Seth hebt kapitulierend die Arme, als Willow laut fragt: »Wer in aller Welt hat Sheldon Cooper eingeladen?«

Die beiden stehen aufeinander, das ist unverkennbar. Seths Augen leuchten voller Bewunderung, wenn er Willow ansieht, Willow strahlt, wenn sie es bemerkt. Aber noch betont sie den ganzen Abend mehrfach überdeutlich, dass sie nur Freunde sind.

Fragt sich nur, wie lange noch.

Sie würden ein schönes Paar abgeben. Seth ist ein Baum von einem Mann, muskulös, blond und blauäugig, Willow dagegen zart und schmal. Gerade schmiegt sie sich an seinen Schopf, küsst ihn dann wie einen Bruder über Kopf auf die Stirn und zerzaust ihm das Haar.

Meine Augen wandern weiter zu der Frau, die ich heute Morgen noch unter der Dusche gevögelt habe. Cleo ist in ein Gespräch mit June vertieft. Ich mustere ihren schlanken Hals, als sie den Kopf zurückwirft und herzhaft lacht. Vor ein paar Stunden hat sie den Kopf zurückgeworfen, weil ich meinen Finger um ihre Klit kreisen ließ und ihr in die Brustwarzen gebissen habe. Sie hat ihre Finger in meine Haare gekrallt und gewimmert, als ich sie hochgehoben habe und in sie eingedrungen bin.

Cleo spürt meinen Blick und sieht zu mir herüber. Unsere Augen versenken sich ineinander, und ich bin mir sicher: Sie weiß genau, an was ich denke. Ich denke an ihre zitternden Schenkel, an ihren keuchenden Atem, an ihre Bitte, fester zuzustoßen.

Fragend deute ich mit dem Kinn in Richtung der leeren Wohnung über uns und grinse, Cleos Wangen färben sich feuerrot, sie schüttelt vehement den Kopf und senkt die Lider.

Herrgott, wie süß sie ist.

Wahrscheinlich ist ihr Höschen schon so feucht, dass es an ihren Beinen reibt.

»Findest du das eine blöde Idee?«, fragt June und Cleo schreckt hoch.

»Was? Nein! Wieso?«, sagt Cleo, und es ist klar, dass sie keinen Schimmer hat, wovon ihre Freundin eben gesprochen hat.

June runzelt die Stirn, nimmt einen Schluck von ihrem Weißwein. »Sag mal, was ist mit dir los die letzten Tage? Du bist so komisch. Abwesend und irgendwie ... Bist du verknallt?«, fragt June, ich unterdrücke ein Lachen, nehme meinen Whiskey in die Hand und beuge mich über den Tisch.

»Ja, Cleo. Was ist los mit dir? Sag mal, bist du verknallt?«, frage ich und grinse breit.

Cleo wirft mir einen schnellen Blick zu, wendet sich dann an June.

»Nichts ist mit mir los. Ich bin nur ... die Arbeit eben!«

June runzelt noch mehr die Stirn. »Aber es ist doch gerade ziemlich ruhig. Also, gemessen an unserer sonstigen Auftragslage. Gib es zu, du bist verknallt. In diesen Christian?«, bohrt sie weiter.

»Ja, Cleo? Was ist mit Opa? Seid ihr ein Paar?«, frage ich belustigt.

»Gott, ich bin so froh, dass ihr wieder miteinander redet! Ich dachte echt, ich brauche einen Übersetzer für meinen Hochzeitstag«, sagt June und lacht erleichtert. Dann schubst sie Cleo. »Jetzt erzähl schon! Ist es dieser Christian? Wir sind die letzten Tage überhaupt nicht zum Reden gekommen.«

»Och, Cleo ist ganz oft gekommen«, sage ich und trinke. Cleo holt scharf Luft. »Ich meine natürlich nach Hause. Sie ist nach Hause gekommen. In unsere Wohnung«, vollende ich meine Aussage, June sieht mich irritiert an. Cleo schiebt ihren Stuhl zurück, steht auf.

»Ich muss kurz ... zur Toilette«, stammelt sie und flieht, ich kann ein Glucksen nicht unterdrücken.

»Okay. Was ist hier los? Schläfst du mit ihr?«, fragt June mich rundheraus, kaum dass Cleo weg ist.

Ich hebe die Hände. »Sorry, aber ein Gentleman genießt und schweigt. Wenn du mich entschuldigen würdest? Ich muss ganz dringend zur Toilette«, sage ich und erhebe mich ebenfalls. June verzieht wissend den Mund, nickt langsam.

»Wenn du ihr das Herz brichst, kastriere ich dich.«

Ich drehe mich lächelnd um. »Danke, aber das wird nicht nötig sein.«

»Du kastrierst wen?«, mischt sich Ryder von der Seite ein, und June wendet sich ihm zu, ich mache mich auf die Suche nach Cleo.

Das Herz brechen.

Pff.

Wir vögeln, das ist alles. Von Herz war bisher nicht die Rede. Cleo weiß das, ich weiß das.

Ich warte um die Ecke, als sie aus der Tür der Toilette kommt. Sie sieht mich, will an mir vorbeilaufen, ich packe sie um die Taille und ziehe sie zu mir heran. In einer schnellen Bewegung drehe ich sie herum, presse sie an die Wand und küsse sie. Erst will Cleo protestieren, aber meine Zunge überzeugt sie vom Gegenteil.

Sie ergibt sich meinem Kuss, reibt ihr Becken an meinem, dann schubst sie mich doch weg.

»Lass das. June kann jeden Moment hier um die Ecke biegen.«

Ich denke gar nicht daran. Mir ist das total egal, wer hier wann um die Ecke biegt. Alles, was für mich zählt, ist, dass Cleo einen Rock trägt. Und dass die Lust in ihren Augen funkelt. Ich dränge mich an sie, keile sie ein, meine Lippen fahren über ihren Hals, meine Hand wandert zum Saum ihres Rockes.

»Demon!«, haucht Cleo, als meine Finger unter ihren Rock schlüpfen, ihre Schenkel hinauffahren und an den Stoff ihres Höschens stoßen.

»Wetten, dass ich dich hier und jetzt kommen lassen kann?« murmele ich an ihrem

Nacken, in meiner Hose einen gigantischen Ständer.

»Bitte«, wispert Cleo, wirft den Kopf zur Seite, als ich über ihre Mitte streiche. Ich hatte recht. Sie ist nass.

»Bitte, was? Bitte nicht oder bitte doch?«, frage ich und auch meine Stimme zittert. Diese Frau bringt mich um den Verstand.

Weil Cleo nicht antwortet, entscheide ich. Ich schiebe meine Finger unter den Stoff und spüre ihre Bereitschaft.

»Fuck«, stoße ich hervor, als ich ihre Schamlippen teile und in sie gleite. Cleo stöhnt. Sie beißt in meine Schulter, unterdrückt so ihr Keuchen, als ich sie stimuliere und dann ... aufhöre.

Abrupt ziehe ich meinen Finger heraus, mache einen Schritt zurück.

Cleo blinzelt, murmelt irgendetwas, ich zupfe ihr den Rock zurecht, gerade in der Sekunde, in der Lavender um die Ecke biegt.

»Oh. Es scheint mein Schicksal zu sein, Liebende zu erwischen«, sagt sie leichthin und geht einfach an uns vorbei zur Toilette. Wir beide brauchen einen Moment, um ins Hier und Jetzt zurückzufinden.

Ich streiche mir das Shirt glatt, rücke meine gewaltige Beule in der Hose zurecht, Cleo zischt mich an: »Bist du irre? Mach das nie wieder, klar?«

Sie will gehen, ich halte sie am Handgelenk.

»Wir beenden das später«, sage ich.

Cleo schnaubt. »Das werden wir ja sehen.«

Und ob wir das sehen werden.

Um Mitternacht gratulieren wir Willow. Alle außer Lavender und ich sind schon ziemlich betrunken, und als um halb eins die bestellte Pizza geliefert wird, findet Willow ihren Geldbeutel nicht. Es entsteht ein kleines Durcheinander, bis Seth das kurzerhand für sie übernimmt. Im Anschluss essen und reden und lachen wir und gegen halb zwei erhebt sich Ryder und klirrt an sein Glas.

Er nuschelt ein bisschen, als er verkündet, dass June und er beschlossen haben, ihren Junggesellenabschied in Las Vegas zu verbringen.

»Wie jetzt? Ihr beide gemeinsam?«, frage ich, während meine Hand unter dem Tisch nach Cleos Hand sucht, die neben mir sitzt.

»Nein!«, sagt Ryder großspurig und grinst zu June hinüber. »Nicht wir beide, sondern wir alle! June und ich laden euch nach Las Vegas ein!«, eröffnet er uns.

Am Tisch wird es still, bis ich mich räuspere. Mittlerweile habe ich Cleos Hand gefunden, mein Daumen streicht über den ihren und immerhin zieht sie sie nicht weg.

»Du meinst, wir alle hier?« Ich deute auf die

Gesellschaft am Tisch, Ryder und June nicken begeistert.

»Es ist schon alles organisiert. Die Zimmer, die Flüge und Andrea hat auch zugesagt«, sagt er speziell zu Lav.

»Wann?«, fragt Lav leicht verdattert.

»In drei Wochen«, sagt June.

»Das … geht nicht! Ich kann nicht weg«, sagt Lav und June nimmt ihre Hand. »Oh, bitte Lav! Es ist nur eine Nacht. Ich würde mich so freuen!« Sie klimpert weinselig mit den Wimpern, Lav lächelt und gibt sich geschlagen. June klatscht, grinst glücklich in die Runde.

Ich beuge mich zu Cleo, flüstere ihr ins Ohr: »Babe, was in Vegas passiert, bleibt in Vegas.«

Cleo wendet mir ihr Gesicht zu, grinst. »Du hast einen Knall.«

Gott, sie ist einfach wunderschön.

Wenn ich könnte, würde ich sie jetzt küssen.

CLEO

Seit drei Wochen haben Demon und ich Sex.

Ständig und andauernd. Morgens, mittags, abends. In der Küche, im Flur, unter der Dusche. Er muss mich nur ansehen, und schon kann ich an nichts anderes denken als an seine Lippen auf meinen, an seine Zunge, die in einer heißen Spur über meinen Bauch fährt, an seine Hände, kräftig und doch so liebkosend. Ich bin maßlos, haltlos, kompromisslos. Und ich kenne mich so gar nicht. Ich verliere meinen Kopf nicht so schnell. Er ist mein wichtigstes Arbeitsgerät. Nur bei Demon spielt er einfach nicht mit. Er schaltet sich aus, gibt meinem Bauch, meinem unersättlichen Verlangen, den Vortritt, und das geht eigentlich gar nicht.

Denn ich spüre, wie sich meine Gefühle für Demon verändern. Mit jedem Kuss, mit jeder Vereinigung werden sie tiefer und tiefer. Ich mag den

Kerl. So richtig. Meine Abneigung gegen ihn hat sich still und leise in Zuneigung verwandelt. Er bringt mich zum Lachen. Er bekocht mich, verwöhnt mich mit den leckersten Speisen, die er locker-leicht zaubert. Er weiß genau, was ich brauche, was ich beim Sex will. Mit ihm probiere ich Dinge aus, die ich nie zuvor auch nur in Erwägung gezogen habe.

Er verlangt, dass ich mich selbst berühre und er mir dabei zusieht? Kein Problem. Schon schlüpft meine Hand zwischen meine Beine.

Er will mir die Augen verbinden und mir die Handgelenke fixieren, um mich ungehemmt verwöhnen zu können? Na klar. Nimm mich, ich bin bereit.

Das alles und noch viel mehr teile ich mit ihm.

Das Einzige, das wir nicht teilen, sind eben diese vermaledeiten Gefühle, die mich übermannen.

Wir haben es noch nicht ein einziges Mal im Bett gemacht. Und sind danach Arm in Arm eingeschlafen und zusammen aufgewacht.

Das Maximum ist die Couch, auf der ich manchmal vor Erschöpfung neben ihm wegdämmere. Wenn ich dann allerdings mitten in der Nacht die Augen aufschlage, bin ich allein.

Wir waren auch noch kein einziges Mal zusammen aus. Kein Date, wie es sich gehört. Kein Kino, kein Spaziergang, kein Restaurant.

Wir vögeln in seiner, unserer Bude und das war's.

Und das ist nicht das, was ich mir wünsche. Oder zumindest nur ein Teil davon. Ich will mehr. Und das ist das Problem.

Ich werde das beenden müssen.

Bevor ich mich noch tiefer hineinbegebe und meine Zuneigung zu Demon so groß wird, dass mein Herz in Mitleidenschaft gezogen wird.

Seufzend kritzele ich mit dem Kugelschreiber auf dem Blatt herum, ohne wahrzunehmen, was ich da überhaupt male.

Die Sache ist nämlich die. Ich habe versucht, ihm aus dem Weg zu gehen. Ich flitze in einem Affenzahn und mit gesenktem Kopf in der Wohnung an ihm vorbei, tue so, als hätte ich es furchtbar eilig, doch es funktioniert leider nicht.

Demon stellt sich mir in den Weg, packt mich von hinten und zieht mich zu sich heran oder besucht mich, ohne zu fragen, unter der Dusche. Und dann muss er mich nur ansehen und ich werde schwach. Er übt eine Anziehungskraft auf mich aus, die ich mit Worten nicht beschreiben kann. Es ist die klassische Geschichte des Mädchens, das sich in den Bad Boy verknallt, obwohl es genau weiß, dass es keine Zukunft für sie beide geben wird.

Also sollte ich das Pflaster lieber schnell als langsam abreißen.

Nur wie?

»Ich wusste gar nicht, dass man einen einzigen Namen auf so viele Arten schreiben kann«, sagt June und nimmt auf meiner Schreibtischkante Platz.

»Was?«, sage ich und sehe auf mein Notizblatt.

Oh Mann. Echt jetzt?

In allen möglichen Varianten steht da *Demon*. Schnell reiße ich die Seite ab, zerknülle sie und werfe sie in den Papierkorb, aber es ist natürlich zu spät. June schiebt mir einen Becher Kaffee hin.

»Ich wusste, dass ihr zusammenpasst«, sagt sie, als ob Demon und ich das Dreamteam schlechthin wären.

Ich schnaube. »Spinnst du? Wir passen nicht zusammen! Und ich muss das mit ihm ganz schnell beenden. Das ist der Plan, okay?«

Jetzt schnaubt June. »Spinnst du? Wieso willst du das tun? Ich habe dich lange nicht mehr so entspannt und glücklich gesehen. Er tut dir gut. Ihr tut euch gut. Und das war der Plan«, sagt June und grinst selbstzufrieden.

Ich protestiere. »Ich bin alles andere als entspannt. Ich –« Dann stocke ich, runzele die Brauen. »Moment mal! Was hast du eben gesagt?«

June sieht ertappt drein, beißt sich auf die Lippen.

»June?«, hake ich nach, sie verzieht entschuldigend die Mundwinkel.

»Es war nicht allein meine Idee! Ryder ist der Übeltäter!«, ruft sie dann verteidigend.

Ich bin sprachlos.

June hat wenigstens den Anstand, rot zu werden, als sie beichtet. Sie verknotet die Finger, holt tief Luft. »Wir hielten es für eine gute Sache. Ich meine, jeder konnte sehen, dass es zwischen euch knistert. Und als Ryder zu uns sagte, wir könnten doch ein bisschen nachhelfen ...« Sie zuckt die Schultern.

»Uns? Wer ist uns?«, frage ich.

»Willow, Lavender und ich«, sagt June kleinlaut.

Mein Mund klappt auf und wieder zu. »Das ... ihr ...«, stottere ich. »Seid ihr verrückt? Ich meine, was soll denn das?«, fauche ich, weil ich stinkwütend bin. »Zwischen Demon und mir hat gar nichts geknistert! Das waren vielleicht zornige Blitze, die ihr da gespürt haben wollt! Und seit wann ist Ryder Amor? Ich habe ihn jedenfalls noch nie halbnackt mit Pfeil und Bogen durch die Stadt fliegen sehen!«

Ich bin aufgestanden, laufe im Büro auf und ab, weil alles in mir vor Empörung kribbelt. Was denken sich meine Freunde! Das ist das Unverschämteste, das ich jemals gehört habe. Oder fast! Sie können doch nicht einfach über meinen Kopf hinweg –

Dann stoppe ich, drehe mich langsam zu June um und fixiere sie mit dem durchdringendsten Blick, den ich draufhabe. »Jetzt sag nicht, dass diese Trauzeugenidee ...?«

June grinst schief.

»Die Sache in dem Brautladen? Dass ich das Kleid anziehe und Demon plötzlich da ist? Ich blöde Kuh habe mich nicht mal gefragt, wie er so schnell in Long Island sein konnte!« Ich fasse mir an die Stirn. »Und das mit der Wohnung? Der Umzug ...?«, frage ich tonlos und kenne die Antwort eigentlich schon.

Junes Ausdruck verrät mir alles.

Ich bin zutiefst geschockt.

June steht ebenfalls auf, kommt zu mir und nimmt meine eiskalten Hände. »Es tut mir leid, Cleo. Es tut mir wirklich so leid! Ich war eine totale Idiotin! Ich weiß nicht, was mich da geritten hat, ehrlich! Du musst mir glauben, dass ich nur das Beste für dich im Sinn hatte. Das mit dem Zusammenziehen war mir dann doch auch zu viel. Du erinnerst dich, dass ich die Idee wieder verworfen habe? Aber du wolltest dann unbedingt. Und da dachte ich, okay ... das Schicksal hat entschieden.« Sie streicht über meinen Handrücken und mein Zorn verraucht plötzlich. Ihre Stimme klingt so flehentlich, und weil ich mir selbst nur schwer etwas vorlügen kann, muss ich ihr recht geben.

Ich wollte zu Demon ziehen. Natürlich wäre ich von allein nie auf die Idee gekommen, wenn Ryder nicht so oft bei uns gewesen wäre, aber insgeheim wollte ich zu diesem Mann ziehen. Weil June auch in diesem Punkt recht hat: Es hat geknistert zwischen ihm und mir. Und zwar gewaltig. Sonst wäre ich niemals so bereitwillig und so schnell mit ihm im Bett gelandet. Oder besser, auf der Kommode. Also wegen was soll ich ihr nun einen Vorwurf machen?

Ich lasse den Kopf hängen und spüre, wie mir die Tränen kommen. Toll! Jetzt heule ich doch wegen ihm. Genau das wollte ich vermeiden. Aber auch dafür scheint es zu spät.

»Oh, Cleo, nicht! Bitte weine doch nicht. Es tut mir so schrecklich leid. Ich bin wirklich eine Idiotin!«, sagt June und zieht mich in ihre Arme. Sie streicht mir über den Rücken, ich schlucke, bis der Drang, zu weinen, nachlässt. Dann schiebe ich sie von mir, schnäuze mich in ein Taschentuch und holte Luft.

»Schon gut. Du hast ja recht. Ich stehe auf ihn. So richtig, June. Und das ist eine Katastrophe!« Ich laufe zu der kleinen Sitzgruppe am Fenster und falle in die Polster des Sofas, June folgt mir auf dem Fuße, setzt sich neben mich.

»Nein! Das ist keine Katastrophe, Cleo. Ganz und gar nicht. Das ist ganz wunderbar! Du bist verknallt! Endlich! Und dann auch noch in Demon! In Ryders besten Freund!«, ruft sie begeistert aus und nimmt erneut meine Hand. »Überleg doch mal! Wir beide sind beste Freundinnen, Ryder und Demon ebenfalls. Das ist wie in diesem Film mit Kate Hudson und Anne Hathaway!«

Oh Gott. Was haben wir diese romantische

Komödie geliebt. Wir haben sie bestimmt zehnmal gesehen und uns vorgestellt, das wären wir. Aber wir sind hier nicht in Hollywood und Demon ist so weit von einer festen Bindung entfernt wie die Erde vom Mond.

»June, du verstehst nicht! Ich bin verknallt, okay? Ich! Demon nicht! Wir ficken! Das ist alles!«, sage ich laut und June stutzt.

»Wie, ihr fickt? Was sind denn das für Ausdrücke?«, sagt sie, sichtlich irritiert.

Ich erkläre es ihr. Ich erkläre ihr, dass wir Sex haben und sonst nichts.

June denkt nach, kraust die Nase. »Ihr unternehmt also nichts miteinander?«

Ich schüttele den Kopf.

»Kino?«, schlägt sie vor.

Ich verneine.

»Museum?«

Wieder muss ich Nein sagen.

»Ein Stadtbummel? Essen gehen? Im Central Park spazieren?«

»Nein, June! Nichts davon! Wir haben Sex, mehr nicht!«

»Oh.«

Eine Weile bleibt es still zwischen uns, dann startet June einen letzten Versuch. »Kennst du seine Lieblingsfarbe? Seinen Lieblingsfilm? Seinen Lieblingssong?«

Langsam bewege ich den Kopf von links nach

rechts. »Nein. Ich habe keine Ahnung, was Demon mag.«

»Redet ihr … gar nichts?«

»Doch. Über Sex.«

»Mhm.«

Wir stieren beide einen Augenblick aus dem Fenster auf die New Yorker Skyline, dann revidiere ich meine Aussage. »Okay, einmal hat er mir von seiner Jungend erzählt. Wusstest du, dass er ein Pflegekind ist?«

June nickt.

»Und wusstest du, dass er quasi seine Stiefschwester heiraten wollte?«

June nickt wieder.

»Was weißt du noch über sie?«

June zuckt die Schultern. »Nicht viel. Ryder ist bei dem Thema sehr verschlossen. Er sagt, ich solle Demon selbst fragen. Ich weiß nur, dass sie heute ein berühmtes Model ist.«

»Und du hast keine Ahnung, warum Demon die Verlobung gelöst hat?«, frage ich und mein Herz klopft in meiner Brust.

June seufzt. »Nein. Wie gesagt, Ryder ist da sehr verschlossen. Ich glaube, er will seinen besten Freund schützen. Es ist nicht die feinste Art, seine Braut einfach sitzen zu lassen, obwohl es Ryder ja nicht anders gemacht hat.« Sie grinst schief.

Ich tätschele ihre Hand. »Ryder und du, ihr

wart schon immer füreinander bestimmt. Und siehst du, da liegt auch das Problem. Demon kennt diese Tara seit seiner Jugend. Vielleicht sind sie auch füreinander bestimmt. Und wenn es nicht so ist, dann hat er eindeutig Bindungsprobleme. Er steht nicht auf was Festes. Und schon gar nicht mit mir. Das spüre ich einfach. Er fragt mich nicht mal über mich aus. Demon weiß noch weniger über mich als ich über ihn. Und wenn das mit ihm und mir zu Ende geht, wird er sich einfach der nächsten zuwenden. Aber ich kann das nicht, June. Ich kann mich nicht noch mehr in ihn verlieben. Ich habe wirklich gar keine Lust auf Liebeskummer und Herzschmerz.« Jetzt grinse ich schief.

Wenn mich in diesem Punkt jemand verstehen kann, dann June. Sie hat gelitten wie ein Hund, als Ryder damals einfach weg war, und es dauerte Monate, bis sie wieder einigermaßen auf dem Dampfer war.

»Verflixt! Es hätte so gut gepasst!«, sagt sie leise.

Ich atme tief ein. »Ja«, sage ich leise. »Aber leider sieht das Demon anders.«

Und deswegen muss ich handeln.

Sonst verliere ich mich selbst und das wäre ganz und gar nicht gut.

Demon sieht mich an, als hätte ich zwei Köpfe. Sein Gesichtsausdruck ist mehr als perplex.

Wir sitzen am Küchentresen, nachdem ich seine Annäherungsversuche ein paar Minuten zuvor erfolgreich abgewehrt habe. Er legt die Fingerspitzen an den Mund, worüber ich ihm insgeheim dankbar bin. Dann muss ich nicht ständig auf seine Lippen starren, die mich eben noch geküsst haben.

»Damit ich dich richtig verstehe ... du sagst, du hast keinen Spaß mehr am Sex mit mir?«

Ich nicke stumm. Ich kann nicht reden, weil meine Kehle vor lauter Nervosität zugeschnürt ist. Außerdem habe ich Angst, dass mein Mund etwas sagt, das mein Kopf nicht befiehlt, und so meine schwache Lüge entlarvt.

»Okay ...«, sagt Demon lang gezogen, und es ist klar, dass er mir kein Wort glaubt. Wie auch, wenn ich erst gestern noch unter ihm gestöhnt habe, als gäbe es kein Morgen mehr.

»Ja«, krächze ich. »So ist es. Es macht mir einfach keinen Spaß mehr, und ich denke nicht, dass du der Typ Mann bist, der eine Frau zum Sex zwingt.« Herrgott, was fasele ich denn da? Demon und jemanden zum Sex zwingen? Das ist nicht nur dumm, das ist eine Beleidigung. Innerlich verrolle ich über mich selbst die Augen.

Demons Brauen hängen mittlerweile an seinem Haaransatz. »Äh ... nein. Das ... ist nicht mein Stil«, kommentiert er meine Aussage. »Also, das bedeutet, das mit uns ist ... vorbei?«, fragt er nach.

Mein Kopf ruckt so heftig auf und ab, dass es in meinem Nacken knackst. »Ja. Total und absolut vorbei. Niente. Nada. Fini«, sage ich, als wäre ich Fremdsprachenexpertin. Demon grinst süffisant, schüttelt ganz leicht den Kopf, als könnte er nicht glauben, dass ich so dämlich bin. Er schnalzt mit der Zunge, zuckt mit den Schultern, kreuzt dann die Arme und seine Augen bohren sich in meine.

»Cleo, Cleo, Cleo«, sagt er langsam. »Was soll ich dazu sagen? Du hast keinen Spaß mehr an uns? Das kam gestern noch ganz anders rüber. Da hast du mich noch gebeten, nicht aufzuhören. Und heute soll ich es plötzlich lassen?« Demon steht auf, stützt sich auf den Küchenblock und bringt sein Gesicht dicht an meines. Wie das Kaninchen vor der Schlange stiere ich auf die Narbe an seiner Unterlippe, halte die Luft an, damit ich seinen Duft nicht einatmen muss. Sonst ist mein ganzes Theater hier für die Katz.

»Aber keine Sorge. Selbstverständlich komme ich deinem Wunsch nach. Kein Problem für mich. Ich hoffe nur, du weißt, was du tust.«

Kurz verharrt er noch in der Position, dann richtet er sich abrupt auf und geht.

Ich hoffe nur, du weißt, was du tust?

Nein, weiß ich nicht. Aber alles andere wäre an Unvernunft kaum zu überbieten.

DEMON

Kein Problem für mich?

Und ob es das ist!

Seit einer Woche ist es das Einzige, was mich beschäftigt. Cleo hat mir einen Korb gegeben. Sie hat mich mitten in unserer schönsten Zeit einfach abserviert! Mit der absolut hanebüchenen Lüge, sie hätte keinen Spaß mehr an dem Sex mit mir? Entschuldigung, aber sie denkt doch nicht ernsthaft, dass ich ihr das abnehme?

In dem einen Moment reißt sie mir das Hemd vom Leib und im anderen hat sie keinen Spaß mehr daran? Das ist schizophren.

Ich blicke auf und mustere sie, als sie mir in der VIP-Lounge am Flughafen gegenübersitzt und in einer Zeitschrift blättert, während wir auf unseren Flug nach Las Vegas warten. Neben ihr flüstert June Ryder etwas ins Ohr, der darüber lacht, noch zwei Sitze weiter stecken Willow und Seth die Köpfe zusammen. Willow hat Seth gefragt, ob er nicht einfach mitkommen will, und Seth war hocherfreut, wie er mir vorhin mitteilte.

Schön für dich, hätte ich am liebsten geantwortet.

Ich gebe es ja nicht gerne zu, aber meine Nerven liegen blank, seit Cleo sozusagen mit mir Schluss gemacht hat. Also, nicht dass wir ein Paar gewesen wären, aber trotzdem fühlt es sich so an.

Gerade als ich sie ganz altmodisch fragen wollte, ob sie mit mir ausgehen wolle – ich hatte sogar schon einen Tisch reserviert –, beendet sie das mit uns. Gerade als mir bewusst wurde, dass ich mehr von ihr will als nur Sex, gerade als mir aufgefallen ist, dass ich gar nicht mehr an Tara gedacht habe, gerade als ich feststellte, dass Cleo mich zum Lachen bringt, zieht sie einen Schlussstrich? Mit der billigsten Ausrede, die ihr hätte einfallen können.

Und jetzt sieht sie nicht mal auf!

Obwohl sie genau weiß, dass ich sie anstarre, blättert sie stur in ihrem blöden Magazin! Am liebsten würde ich aufspringen und es ihr aus der Hand reißen! Was kann darin schon so interessant sein, dass sie mich ignorieren muss?

Ich schlage mit der geballten Faust in meine Handfläche, als sich Lav zu mir beugt.

»Du könntest es Cleo einfach sagen.«

Ich drehe den Kopf. Lav kenne ich von allen am wenigsten. Sie ist eher schüchtern und zurückhaltend und irgendwie spooky.

»Was kann ich wem sagen?«, stelle ich mich dumm.

Lav lächelt leise. »Na, Cleo. Du könntest ihr sagen, dass du sie magst. Ist das nicht die einfachste Methode?«

Ich schnaube, sehe auf meine Hände. »Was ist zwischen zwei Menschen schon einfach?«

Lav nickt. »Du bist verletzt worden, stimmt's?«

Verblüfft schießt mein Blick zu ihr.

»Aber dann weißt du wenigstens, dass du alles gegeben hast. Das ist doch gut, oder etwa nicht? Wenn man über sich selbst weiß, dass man zu tiefen Gefühlen fähig ist. Oh! Sie rufen unseren Flug auf!«

Lav greift nach ihrem Rucksack, steht auf und tatsächlich. Eine Sekunde später eröffnet eine knisternde Stimme durch den Lautsprecher das Boarding.

Ich bleibe noch kurz sitzen, grübele über Lavs Spruch. Habe ich bei Tara alles gegeben? Ganz sicher nicht. Sonst wäre es niemals so weit gekommen.

Ich erhebe mich, nehme meine Tasche, und als ich aufsehe, blicke ich direkt in Cleos Augen. Wir haben seit einer Woche kein Wort miteinander gewechselt und mein Herz macht einen Satz. Welches Zeichen brauche ich noch? Ich halte ihren Blick, lächele leicht und will auf sie zugehen und einfach tun, was Lav mir geraten hat. Scheiß auf meine Angst, sie könnte mich ablehnen. Doch kaum mache ich einen Schritt, hebt Cleo abwehrend die Hand und schüttelt den Kopf.

Es ist wie ein Schlag ins Gesicht.

Abrupt bleibe ich stehen, warte, ob ich mich getäuscht habe, aber Cleo dreht sich einfach um und reiht sich in die Schlange ein.

Kein Wort, keine weitere Geste, nichts.

Ich bin Luft für sie.

Okay.

Dann eben nicht! Sie kann mich mal kreuzweise!

Las Vegas ist laut und chaotisch und nichts Neues für mich. Ich war hier schon einige Male. Das Zockerparadies reizt mich herzlich wenig.

Außerdem hat mir Cleos Reaktion die Laune vermiest. Was sollte das vorhin? Sie wusste doch überhaupt nicht, was ich ihr sagen wollte! Und weist mich trotzdem ab?

Ryder stößt mir den Ellenbogen in die Rippen. »Jetzt komm schon, Demon! Lass dich nicht so hängen! Wir sind in Vegas!«, schreit er mich über den Lärm des wummernden Basses an und ich pappe mir ein Grinsen ins Gesicht.

Den Mittag haben wir im Casino des Hotels verbracht und ausgerechnet Lav hat doch tatsächlich knapp tausend Dollar beim Roulette gewonnen. Die Mädels sind vor lauter Freude völlig durchgedreht und Lav hatte ganz rote Wangen. Und ich hatte nur Augen für Cleo, was mich maßlos ärgert. Ich meine, ich mache mich hier komplett zum Affen, wenn ich sie ständig anstarre.

Lav hat vorgeschlagen, das Geld in einem Club zu verprassen, und nachdem wir uns alle frisch gemacht hatten, sind wir losgezogen. Kurz war ich im Hotel versucht, an Cleos Tür zu klopfen, habe es aber gelassen. Als sie dann runter ins Foyer kam, habe ich mich beinahe an meinem Whiskey verschluckt, den ich mir mit Ryder und Seth an der Bar bestellt hatte.

Verdammt, sie sah einfach zu gut aus.

Das tut sie jetzt immer noch. Die schwarze Lederhose sitzt wie eine zweite Haut, die luftig leichte Seidenbluse, ebenfalls schwarz, verhüllt das, was sie verhüllen soll. Gerade bestellt sie sich und den anderen Mädels einen Cocktail und der Barkeeper verschlingt sie mit seinen Blicken. Seine Augen fallen praktisch in Cleos Dekolleté, die das auch noch gut zu finden scheint. Je mehr der Typ glotzt, desto weiter beugt sie sich über den Tresen.

Ich schnaube vernehmlich, wende mich demonstrativ ab.

»Hey, Ryder!«, spreche ich meinen Freund an, der sich mit Seth den vierten oder fünften Whiskey genehmigt. Ryder hat schon leicht einen sitzen, und das ist die beste Gelegenheit, das Spiel hier zu drehen. »Seth und ich haben eine Überraschung für dich«, sage ich und Seth runzelt die Stirn.

»Haben wir?«, fragt er, ich nicke.

»Könntest du bei deiner zukünftigen Frau um die Erlaubnis bitten, dass wir dich entführen dürfen?«, frage ich.

Ryder winkt ab. Er wankt leicht, Seth fasst ihn vorsorglich am Ellenbogen.

»Ich brauche Junes Erlaubnis nicht«, nuschelt Ryder.

Ich grinse. »Okay. Wenn du das sagst. Dann los.« Ich rutsche vom Barhocker, laufe vornweg zum Ausgang, Ryder und Seth im Schlepptau. Wir sind gerade an der Tür angekommen, als mich jemand am Arm hält. Ich drehe mich um. Es ist Cleo.

»Wo wollt ihr hin?«, fragt sie und kneift ein Auge zusammen.

»Oh. Die Queen redet mit mir? Wie komme ich zu der Ehre?«, gebe ich zurück.

»June hat mich geschickt.«

»Ah. Na, das erklärt es ja.«

»Also? Wo wollt ihr hin?«, übergeht Cleo meinen Kommentar einfach.

»Sweet Sugar Bar. Wie sich das für einen Junggesellenabschied gehört«, klatsche ich ihr vor die Füße.

»Ein Stripclub?« Cleo reißt die Augen auf.

»Ryder sagt, das ist kein Problem. Hast du ein

Problem damit?« Ich lege den Kopf schief, grinse freundlich. Hinter mir rufen Ryder und Seth, vor mir beeilt sich Cleo, zu verneinen.

»Schön. Dann euch noch viel Spaß.« Mit diesen Worten lasse ich Cleo stehen. Sollte June sauer über unseren Abgang sein, muss Ryder das ausbaden. Ich jedenfalls will mich so schnell wie möglich von Cleo ablenken.

Und hey. Was in Vegas passiert, bleibt in Vegas.

Wow.

Die Blonde hat eindeutig Gelenke aus Gummi. Sonst könnte sie nicht das tun, was sie gerade tut. Sie streckt und räkelt sich an dieser Polestange, als wäre sie die Schlange Kaa. Was sie wahrscheinlich auch ist, denn wie sonst könnte sie drei erwachsene Männer dazu bringen, sie wie hypnotisiert anzustarren?

»Glaubst du, sie bricht sich gleich was?«, fragt Seth neben mir besorgt, als die Stripperin mit weit gespreizten Beinen kopfüber die Stange hinabrutscht und uns so die besten Einblicke auf ihren prallen Hintern gewährt. Ich lege den Kopf zur Seite, ziehe die Brauen zusammen.

»Keine Ahnung. Ich hoffe nicht«, sage ich und zucke zusammen, als sie erst unmittelbar vor dem Boden stoppt. Geschmeidig gleitet sie nach unten, kriecht elegant über den verspiegelten Boden zu uns an den Rand der Bühne und ich zücke die Dollars und stecke sie ihr ins Höschen.

»Soll ich an euren Tisch kommen?«, fragt sie mich mit rauer Stimme und ich nicke. Ryder mag vielleicht ständig auf seinem Handy herumtippen und June versichern, dass es hier stinklangweilig ist, und Seth mag vielleicht über die medizinischen Folgen des Poledances nachdenken, aber ich, ich brauche ganz dringend eine Ablenkung von Cleo. Und am besten eine, die nichts, aber auch gar nichts mit ihr gemeinsam hat.

Besagte Dame steigt von der Bühne herunter, schnipst mit dem Finger und sofort bringt eine Kellnerin eine Flasche Champagner.

War ja klar.

Ich will vergessen, sie will Kohle. Das ist der Deal. Ich bezahle die Bedienung, die Stripperin bedankt sich bei mir und schenkt uns ein.

»Also, Schätzchen. Soll ich ein bisschen für dich tanzen?«, fragt sie und klirrt mit ihrem gegen mein Glas.

»Tanz für mich, Süße«, sage ich und sie legt los.

Sie windet und verbiegt sich, sie kniet zwischen meinen Beinen, ihre Brüste streifen meine Jeans, ihre Hand meinen Schritt. Sie geht genau so weit, wie sie gehen darf. Sie legt die Hand an meinen Hinterkopf, kippt sich den Inhalt ihres

Glases über ihr Dekolleté und zieht mich mit einem Ruck zwischen ihren wogenden Busen.

Und ich spüre … nichts. Da regt sich gar nichts bei mir. Weder in meiner Hose noch in meinem Kopfkino. Verrückt. Das hatte ich noch nie.

Und das ist völlig paradox. Die Frau gibt ihr Bestes, und alles, was ich vor Augen habe, ist groß, schlank, mit kleinen, festen Brüsten, die genau in meine Handfläche passen.

Verdammt.

Gerade als ich meine ganz private Tänzerin erlösen will, weil sie offensichtlich mit mir heute keinen Stich macht, tippt mir jemand auf die Schulter. Ich befreie mich aus der Umklammerung, drehe mich um und erwarte, Ryder zu sehen, der mir zunuschelt, dass er gehen will.

Doch weit gefehlt.

Es ist Cleo.

Ihre eisblauen Augen funkeln gefährlich in dem zuckenden Lichtschein, sie verzieht angeekelt die Mundwinkel und stemmt die Hände in die Hüften.

»Könntest du Ryder bitte sagen, dass June total betrunken ist? Und dass er gefälligst in ein Taxi steigen und zu ihr ins Hotel fahren soll?«, faucht sie, dann wirft sie der Stripperin einen Todesblick zu. Die löst sich von mir, gibt mir einen Kuss auf die Wange.

»Viel Glück«, sagt sie noch, dann geht sie. Kluge Frau.

Die Frau, die bleibt, dampft vor Wut förmlich aus den Ohren. Ungeduldig tippt Cleo mit dem Fuß auf, ich kann ein Grinsen nicht unterdrücken.

»Was gibt es da bitte zu lachen?«

Ich stehe auf, baue mich vor Cleo auf. »Du bist eifersüchtig«, stelle ich zufrieden fest.

»Davon träumst du nachts!«, erwidert Cleo.

Ich lache.

Wenn sie eine Ahnung hätte, von was ich nachts träume, müsste sie hier keine Szene machen.

CLEO

Im Licht der Leuchtreklame vor dem Club klopft Demon Ryder auf den Rücken, sie umarmen sich kurz, bevor sich Ryder erneut mit der Frage an mich wendet, ob ich nicht doch mitfahren möchte.

»Danke, nein. Ich …«

»Ich bringe sie zurück ins Hotel, keine Sorge«, übernimmt Demon für mich und Ryder steigt mit Seth allein ein. Demon schlägt die Tür zu, das Taxi fährt davon und wir stehen auf dem Parkplatz des Stripclubs und sehen dem Wagen nach.

Eine Weile sagt niemand von uns beiden etwas, dann stelle ich Demons Fehleinschätzung klar, die mich immer noch maßlos ärgert.

»Ich bin nicht eifersüchtig. Ich war nur um June besorgt. Du kannst machen, was du willst. Das ist mir schnurzegal.«

Demon steckt die Hände in die Hosentaschen. »Tatsächlich? Gut. Dann kann ich ja wieder reingehen und da weitermachen, wo ich aufgehört habe.« Er wendet sich um und läuft allen Ernstes auf den Eingang zu. Ich starre auf seinen breiten Rücken in dem weißen Shirt und kann nicht fassen, dass er mich hier einfach stehen lässt.

Als er an der Tür ist, schreie ich ihn an. »Du lässt mich mitten in Vegas einfach so auf einem Parkplatz stehen? Was bist du eigentlich für ein Arsch?«

Hui. Die zwei Cocktails von vorhin lassen mich leicht ausfällig werden. Aber mein Satz zeigt Wirkung. Demon verharrt, dreht sich langsam um, kommt dann zurück. Kurz vor mir stoppt er, mustert mich so lange, dass es mir unbehaglich wird.

»Was willst du, Cleo?«, fragt er.

Ja, was will ich? Habe ich nicht eben noch gesagt, er kann tun und lassen, was er will? Ich ringe um eine schlagfertige Antwort, neben uns hält ein rostiger Wagen. Drei Typen steigen wankend aus. Die hätten bestimmt kein Auto mehr fahren dürfen. Angewidert sehe ich zu ihnen hinüber, als einer von ihnen mich anspricht.

»Hey, Püppchen. Wie wär's, wenn du uns hier ein persönliches Tänzchen vorführst?« Er leckt sich über die Lippen, greift sich in den Schritt, seine Kumpels lachen.

»Sie sieht aus, als würde sie es gerne mit mehreren Männern machen«, gibt ein anderer von sich.

»Ich wette, die bläst wie der Teufel!«, weiß der Dritte und lacht dreckig.

Demon fasst mich am Arm, drängt mich weg. »Lass uns hier verschwinden«, murmelt er.

»Süße! Wo willst du hin? Komm schon, wir könnten dich alle drei ficken!«, brüllen sie mir hinterher.

Das ist Demon dann anscheinend doch zu viel. Er stoppt, holt tief Luft.

»Lass es, Demon. Lass uns einfach da rüber in die Bar gehen und die blöden Affen ignorieren.«

Demons Kieferknochen treten hervor, doch er nickt. Wir setzen uns in Bewegung, als es hinter uns ertönt: »Fotze! Du dämliche, blöde Fotze! Erst scharfmachen und sich dann verpissen. Schlampe!«

Mit einem Ruck reißt Demon sich von meinem Arm los, dreht um und prescht auf die Störenfriede zu. Als er bei ihnen ankommt, holt er ohne Zögern aus und gibt dem größten Schreihals einfach eine auf die Zwölf. Sofort danach krümmt er sich vornüber, schüttelt seine geballte Faust, der Getroffene kippt derweil einfach um.

»Fuck!«, brüllt Demon und hält sich die Hand, ich renne zu ihm.

»Hat noch jemand was zu sagen?«, keucht Demon gegen seine Schenkel, aber die beiden anderen sind plötzlich nicht mehr so mutig. Demon hebt mit schmerzverzerrtem Gesicht den Kopf und brüllt: »Dann verpisst euch, Herrgott!«

Die zwei packen ihren brabbelnden Freund unter den Armen, schließen ihren Wagen auf und werfen ihn auf die Rückbank. Dort lassen sie ihn liegen und besitzen doch echt die Frechheit, im Stripclub zu verschwinden. Kopfschüttelnd sehe ich ihnen hinterher, während Demon sich aufrichtet und die Luft zwischen den Zähnen entweichen lässt.

»Wir ... ich rufe uns ein Taxi«, sage ich und hebe die Hand.

»Einen Scheiß wirst du. Wir gehen da rüber in die Bar. Ich brauche einen Drink«, sagt Demon und läuft, ohne meine Antwort abzuwarten, über den Parkplatz zur Straße.

Ich folge ihm.

Tue ich immer. Irgendwie.

»Und du warst doch eifersüchtig«, reitet Demon auf der Sache herum, grinst dabei unverschämt süß. Er hat sich einen Packen Eis geben lassen und seine Hand gekühlt, die trotzdem angeschwollen ist.

»War ich nicht! Das ist nur dein Wunsch«, erwidere ich und hebe mein Schnapsglas. Das ist bestimmt der vierte, den Demon bestellt hat, und mir ist schon ganz anders. Aber es ist zu schön, als dass ich gehen wollte. Im Hintergrund der schummrigen Bar läuft schlechte Countrymusik, der Tresen, an dem wir sitzen, klebt vor Schmutz, doch das alles macht mir nichts aus. Demons Nähe macht die Spelunke doppelt wett. Und sein raues Lachen, als ich mit meinem an sein Glas anstoße.

»Bist du sicher, dass du den noch trinken willst?«, fragt er, ich hebe die Brauen.

»Was denn? Kannst du es nicht verknusen, wenn Frauen mehr vertragen als du?«, sage ich und stürze den Schnaps hinunter. Es schüttelt mich, heiß brennt der Alkohol in meiner Kehle.

»Oh, ich vertrage so einiges an Frauen«, sagt Demon und greift in die Schale mit Nüssen.

»Was hast du an Tara nicht vertragen?«, frage ich ganz direkt, und das tue ich nur, weil ich betrunken bin. Sonst würde ich mich das niemals trauen.

Demon stockt kurz in der Bewegung zu seinem Mund, dann wirft er sich die Nüsse ein, kaut und schluckt und ich würde meine Kühnheit am liebsten ungeschehen machen.

»Tut mir leid. Vergiss es. Es geht mich nichts an«, sage ich und stiere auf die zerkratzte Holzplatte des Tresens. Demon wendet sich mir zu, stützt den Kopf in seine Hand und sieht mich so lange an, bis ich seinen Blick erwidere.

»Sie hat mich verlassen«, sagt er dann und zuckt die Schulter.

Ich schnaube verblüfft. »Du lügst!«, stoße ich hervor.

Demon schüttelt den Kopf. »Nein. Sie hat mich verlassen. Zwei Wochen vor der Hochzeit hat sie ihre Sachen gepackt und ist gegangen«, wiederholt er und sein Ausdruck ist ernst. »Und immer sonntags, wenn ich bei meiner Mom vorbeischaue, macht die mir genau das zum Vorwurf. Sie leidet an Demenz. Aber das ist keine Entschuldigung. Tara war ...« Er verstummt, sieht auf einen Punkt über meiner Schulter. »Tara ist kompliziert. Sie hatte eine echt beschissene Kindheit und ... egal. Meine Mom liebt sie sehr. Sie hat immer gehofft, dass ich auf Tara aufpasse. Und als es mit ihr und mir vorbei war, ist Tara verschwunden. Sie kam nur sporadisch zurück, manchmal wussten wir monatelang nicht, ob sie überhaupt noch lebt. Meine Mom war krank vor Sorge und das ist in ihren Augen meine Schuld. Tja. Und irgendwie hat sie recht. Ich hätte ...« Er lässt den Satz unvollendet, ich schlucke.

Sie hat ihn verlassen?

Niemals hätte ich damit gerechnet.

Ich kann die Frage, die mir über die Lippen kommt, nicht verhindern. Der Schnaps.

»Liebst du sie noch?«, frage ich und Demon antwortet nicht gleich.

Seine Augen suchen die meinen, als er schlicht zugibt: »Ich dachte es. Aber dann kamst du und Tara war weg.«

Ich starre ihn an, kann nichts sagen. Meint er das ernst? Oder will er mir nur Honig um den

Mund schmieren, um mich in die Kiste zu kriegen?

Demon grinst. »Ich meine das ernst. Ich mag dich sehr, Cleo. Leider bist du diejenige von uns beiden, die unter Bindungsangst leidet.«

»Was? Spinnst du?«

Demon richtet sich auf, bestellt zwei neue Schnäpse. »Tu nicht so empört. Es ist so, du kannst es nur nicht zugeben.« Er schiebt mir mein Glas hin, ich protestiere lautstark.

»Demon Hell, da liegst du ganz und gar falsch. Ich leide ganz sicher nicht unter Bindungsangst. Ich würde dich auf der Stelle heiraten, wenn ich könnte«, haue ich völlig übertrieben auf den Putz, beseelt von seiner mir eben geschenkten entwaffnenden Ehrlichkeit und dem Alkohol, der die Schranke der Vernunft weit geöffnet hat.

In meinem Kopf ist nur ein Satz.

Er liebt Tara nicht mehr, er liebt Tara nicht mehr, er liebt Tara nicht mehr, summt es angenehm in mir und so überhöre ich seine nächsten Worte zunächst. Oder ich kann sie nicht einordnen, weil sie total verrückt klingen.

»Schön. Dann heirate mich«, sagt Demon nämlich.

Äh?

Was?

Ich sehe ihn an, lache. »Bist du irre?«

Demon hebt sein Glas, nickt. »Siehst du? Du hast Bindungsangst. Ich hatte recht.«

»Du willst mich doch nicht ernsthaft heiraten? Das ist ein Witz, oder?«

»Wir sind in Vegas, Babe«, sagt er nur, prostet mir zu und kippt den Schnaps.

Ich warte kurz, dann sage ich: »Okay.«

Demon zieht einen Mundwinkel nach oben. »Ernsthaft?«

Ich nicke.

»Und du machst keinen Rückzieher?«

Ich schüttele den Kopf.

Demons Grinsen wird breiter. »Das traust du dich nicht.«

»Du hast keine Ahnung, was ich mich traue.«

Ich trinke den Schnaps.

Den kann ich jetzt dringend gebrauchen.

Das Taxi hält vor einer dieser Wedding Chapels, Demon bezahlt den Fahrer und wir steigen aus.

Der Nachbau einer weißen Holzkirche ist mit bunten Lampions geschmückt, schon hier draußen säuselt Elvis Presley aus billigen Lautsprechern blechern von der Liebe und mir werden die Knie weich.

Ich bin betrunken, in jedem Fall bin ich das, aber Demon und ich gehen hier eindeutig einen Schritt zu weit.

Natürlich weiß ich, dass man Hochzeiten in Vegas relativ problemlos wieder annullieren lassen kann, und natürlich weiß ich, dass wir uns einen Spaß machen, aber eigentlich sollte das eine Hochzeit nicht sein.

Ein Spaß.

Es sollte eine bewusste, ernsthafte Entscheidung sein und zwischen zwei Menschen geschehen, die sich lieben und den Rest ihres Lebens miteinander verbringen wollen.

»Schiss?«, fragt mich Demon grinsend, weil ich mich nicht von der Stelle bewege.

»Pfft. Hättest du wohl gerne!«, höre ich mich großspurig von mir geben. Mein High Heel scharrt in dem sandigen Boden.

Demon nimmt meine Hand, legt den Kopf schief. »Wollen wir?«

Du lieber Gott!

Nein.

Ja.

Ich weiß es nicht!

»Noch kannst du Nein sagen«, schlägt Demon vor, schwenkt die Tüte in seiner anderen Hand. Er hat den Taxifahrer unterwegs gebeten, an einem Shop anzuhalten, und kam mit dieser Tüte wieder heraus. Ich habe keine Ahnung, was sich darin befindet. Ich blicke von der Tüte zu ihm, dann wieder zu der Tüte, dann wieder zu ihm. Demons Daumen streicht sanft über meinen Handrücken. Die Berührung schickt tausend Stromstöße durch mich hindurch, ich raffe die Schultern.

»Damit du mich bis in alle Ewigkeit damit aufziehen kannst? Niemals!«, sage ich und grinse.

Demon grinst ebenfalls. Festen Schrittes erklimmen wir die Stufen zur Wedding Chapel, an der Tür lässt er mich los. »Kannst du eine Minute hier warten?«, fragt er und geht rückwärts auf den Eingang zu, hebt die Hand. »Nur eine Minute, okay?«

Ich nicke. »Okay …?«

Demon stößt die Tür auf und verschwindet.

Er ist weg und meine Gedanken fahren Achterbahn. Wenn June mich jetzt sehen könnte, was würde sie mir raten? Ich muss nicht lange grübeln. Sie würde mir den Vogel zeigen, mich von den Stufen schubsen und in ein Taxi setzen.

Ich sollte gehen.

Ich sollte einfach gehen. Meinetwegen soll Demon mich ein Leben lang mit meiner Feigheit aufziehen. Mir egal. Das hier ist eine ernste Sache. Eine superernste Sache und ich –

Die Tür geht auf und Demon ergreift meine Hand.

Ich folge ihm.

Tue ich immer. Irgendwie.

Drinnen ist es zunächst still. Demon gibt irgendjemandem ein Zeichen, und plötzlich erklingt der Bruno-Mars-Song, der seit Jahren für Heiratsanträge herhalten muss.

Ich sehe mich um. Dieser Ort ist an Kitsch nicht zu überbieten. Ein roter Teppich führt nach vorne zum Altar, an dem ein älterer Herr in einem weißen Anzug steht. Er lächelt freundlich, ich schlucke. Weiße Holzbänke, mit grellem pinkfarbenem Samt bezogen, flankieren den Gang, künstliches Efeu hängt in langen Strängen von jeder erdenklichen Strebe.

Ich will gerade sagen: ›Lass uns abhauen. Das ist albern‹, als Demon vor mir auf die Knie sinkt.

Ich schlage die Hand vor den Mund, wispere: »Spinnst du! Steh sofort auf!«

Aber Demon denkt nicht daran. »Eine Braut braucht einen ordentlichen Antrag. Also sei still und hör zu!«

Ich hebe die Brauen, Demon räuspert sich. »Cleo. Wir hatten einen schwierigen Start. Du konntest mich nicht ausstehen und hast das sehr deutlich gezeigt. Doch irgendetwas hat dich dazu bewogen, mit mir ins Bett zu steigen. Du machst mich unfassbar scharf und ich kenne mittlerweile jede Stelle deines Körpers.«

Ich spüre, wie ich rot werde.

Das ist alles, was uns verbindet. Und das ist traurig. Und bezeichnend.

Ich werfe einen Blick auf den Mann am Altar. Der lächelt abwartend. Bestimmt hat er schon einiges Kurioses zu hören bekommen. Aber mir wird gerade in diesem Moment bewusst, was Demon und mich ausmacht. Körperlichkeit, mehr nicht. Ich bin kurz davor, aus diesem Gebäude zu rennen und diesen Irrsinn zu beenden, da ergreift Demon meine Hand und redet weiter.

»Was ich nicht kenne, sind deine Gedanken. Ich weiß nicht, was dich bewegt, was dir wichtig ist, was dir Hoffnung oder Frieden verschafft. Ich habe keine Ahnung, was deine Lieblingsfarbe ist, was du am liebsten im Restaurant bestellst und bei welchem Film du zu Tränen gerührt bist. Ich weiß nicht, woher du kommst oder wohin du willst, aber all das möchte ich herausfinden. Ich möchte der Mensch werden, der dich in- und auswendig kennt. Ich möchte derjenige sein, der Taschentücher bereithält, weil er genau weiß, dass dir gleich die Tränen laufen. Ich will dich zum Lachen bringen, am liebsten den ganzen Tag, weil dein Lachen einfach unglaublich schön ist. Du bist unglaublich schön, Cleo, und ich weiß, es gibt noch so vieles an dir zu entdecken. Lass mich derjenige sein, der es findet. Cleo Laurant, willst du mich heiraten?«, endet er.

Mir schnürt es vor Rührung die Kehle zu.

Hat mir jemals ein Mann solche Dinge gesagt?

Hat jemals jemand mein Herz mit Worten so sehr berührt?

Und wenn das hier tausendmal ein Witz ist, es ist ein guter Witz.

Ein sehr guter Witz, den ich um nichts in der Welt verpassen will.

Mit Tränen in den Augen sage ich laut und deutlich Ja.

DEMON

Ich bebe. Ich zittere, spüre mich mit jeder Faser meines Körpers.

Verdammt, was tue ich hier?

Meine Handflächen sind feucht, als ich mit Cleo vor diesem mir fremden Mann stehe, nachdem wir online alle Formalitäten geklärt haben.

Ich heirate. Ich bin tatsächlich im Begriff, Cleo zu heiraten. Das ist total und vollkommen verrückt.

Und doch will ich gerade nirgendwo lieber sein als hier. Ich weiß nicht, wann ich mich das letzte Mal so lebendig, so bei mir gefühlt habe.

Der Mann, der sich mit Rudolph vorgestellt hat, will gerade loslegen, als ich die Hand hebe.

»Moment. Warten Sie kurz.«

Cleo zuckt zusammen, wahrscheinlich geht sie davon aus, dass ich einen Rückzieher mache. Aber stattdessen greife ich in meine Hosentasche, ziehe einen blauen Stift heraus, den ich in dem Shop erstanden habe. Ich nehme Cleos Hand und male ein Herz darauf. Dann reiche ich ihr den Stift. Sie sieht mich fragend an.

»Braucht eine Braut nicht was Blaues? Und etwas Geliehenes? Hiermit hast du etwas Blaues und den Stift leihe ich dir bis nach der Trauung«, sage ich und entlocke Cleo damit ein Lächeln. Ihre Augen schimmern feucht, als sie das ungelenke Herz betrachtet und dann den Stift nimmt.

«Danke«, sagt sie.

»Etwas Altes habe ich leider nicht«, sage ich und Rudolph meldet sich zu Wort.

»Wir hätten da einiges im Angebot. Alte Kassetten von meiner Frau oder auch ein Kleidungsstück. Wenn Sie sich das mal anschauen wollen?«

Doch Cleo schüttelt den Kopf. »Das ist schon okay so«, sagt sie.

Und dann wird es ernst. Ein von der Kapelle gestellter Trauzeuge kommt hinzu und dann traut Rudolph Cleo und mich in dieser kitschigen Wedding Chapel in Vegas. Irgendwie läuft alles wie in einem Film vor mir ab, aber irgendwie bin ich vollkommen klar, als ich mich zu Cleo drehe und ihre Hände in meine nehme.

»Demon Hell. Willst du diese Frau zu deiner rechtmäßig angetrauten Ehefrau nehmen, sie lieben und ehren in guten wie in schlechten Zeiten, bis dass der Tod euch scheidet?«, sagt Rudolph und Cleo presst die Lippen zusammen, um das Lachen zu unterdrücken, das sich in ihrem Gesicht abzeichnet.

»Ja, ich will«, antworte ich grinsend.

»Du bist verrückt«, wispert Cleo.

Rudolph wendet sich an Cleo, die nur mit Mühe ernst bleiben kann. Und auch in mir baut sich ein Lachen auf. Das ist total skurril.

»Cleo Laurant. Willst du diesen Mann zu deinem rechtmäßig angetrauten Ehemann nehmen, ihn lieben und ehren in guten wie in schlechten Zeiten, bis dass der Tod euch scheidet?«

Cleo kraust die Nase. »Ich weiß nicht. Auch in den schlechten Zeiten? Kann man diesen Passus vielleicht streichen?«, fragt sie, ich gluckse.

Rudolph klingt irritiert, als er fragt: »Wollen Sie? Oder wollen Sie nicht?«

Cleo holt tief Luft.

Ich kneife ihr in den Handrücken. »Wenn du mich jetzt hängen lässt …«, sage ich drohend.

Cleo quietscht leise über den kurzen Schmerz. »Das würde dein Ego nur schlecht verkraften, habe ich recht?«, sagt sie und kichert.

Ich ziehe sie mit einem Ruck an mich heran, schlinge den Arm um ihre Taille und presse meinen Mund auf ihren. Ich küsse sie leidenschaftlich, spüre, wie sie weich wird. Sie schmeckt nach dem Schnaps und ihrem Lachen, das sich zwischen unserem Kuss seinen Weg bahnt, als Rudolph sich vernehmlich räuspert.

»An dieser Stelle sind wir eigentlich noch nicht«, sagt er.

»Mir egal. Ich befürchte, ich muss hier meine Überredungskünste einsetzen«, murmele ich an Cleos vollen Lippen.

Sie gluckst. »Okay, okay! Ja, ich will!«, stößt sie hervor, und als Rudolph uns damit als Mann und Frau betitelt, hüpft Cleo hoch, kreuzt ihre Beine hinter meinem Rücken, ich packe sie an ihrem Hintern und unser Kuss wird tiefer. Meine Zunge umkreist ihre, ihre die meine und mein Herz klopft wie irre in meiner Brust.

Wir haben es getan. Wir haben geheiratet. Cleo und ich sind Mann und Frau.

Irgendwann löst sich Cleo von mir, sieht mir in die Augen, streicht mir eine verirrte Strähne aus der Stirn.

»Hallo, Mr. Hell«, sagt sie und grinst.

»Hallo, Mrs. Hell«, sage ich und grinse. »Wir haben einen totalen Knall.«

»Du weißt schon, dass wir das morgen bereuen?«, sagt Cleo.

»Könnten wir erst einmal die Hochzeitsnacht hinter uns bringen?«, frage ich und wackele anzüglich mit den Brauen. Cleo schlägt mir sanft auf die Schulter, ich lasse sie vorsichtig herunter. Rudolph will uns die Hand reichen und uns gratulieren, als mir das Allerwichtigste einfällt.

»Oh, warte!«, sage ich, krame in meiner Hosentasche und fördere ein kleines Vorhängeschloss mit einem winzigen Schlüssel zutage, das ich ebenfalls in dem Laden erstanden habe. Ich fädele beides jeweils auf eine Kordel und halte sie hoch.

»Ich nehme das Schloss, du den Schlüssel dazu. Als Ersatz für einen Ring. Tut mir leid, aber was Besseres ist mir in dem Laden auf die Schnelle nicht eingefallen«, sage ich und Cleo blinzelt.

»Das ... ist ... total süß von dir!«, sagt sie mit verdächtig erstickter Stimme, und bevor sie hier anfängt zu heulen, binde ich ihr den Schlüssel um den Hals.

Dann tut sie das Gleiche bei mir mit dem Schloss und Rudolph darf uns endlich die Hände schütteln.

»Mrs. Hell, Mr. Hell, ich wünsche Ihnen beiden für die Zukunft alles erdenklich Gute. Wenn ich Ihnen einen Tipp geben darf ...« Er beugt sich verschwörerisch zu Cleo: »Meine Frau brät mir einmal in der Woche ein saftiges Steak. Sie weiß genau, da vergesse und verzeihe ich ihr, dass sie meine Socken nicht gestopft hat.« Rudolph klopft sich auf den ansehnlichen Bauch, Cleo und ich starren ihn an.

»Okay. Das ... werde ich mir merken«, sagt Cleo gepresst, ich bebe neben ihr, weil ich gleich vor Lachen platze.

Hinter uns geht die Tür auf und ein Pärchen stolpert ziemlich betrunken auf den roten Teppich. Cleo und ich nehmen das als Zeichen, dass wir von Rudolph entlassen sind. Gemessenen Schrittes laufen wir Hand in Hand zur Tür. Als wir bei dem Pärchen ankommen, bleibt Cleo stehen. Sie flüstert dem Mann zu: »Mögen Sie Steaks?«

Der nickt.

»Super. Dann heiraten Sie sie. Kann nichts schiefgehen.« Cleo reckt den Daumen, dann zieht sie mich mit sich, und kaum sind wir draußen, brechen wir in das lang unterdrückte Lachen aus.

»Scheiße, ich kann nicht mehr! Hast du gesehen, wie sein Auge gezuckt hat, als er das mit dem Steak gesagt hat?« Cleo krümmt sich vornüber, hält sich prustend und kichernd den Bauch.

»Wer stopft denn heute bitte noch Socken?«, keuche ich lachend.

Cleo richtet sich auf, zeigt mit dem Finger auf mich. »Glaub ja nicht, dass ich das jemals für dich tun werde, Hell! Vergiss das am besten sofort wieder!«, kreischt sie und … Herrgott!

Sie sieht einfach wunderschön aus.

Ihr ganzes Gesicht strahlt, ihr Lachen perlt mir entgegen, glitzernd wie ein Wasserfall.

Ich gehe auf sie zu, schlinge den Arm um ihre Mitte. Bei meinem tiefen Blick in ihre Augen verstummt Cleos Kichern.

»Könnten wir uns jetzt um die Hochzeitsnacht kümmern, Mrs. Hell?«, frage ich rau. Cleo nickt.

»Das sollten wir sofort tun, Mr. Hell«, sagt sie.

Ich rufe ein Taxi.

»Warte«, nuschele ich an Cleos Mund, umfasse ihre Handgelenke, die an meinem Shirt zerren. Cleo hat mich, kaum dass wir die Tür meiner Suite hinter uns geschlossen hatten, geküsst, mich an die Wand gedrängt, mir in den Schritt gefasst und meine Hose geöffnet. Und es macht mich ohne Frage superscharf, aber ich will es dieses Mal anders.

»Was? Was ist? Willst du nicht?«, fragt mich Cleo atemlos mit geschwollenen Lippen und fiebrig glänzenden Pupillen, greift währenddessen nach dem Saum ihrer Bluse, zieht sie sich über den Kopf, schleudert ihre Schuhe von sich, schiebt sich die knallenge Lederhose über ihren Hintern.

»Jetzt warte doch mal!«, wiederhole ich mich und Cleo stoppt in ihren Bewegungen.

»Du willst nicht? Scheiße, das ist ja superpeinlich!«, faucht sie und streicht sich die Haare aus dem Gesicht.

»Bist du bescheuert? Natürlich will ich. Aber könnten wir es in unserer Hochzeitsnacht etwas langsamer angehen lassen? Und es vielleicht ausnahmsweise mal im Bett tun?«, frage ich und deute auf das riesige Kingsizebett. »Sieh mal. Es hat eine weiche Matratze und ganz viele Kissen«, preise ich es an, als wäre ich ein Möbelverkäufer.

Cleo schnaubt. »Sorry, aber du hast doch bis jetzt das Bett gemieden wie die Pest, wenn wir es gemacht haben«, sagt sie.

»Äh … weil ich dachte, du willst da nicht landen«, sage ich.

Kurz sehen wir beide zum Bett, dann sehen wir uns an.

»Könnte verrückt werden«, sagt Cleo.

»Noch verrückter, als einfach zu heiraten?«, frage ich.

Das ist dann für lange Zeit das Letzte, was wir reden.

Denn das, was folgt, ist wirklich verrückt.

Es ist verrückt vor Hingabe und vor Zärtlichkeit. Es ist verrückt vor lauter Gefühl des Einsseins. Ich habe keine Ahnung, wo Cleo aufhört und ich anfange. Ich habe keine Ahnung, wessen Herz gegen wessen Brust schlägt, ich weiß nicht, ob ich sie atme oder sie mich.

Letztendlich machen wir es klassisch in der Missionarsstellung. Haben wir noch nie getan. Und es ist das Intimste, das ich je beim Sex erlebt habe. Obwohl ich schon alles von Cleo gesehen habe, ist es dieses Mal anders, als ich in sie eindringe. Irgendetwas macht sie mit mir, als sie sanft ihre Hände um mein Gesicht legt, ihre Beine um meine Hüften schlingt und meinem Blick standhält.

Ich bewege mich nur zögerlich, spüre sie mit jeder Faser meines Körpers. Ich bin bei ihr und ich bin bei mir und eine tiefe innere Ruhe überkommt mich.

Zitternd stütze ich mich auf meine Ellenbogen, aber nicht, weil ich keine Kraft mehr habe, sondern weil Cleo mir alles von sich zeigt, was sie hat. Ihre Stärken und ihre Schwächen, ihre ganze Verletzlichkeit liegt in ihren Augen.

Verdammt. Ich glaube, ich liebe dich, denke ich, dann denke ich nichts mehr.

Und als ich komme, als mich der Orgasmus überrollt, weiß ich, dass ich diese Frau nicht mehr gehen lassen kann.

Sie nimmt sonst mein Herz mit. Und das geht in der Regel tödlich aus.

CLEO

Blinzelnd schlage ich die Augen auf und ein stechender Kopfschmerz begrüßt mich. Sofort schließe ich sie wieder, aber auch das bringt keine Linderung. Gott. Ich fühle mich wie von einem Lastwagen überrollt.

Ich habe schrecklichen Durst und in meinem Magen klafft ein hungriges Loch. Vorsichtig starte ich einen neuen Versuch, öffne die Lider.

Heller Sonnenschein blendet mich, verstärkt das Hämmern in meinem Schädel.

Okay.

Das ist eindeutig nicht mein Zimmer. Ich liege auf der Seite und diese Tapete an der Wand habe ich noch nie gesehen. Und auch den kleinen Tisch mit dem Hocker davor nicht.

Und sind das meine Klamotten da auf dem Boden?

Insgesamt habe ich so gar keine Ahnung, wo

ich mich befinde und wie ich hierhergekommen bin.

Außerdem erdrückt mich gleich etwas. Um es genau zu nehmen, ist es ein Arm, der um meinen Oberkörper geschlungen ist.

Wer zur Hölle –

Mit einem Ruck fahre ich hoch, was keine wirklich gute Idee ist. »Autsch!«, rufe ich aus und halte mir den Kopf. Verflucht, puhlt da drin jemand fröhlich mit einem Messer herum?

»Alles okay?«, ertönt es verschlafen hinter mir, und ich erstarre, als mich Erinnerungsfetzen einholen.

»Ich weiß nicht. Haben ... haben wir gestern ... also haben wir ...?«

»Geheiratet? Ja. Guten Morgen, Mrs. Hell«, sagt Demon, küsst mich zart in den Nacken und ich kann quasi das Grinsen in seiner Stimme hören.

»Du lieber Gott«, hauche ich und schlage mir die Hand vor den Mund. »Wie betrunken waren wir?«, will ich wissen und stiere geschockt auf den Flatscreen an der Wand. Neben mir raschelt es. Demon setzt sich auf, lehnt sich an den Bettrücken.

»Ich für meinen Teil war nüchtern. Du nicht ganz so«, antwortet er, und das bringt mich dann doch dazu, mich zu ihm umzudrehen.

»Du warst nüchtern?« Meine Augen müssen groß wie Untertassen sein.

»Ja. Ich habe den Schnaps lieber dir überlassen. Was dagegen?« Demons Augen hängen an meinem Dekolleté. Jetzt erst bemerke ich, dass ich mit blanken Brüsten dasitze. Ich grapsche nach dem dünnen Laken, ziehe es bis zu meinem Kinn, hebe die Hand, kreise mit meinem Zeigefinger an meiner Schläfe, runzele die Stirn. Der Kopfschmerz ist mir gerade auch egal.

»Kannst du mir dann bitte mal erklären, wie das passieren konnte?«, frage ich. »Ich verstehe es nämlich nicht!« Mit jedem Wort bin ich lauter geworden, mit jedem Wort bin ich näher an Demon gerückt, der immer noch grinst.

»Du hast Ja gesagt«, erklärt er und zuckt lässig die Schultern.

Ich fasse es nicht. Er tut so, als hätten wir gestern über die Entscheidung gesprochen, ob es Pasta oder Pizza geben soll!

»Bist du von allen guten Geistern verlassen? Hast du nicht gemerkt, dass ich betrunken war?«, fahre ich ihn an und schlage ihm gegen die Brust, als er auflacht.

»Ich wehre doch keine willige Frau ab«, sagt Demon und duckt sich unter meinen Schlägen.

»Willig?«, schreie ich und übersähe seinen Bizeps mit Schlägen. »Das ist nicht willig, das ist vollkommen bescheuert! Ich meine, du und ich sind jetzt Mann und Frau? Du hast mich ausgenutzt, hast mich abgefüllt, nur um mich dann auf die gemeinste Art und Weise zu verarschen!

Wahrscheinlich lachst du dich über meine Dummheit innerlich kaputt, du Mistkerl!« Wie eine Furie bearbeite ich Demon mit meinen geballten Fäusten und habe das Gefühl, auf Stein zu treffen, bis er mich überraschend an der Taille packt, mich herumdreht und sich über mich schiebt. Ich zappele und winde mich unter ihm, Demon zwingt meine Handgelenke über meinen Kopf und wartet in aller Seelenruhe ab, bis mich die Kraft verlässt. Er muss nicht besonders lange warten, denn ich habe ja einen gigantischen Kater.

»Hast du dich beruhigt?«, fragt er irgendwann, ich nicke keuchend. »Schön. Du hörst mir jetzt zu. Ja, das war eine Schnapsidee –«

»Im wahrsten Sinne des Wortes!«, zische ich, Demon schnalzt mit der Zunge.

»Wolltest du nicht still sein?«

Ich presse die Lippen zusammen.

»Ich mag dich, Cleo. Mehr, als ich dachte. Ich glaube, ich bin sogar ziemlich verknallt. Und ja, wir hätten nicht gleich heiraten müssen, aber gestern Nacht ...«, er stockt kurz, holt tief Luft, »... da ist etwas mit mir passiert. Ich ... war glücklich. Und du hast einen erheblichen Anteil daran, dass dem so ist. Du machst mich glücklich, Cleo. Also lass es uns doch einfach versuchen. Du und ich. So machen das zwei Menschen doch, wenn sie sich gegenseitig glücklich machen, oder?«

Ich schlucke.

Hat er gerade gesagt, er hat sich in mich verknallt? Hat Demon Hell mir eben seine Gefühle offenbart?

»Mache ich dich glücklich, Cleo?«, fragt Demon und in seinen Augen blitzt so etwas wie Unsicherheit. Kann das sein? Der selbstbewusste Demon Hell ist unsicher?

Ich öffne den Mund, schließe ihn wieder, weil mich diese Erkenntnis verblüfft.

»Mache ich dich glücklich?« Seine Stimme zittert ein wenig.

Meine nicht, als ich antworte: »Ja. Ja, das tust du, Demon Hell.«

Sein Mund verzieht sich zu einem Lächeln. »Und? Möchtest du es mit mir versuchen?«

Ich nicke. Zu mehr bin ich nicht imstande, weil mich seine Offenheit etwas sprachlos macht.

Demon küsst mich.

Und schlagartig sind meine Kopfschmerzen verschwunden.

»Wir sagen das niemandem, okay? Das mit der Hochzeit!«, sage ich zu Demon, als sich die Türen des Aufzugs öffnen und uns in den Frühstücksraum entlassen.

»Schade. Ich finde, der Name Hell steht dir ausgesprochen gut.« Demons Augen blitzen vor Vergnügen, ich verrolle meine nach oben. Er nimmt meine Hand und zieht mich hinter sich her. »Aber dass wir vögeln, darf ich jetzt schon jedem auf die Nase binden, oder?«, fragt er über die Schulter, ich schlage ihm leicht auf den Rücken.

»Ich will die Scheidung«, sage ich und Demons klares Lachen bereitet mir ein warmes Gefühl im Bauch.

Schon von Weitem pfeift Ryder anzüglich, als er uns erblickt. Alle unsere Freunde sitzen an einem Tisch, vor sich ein üppiges Frühstück, und auch mir knurrt der Magen. Noch in der Suite hat Demon mir eine Aspirin besorgt, mich in die Dusche geschickt, und nachdem er mir unter dem warmen Strahl einen Orgasmus beschert hatte, war mein Kater so gut wie weg. Jetzt habe ich Kaffeedurst und einen Bärenhunger.

»Was in Vegas geschieht, bleibt in Vegas, richtig?«, sagt Ryder, als wir Hand in Hand an den Tisch kommen. June klatscht in die Hände, Willow verdreht die Augen.

»Mann, endlich! Wurde aber auch Zeit. Ich habe schon befürchtet, ihr beide seid zu beschränkt, um in der Kiste zu landen«, sagt sie und beißt in ihr Croissant. Demon rückt mir den Stuhl zurecht und wir nehmen nebeneinander Platz. Er reicht mir den Kaffee, ich ihm die Sandwiches.

Der köstliche Duft des Kaffees zieht mir in die Nase, als ich die Tasse zum Mund führe. Ich nehme einen Schluck, er wirkt wie ein Lebenselixier.

»Und? Wie habt ihr die Nacht noch verbracht?«, fragt Ryder, legt den Arm um June, die ziemlich müde aussieht.

»Oh. Wir haben erst geheiratet und dann gevögelt«, sagt Demon, klappt sein Sandwich mit Erdnussbutter und Mayonnaise zu und beißt hinein, ich verschlucke mich an meinem Kaffee. Hustend und prustend setze ich die Tasse ab, Demon klopft mir fürsorglich auf den Rücken.

»Geht es?«, fragt er, als ich wieder Luft bekomme und mir die Tränen aus den Augen wische.

Alle am Tisch starren uns an, bis Ryder sagt: »Das war ein Witz, oder?«

Demon schüttelt den Kopf, verschlingt den nächsten Bissen. »Nein. Unser voller Ernst«, kommentiert er Ryders Frage und wischt sich mit einer Serviette den Mund ab.

Junes Blick schießt zu mir. »Stimmt das?«

Ich werde feuerrot und das ist June Antwort genug. Sie schreit auf. Auch Willow stößt einen verblüfften Laut aus und selbst Lav reißt dieses Mal überrascht die Augen auf.

Ich drehe langsam den Kopf zu Demon. »Hatten wir nicht abgemacht, die Klappe darüber zu halten?«, frage ich ihn scharf.

Demon wendet sich mir zu. »Hatte ich vergessen, Mrs. Hell. Entschuldige.« Er grinst wie ein Schuljunge.

»Mrs. Hell. Das ist total ... verrückt!«, sagt June.

Wie recht sie hat.

Ryder schenkt uns Damen den restlichen Tag im Spa, während die Jungs ihr Glück noch einmal im Casino versuchen wollen, und zwischen den feuchten Dampfschwaden des Whirlpools muss ich Rede und Antwort stehen.

Meine Freundinnen wollen jede noch so kleine Einzelheit wissen, löchern mich mit Fragen, bis mir nicht nur von der Hitze schwindelig ist.

»Und bleibt ihr jetzt verheiratet? Oder lasst ihr das wieder annullieren?«, fragt Lav und meine Antwort kommt schneller als der Schall.

»Wir lassen das natürlich annullieren, sobald wir wieder in New York sind«, sage ich bestimmt, obwohl Demon und ich darüber noch kein Wort verloren haben. Aber sicher werden wir das tun. Das ist wohl klar.

»Oh. Okay. Sonst hätte ich gesagt, ihr könnt ja einfach eine Doppelhochzeit draus machen.« Lav sinkt tiefer in die Blubberblasen, Junes Augen leuchten auf.

»Oh ja! Cleo! Das wäre doch eine tolle Idee! Wir könnten –«

Ich unterbreche sie rüde. »Nein, nein. Auf keinen Fall! Das … Mädels, habt ihr mir nicht zugehört? Ich war betrunken, okay? Wir lassen diese Ehe annullieren! Das … Demon und ich …«

»Ja. Demon. Was hat er eigentlich dazu gesagt? Will er auch annullieren?«, fragt Willow und greift nach ihrem Cocktail, der auf dem Tablett am Rand des Pools steht. Sie schlürft an ihrem Strohhalm, sieht mich fragend an.

»Äh … er … ich glaube, er sieht das genauso.«

»Du glaubst?«, fragt June.

»Ja.«

»Glauben heißt nicht wissen.«

»Herrgott! Worauf wollt ihr hinaus? Das ist doch hier kein Disney-Märchen! Also hört auf mit euren romantischen und völlig bescheuerten Vorstellungen!« Ich lache, Willow stimmt mir zu.

»Ja. Cleo hat recht. So süß das jetzt ist, aber immerhin hat Demon schon mal den Schwanz eingezogen. Hier in Vegas mag das witzig sein, aber in der Realität sieht er das bestimmt ganz anders. Da hat es selbst die fantastische und überirdische Tara Spring nicht geschafft. Also hören wir auf, uns wie kindische Teenagergirls zu benehmen und konzentrieren wir uns auf echte Ehen. Auf die von June und Ryder zum Beispiel.« Sie reicht June ihr Cocktailglas, prostet ihr zu und mein Lachen von eben bleibt mir im Hals stecken.

Den Rest des Nachmittags bin ich wortkarg und in mich gekehrt und entschuldige es mit meinem Kater, den es gar nicht mehr gibt.

Als wir später alle in unseren Zimmern unsere Sachen packen, weil unser Flug in zwei Stunden geht, google ich sie.

Tara Spring.

Jeder außer mir scheint sie zu kennen, nur ich habe nicht einmal eine Ahnung, wie sie aussieht.

Als ich es dann weiß, wünsche ich mir, ich hätte immer noch keinen Schimmer.

Gott, diese Frau ist … ein Engel? Oder so?

In jedem Fall ein Viktoria's-Secret-Engel. Göttinnengleich schwebte sie nämlich in der letzten Saison mit riesigen schimmernden Flügeln über den Laufsteg, die perfekten Brüste laut Google in einem Zweihundertfünfzigtausend-Dollar-BH verpackt. Die langen, seidig schwarzen Haare fallen ihr aalglatt über zierlichste Schultern, die ellenlangen Beine enden in einer Wespentaille, die Demon wahrscheinlich mit einer Hand hat umfassen können.

Ich könnte heulen.

Niemals kann er das so meinen, wie er es gesagt hat. Dass er diese Schönheit wegen mir vergessen hat.

Es sei denn, er leidet seit Neuestem unter Alzheimer.

Meine Augen lesen den Text unter dem Bild.

›Tara Spring. Die gerade mal Dreiundzwanzigjährige ist der aufgehende Stern am Modehimmel. Viktoria's Secret engagierte die Amerikanerin vom Fleck weg für die neue Show. Mario Gusto, der italienische Designer, attestierte der Newcomerin eine grandiose Karriere. Sie habe die perfekten Gene. Die Proportionen ihres Gesichtes seien der von Mona Lisa so ähnlich, dass jeder Mensch in Verzückung gerate, wenn er Tara ansieht.‹

Mir wird schlecht.

Ich klicke mich zum nächsten Beitrag, weil ich offensichtlich masochistisch veranlagt bin. Es bietet sich mir eine Fotostrecke von Tara, wie sie an den Armen von verschiedenen Männern aus Clubs stolpert, Hotels verlässt oder betritt, von Yachten winkt, mit verschmierter Wimperntusche lachend auf einem Bürgersteig liegt und den Mittelfinger in die Kamera reckt.

›Tara Spring. Verkraftet sie den Erfolg nicht? Oder ist es ihr gebrochenes Herz?‹, lautet die Schlagzeile darunter. Es wird über ihre Alkohol- und Drogenexzesse berichtet, darüber, dass sie einen Paparazzo geschlagen haben soll, darüber, dass sie sich freiwillig in eine Entzugsklinik begeben hat.

Ich lese das Datum. All das war, nachdem sie sich von Demon getrennt hatte. Im Interview stellt Tara die Geschichte allerdings anders da. Sie behauptet, dass ihr Verlobter sie verlassen habe und sie den Schmerz darüber betäubt habe. Dass ihr ihre Fehltritte schrecklich leidtäten und sie Besserung gelobe.

Es klopft an die Tür meiner Suite, ich klappe den Laptop zu, als wäre ich bei etwas Verbotenem erwischt worden.

»Ja?«, rufe ich und meine Stimme klingt viel zu schrill.

»Ich wollte dich abholen. Wir müssen los. Bist du fertig?«, sagt Demon gedämpft durch die Tür.

Ob ich fertig bin?

Aber so was von.

DEMON

»Cleo. Jetzt komm schon! Du kannst doch nicht jeden Abend arbeiten müssen? Musst du nicht mal was essen?«, sage ich am Telefon und klinge langsam sauer. Ich meine, was ist mir ihr?

Seit Vegas ist sie komisch. Gerade als ich dachte, es entspannt sich endlich zwischen uns, geht sie mir komplett aus dem Weg. Und ich bin mir keiner Schuld bewusst. Klar hätte ich die Klappe über unsere Hochzeit halten können, aber ich war eben ziemlich glücklich und überdreht. Außerdem sind das unsere besten Freunde.

Kein Grund, mich seit vier Tagen abzuwimmeln.

»Demon, ehrlich. Ich habe total viel zu tun. Ich schaffe das heute nicht«, sagt Cleo und die Leier hat langsam einen Bart.

Ich umfasse das Handy fester, schlucke

meinen Ärger herunter. Sie hat kein Vertrauen zu mir. Ich bin ja nicht blöd. Ich atme unhörbar ein, zähle stumm bis zehn, bevor ich antworte.

»Okay. Gut. Dann dir noch gutes Gelingen.«

»Danke. Wir sehen uns dann ... zu Hause«, sagt Cleo und legt auf.

Tun wir nicht. Denn auch da schafft sie es tatsächlich, dass wir uns verpassen. Sie kommt, wenn ich schlafe, geht, wenn ich schlafe. Lediglich einer dieser vermaledeiten Post-its mit einem süßen Spruch liegt dann auf dem Küchenblock. Ich habe die Schnauze voll.

Ich vermisse Cleo. Und ich bin ihr Ehemann, Herrgott noch mal!

Es kann doch nicht so schwer sein, die eigene Ehefrau zu Gesicht zu bekommen.

Cleo löscht das Licht im Foyer der Agentur, ich sehe auf die Uhr an meinem Handgelenk. Dreißig Minuten nach Mitternacht. An einem Samstag! Ernsthaft?

Sie tritt aus der Tür, schließt ab, ich starte den Motor, fahre an und Cleo hopst erschrocken zurück, als ich mit einer scharfen Bremsung neben ihr stehen bleibe. Ich beuge mich herüber, öffne die Tür.

»Steig ein.«

»Demon?«, sagt Cleo, als hätte sie mich als Allerletzten hier erwartet. Sie läuft los in Richtung U-Bahn, ich schnaube. Was soll denn das? Das ist total kindisch! Langsam fahre ich neben ihr her, rede durch die offene Tür mit ihr.

»Cleo, was ist los? Es tut mir leid, dass ich das mit der Hochzeit verraten habe, okay? Steig schon ein.«

»Ich fahre gerne mit der U-Bahn, das ist kein Problem. Mach du, was du an einem Samstagabend so machst«, sagt Cleo und winkt ab.

Okay, das reicht.

Ich lenke den Porsche auf den Gehweg, schneide ihr den Weg ab, sie stoppt abrupt.

»Wenn du nicht sofort einsteigst, verweigere ich die Scheidung«, sage ich und starre sie drohend an.

Das zieht. Cleo zögert kurz, dann steigt sie leise seufzend ein und schlägt die Tür zu. Sie dreht den Kopf, schürzt die Lippen. »Was ist dein Problem, Demon?«

Ich fahre an, fädele mich wieder in den fließenden Verkehr ein, halte an einer roten Ampel. »Was mein Problem ist? Was ist dein Problem, dass du mir aus dem Weg gehen musst?«

Cleo seufzt schon wieder. »Ich habe einfach viel Arbeit, das ist alles.«

«Schön. Dann habe ich ja Glück, dass morgen Sonntag ist«, sage ich.

»Wo fahren wir hin? Ich bin ziemlich müde«, sagt Cleo und rutscht von mir weg an den äußersten Rand des Sitzes.

Ich greife nach hinten, reiche ihr eine Papiertüte und einen Getränkehalter. »Hier. Kaffee, schwarz wie die Nacht. Und ein Donut mit Zitronenglasur.«

Cleo wirft mir einen erstaunten Blick zu, öffnet die Tüte. »Die mag ich am liebsten.«

»Ich weiß. Ich habe June gefragt«, sage ich, setze den Blinker.

Cleo sagt nichts, hebt den Deckel ab, pustet auf den Kaffee und beißt in den Donut. Sie stöhnt genüsslich. »Danke. Das ist das Erste, das ich seit heute früh esse«, sagt sie nuschelnd. »Also? Wo fahren wir hin?«, will sie dann wissen.

Ich sehe sie an. »Ich zeige dir heute meine Vergangenheit.«

»Oh«, macht Cleo.

»Ich habe nämlich das Gefühl, es ist wichtig für dich.«

»Oh«, macht Cleo noch einmal.

Ich parke den Porsche in Queensbridge mit laufendem Motor vor dem trostlosen Hochhauskomplex, deute auf die schmutzige Fassade. »Da bin ich geboren. Meine Mom hat es nicht mal in ein

Krankenhaus geschafft. Eine Nachbarin hat ihr geholfen, mich zur Welt zu bringen.«

Cleo sieht durch die Windschutzscheibe auf die hässlichen Gebäude, auf die verdreckte Straße, zu den Jugendlichen, die sich in kleinen Grüppchen vor den Häusern versammeln und deren Zukunft genauso düster aussieht wie der im Schatten kaputter Straßenlampen liegende Park links von uns.

»Von hier kam ich in ein Heim, nur zwei Straßen weiter.« Ich starte den Motor, biege einmal nach rechts, einmal nach links und fahre im Schritttempo an einem Zaun vorbei, hinter dem das Queens Childhood Center liegt.

»Schlechte Menschen, die einen schlechten Job machen«, sage ich und erzähle von Mr. Peene, der es lustig fand, uns stundenlang auf bloßen Knien mitten im Gang im ersten Stock knien zu lassen. Oder von Mrs. Sweet, die so gar nichts mit ihrem Namen gemein hatte. Sie bestrafte uns gerne mit Schlafentzug, steckte uns in einen Raum, in dem ununterbrochen Licht brannte. Sobald wir uns setzten oder legten, kam sie herein und verpasste uns eine Ohrfeige, dass uns das Hirn klingelte.

»Ich bin abgehauen, als ich zwölf war. *Dick, the King* hat mich unter seine Fittiche genommen. Ihm gehörte der Boxclub in unserem Viertel. Er sagte, ich sei flink und leicht und er würde mich zum nächsten

Muhammad Ali machen, wenn ich für ihn nur ab und zu ein paar kleine Botengänge übernehmen würde. Also begann ich Drogen von A nach B zu schmuggeln. Und Dick hatte recht. Ich war klein und flink. Flink genug, dass ich knapp ein Jahr für ihn gearbeitet habe. Bis mich die Cops erwischten. Die brachten mich zum Jugendamt, das brachte mich zu meiner ersten Pflegefamilie. Es dauerte keine vier Wochen, da brach ich dem Pflegevater die Nase, weil er eine seiner Schützlinge belästigte. Es war Tara.«

Ich fahre weiter, neben mir rührt sich Cleo nicht.

Drei Blocks weiter deute ich auf ein winziges Haus mit Flachdach, im Vorgarten liegt Müll und Unrat.

»Als sie mich zu Rita schickten, bequatschte ich sie so lange, bis sie Tara ebenfalls aufnahm. Früher war das Haus noch in einem besseren Zustand. Mom hat immer darauf bestanden, den Garten zu pflegen, und einmal im Jahr musste ich die Fassade streichen.« Ich schalte den Motor aus, drehe mich zu Cleo.

»Das war ich damals, Cleo. Ein einsamer, verwirrter, verängstigter Junge, der keine Ahnung hatte, wie zwischenmenschliche Beziehungen funktionieren. Und wenn ich heute sage, ich mag jemanden, dann ist das so. Ich musste mühsam lernen, was Zuneigung und Vertrauen bedeutet. Und ich gehe damit nicht leichtfertig um. Ich nehme das sehr ernst. Denn ich glaube nicht, dass es das im Überfluss gibt. Menschen, die es wert sind. Verstehst du?«

Ich erkläre es, so gut ich kann. Besser weiß ich es nicht. Und das, was Cleo mir bedeutet, ist erst recht neu und unbekannt für mich.

Cleo beißt sich auf die Lippen, nickt stockend. Und dann läuft ihr eine Träne über die Wange. »Ich verstehe. Und es tut mir leid, was dir passiert ist«, wispert sie.

»Das muss es nicht«, sage ich und lege meine Hand in ihren Nacken. »Gib mir nur nicht das Gefühl, dass ich es nicht wert bin, okay?«

Wieder nickt Cleo und ich ziehe sie an mich und küsse sie. Sie schmeckt salzig, nach ihren Tränen, und als wir uns lösen, schnieft sie. Ich reiche ihr eine Serviette aus der Papiertüte, grinse dann. »Könnten wir dann endlich zu unserem Date?«

»Wir haben ein Date?« Cleo putzt sich die Nase, aktiviert den Bildschirm ihres Handys. »Um zwei Uhr nachts?«

Ich lasse den Wagen an. »Das ist ja wohl überfällig, Mrs. Hell.«

Wir erledigen in einer Nacht das, wofür andere vier Dates brauchen. Zuerst entführe ich Cleo ins Kino. Wir sehen uns einen alten Schwarz-Weiß-Film an, futtern Unmengen an Popcorn und Eiscreme mit Mandelstückchen. Ich gebe zu, dass ich

June eine Liste habe machen lassen, unter anderem über Cleos Lieblingsfilme und ihre Lieblingsnaschereien dazu.

Danach parke ich vor ihrem Lieblings-Deli, in dem es laut Cleo die besten Rühreier mit Speck in der ganzen Stadt gibt. Und es stimmt. Als die Bedienung uns unser üppiges und sehr frühes Frühstück bringt, riecht es köstlich und es schmeckt auch so.

Cleo erzählt während des Essens von ihrer Kindheit, den chaotischen Verhältnissen mit ihren Eltern und dass sie sich immer eine Schwester oder einen Bruder gewünscht hätte, mit dem sie die Einsamkeit hätte teilen können.

Sie schiebt sich ein Stück Pommes in den Mund, kaut und schluckt und sagt: »Meine Mom gibt heute erfolgreich Seminare zum Thema Partnerschaft. Sie läuft den ganzen Tag in einem weiten Kaftan über das Grundstück, und die Leute, die zu ihr kommen, bezahlen ein Vermögen für spirituelle Tantrapraktiken und ihre Tipps und Weisheiten, wie eine Ehe funktioniert. Das ist ein Hohn.« Cleo schnaubt, ich zucke die Schultern.

»Aber sie sind doch noch verheiratet, wenn ich das richtig verstehe, oder?«

»Ja! Aber sie sind einfach total chaotisch!«

Ich nicke, nehme einen Schluck von meinem Kaffee. »Jetzt verstehe ich, warum du bist, wie du bist. So strukturiert und vernünftig. Das gibt dir Sicherheit.«

Cleo hebt die Brauen. »Entschuldige, aber dich Hals über Kopf zu heiraten war wohl alles andere als vernünftig.«

Ich verenge die Augen, lege den Kopf schief. »Ist das so? Ich bin treu, ich bin loyal, ich könnte dich versorgen, ich bringe alle Qualitäten mit, die ein guter Ehemann braucht. Nicht zu vergessen, dass ich dich im Bett an ganz bestimmten Stellen mit meiner Zunge –«

Cleo beugt sich über den Tisch, hält mir die Hand vor den Mund und erstickt den Rest meines Satzes. »Hinter uns sitzt jemand«, zischt sie, ich lache gedämpft.

»Schon gut. Ich höre auf«, nuschele ich unter ihrer Handfläche, ergreife ihre Hand und bedecke ihre Finger mit kleinen Küssen. »Bist du dann fertig, du kleiner Nimmersatt?«, frage ich und deute auf ihren leeren Teller. Cleo nickt und stöhnt.

»Ich glaube, die Pancakes hätte ich mir sparen können.« Sie klopft sich auf ihren Bauch, ich gebe der Bedienung ein Zeichen, dass wir die Rechnung wollen. Cleo gähnt herzhaft.

»Gehen wir jetzt ins Bett?«, fragt sie und reibt sich die Augen. Ich schüttele den Kopf, werfe fünfzig Dollar auf den Tisch.

»Oh nein. Du wolltest Dates, hat June gesagt. Du kriegst Dates.« Ich fasse sie an der Hand und ziehe sie von der Bank. Cleo murrt protestierend.

Sie könne nicht mehr laufen, ihre Beine wären schwer, ihr Rücken tue weh.

Draußen überqueren wir die Straße, laufen gegenüber in den Central Park. Weil ich Cleos Gejammere nicht mehr ertrage, nehme ich sie kurzerhand Huckepack und trage sie. Das ist zwar nicht ganz die normale Art eines romantischen Spazierganges, aber das ist mir egal. Was ist bei Cleo und mir schon normal? Sie schlingt die Arme um meinen Hals, schmiegt ihre Wange an meinen Nacken und so durchqueren wir morgens um fünf in der grauen Dämmerung eines Maitages den Park.

»Du bist ein guter Packesel«, murmelt Cleo an meinem Ohr.

»Wenn du erst siehst, was ich wohin packen kann«, gebe ich zurück.

Ich klopfe an die Glasfront des Gebäudes

und der Mann hinter dem Empfangstresen im riesigen Foyer blickt auf. Er grinst und winkt, und ich zücke meine Schlüsselkarte, ziehe sie durch den Schlitz. Leise schmatzend öffnet sich die gläserne Schiebetür, wir betreten den marmornen Eingangsbereich.

»Mr. Hell«, sagt Cliff und hebt kurz die Hand. »Der Alarm ist deaktiviert. Sie können durchgehen.«

»Danke, Cliff. Die Karten für die Nicks schicke ich Ihnen morgen gleich zu«, sage ich und stehe schon vor der Aufzugtür, die Cleo und mich nach oben bringt.

»Hier arbeitest du?«, fragt Cleo, als wir im vierzigsten Stock aussteigen und der dicke Teppich unsere Schritte verschluckt.

»Wenn ich will. Allerdings will ich im Moment nicht so oft. Was nicht so schlimm ist, ich habe Leute, die das für mich übernehmen«, sage ich und grinse verschmitzt. Wir durchqueren den Flur, Cleo blickt staunend nach links und rechts. »Das ... ist deine Firma? Die ganze Etage?«

Ich nicke, stoße die Tür zum Treppenhaus auf, erklimme mit Cleo die Stufen nach oben.

»Scheiße, wie reich bist du?«, schnauft sie hinter mir.

»Es reicht, um mir das zu leisten, was ich brauche«, sage ich knapp, stemme die dicke Stahltür zum Dach auf und die New Yorker Morgendämmerung begrüßt uns.

»Komm schon. Wir müssen uns beeilen«, sage ich und ziehe Cleo mit mir. »Du hast doch keine Höhenangst?«, frage ich. Cleo verneint. »Gut.« Wir umrunden den Ausgang des Treppenhauses und Cleo schnappt nach Luft.

»Wow! Was ...?«, fragt sie und bestaunt den Infinitypool auf dem Dach. »Ist das ... gehört der dir? Gehört das alles dir?« Sie deutet auf die zwei Liegestühle, die kleine Bar mit der Musikanlage, die Außendusche und die gemütlichen Loungemöbel.

»Ja. Ich hatte die Schnauze voll von überfüllten New Yorker Swimmingpools im Sommer. Also habe ich mir den hier bauen lassen. Er ist beheizt«, sage ich und schlüpfe schon aus meiner Jeans und meinem Shirt.

»Das ist total abgefahren!«, sagt Cleo und entledigt sich ihrer Hose und ihrer Bluse. In Unterwäsche steigen wir ins beleuchtete Wasser, schwimmen an den Rand, an dem uns nur eine Glaswand von etlichen Metern Tiefe trennt. Cleo und ich stützen die Arme auf den Sims, legen unser Kinn darauf ab und treten sanft mit den Beinen im Wasser.

»Pass auf. Gleich ist es so weit«, sage ich und deute mit dem Finger auf die Silhouette der Stadt. »Vier, drei, zwei, eins«, flüstere ich und dann geschieht es. Die Sonne geht auf. Sie schickt ihr erstes Licht des Tages über den Horizont und taucht die Skyline in ein atemberaubendes Szenario.

»Wow«, haucht Cleo. »Es sieht aus, als würde sie brennen. Das ist ... magisch.« Wir bestaunen stumm die lodernden Wolkenkratzer, in deren Fenstern sich feuerrot, gelborange und hellpink die Sonnenstrahlen spiegeln.

Cleo dreht den Kopf zu mir. »Ich wusste nicht, dass du so romantisch sein kannst.« Selbst in ihren Augen spiegelt sich die grandiose Morgendämmerung. Sanft streiche ich ihr eine nasse Strähne aus der Stirn, mustere sie.

»Du weißt so vieles von mir nicht«, sage ich dann und küsse sie.

Bevor sie nachfragen kann, was genau ich meine.

CLEO

Dass ich ausgerechnet mit diesem Mann so glücklich sein werde, wie ich es gerade bin, hätte ich mir in meinen kühnsten Träumen nicht ausgemalt.

Demon ist so ganz anders, als ich es erwartet habe. Er trägt mich auf Händen, liest mir jeden Wunsch von den Augen ab. Er bringt mich zum Lachen, und ich habe langsam das Gefühl, meine Mundwinkel wollen gar nicht mehr nach unten gehen. Wir verbringen jede freie Minute miteinander, nebeneinander, übereinander. Ständig suchen wir die Nähe des anderen, und wenn mich seine starken Arme umfangen, wäre ich an keinem Ort der Welt lieber als genau da.

Es ist total romantisch, sinnlich, kitschig, wie er mich umsorgt.

Demon hat einen ausgeprägten Beschützerinstinkt. Nicht nur, dass er mir Frühstück ans Bett bringt und sonst alles dafür tut, dass es mir gut geht, ist er auch achtsam, wenn wir zum Beispiel auf der Straße unterwegs sind. Er legt die Hand in meinen Nacken und hält mich an einem Zebrastreifen zurück, bis er absolut sicher ist, dass die Autos anhalten. Er ist dagegen, dass ich spät in der Nacht noch die U-Bahn benutze, wartet dann vor der Agentur im Porsche auf mich.

Er hat mich gefragt, ob es mir zu viel wird. Ob ich das Gefühl habe, er ersticke mich? Ich habe ihn angesehen, als hätte er eine Schraube locker.

»Spinnst du? Ich mag das«, habe ich gesagt, als wir nackt und verschwitzt nebeneinander im Bett lagen und unser Atem noch schnell ging.

»Ich will nicht übergriffig sein. Das ist so ein Ding von mir, das ich mir irgendwie antrainiert habe. Die Menschen, die ich mag, vor allem und jedem zu beschützen. Und ich will dir damit nicht auf den Keks gehen. Also sag bitte, wenn es dir zu viel wird, okay?«, hat er geantwortet und ich habe mich auf ihn gerollt und ihn auf die Nasenspitze geküsst.

»Es ist okay für mich«, habe ich ihm versichert und einmal mehr rutschte ein Puzzlestück von ihm und Tara an seinen Platz. Tara, über die wir nicht reden, über die ich mir aber trotzdem Gedanken mache. Was ich Demon nicht sagen würde. Höchstens June. Aber da sie auch nichts über Tara und ihre Beziehung zu Demon weiß, muss ich mir die Dinge selbst zusammenreimen. Und meine Geschichte verläuft mittlerweile so, dass Demon sie nur heiraten wollte, weil er das Gefühl hatte, sie wegen ihrer schlimmen Vergangenheit beschützen zu müssen. Dass das eigentlich gar keine Liebe zwischen ihnen war, sondern eine reine Zweckgemeinschaft, die Tara dann aufgelöst hat, als sie gespürt hat, dass es ernst wird. Demon hätte es nämlich nicht getan.

Er tut es nämlich auch bei uns nicht. Obwohl uns die Zeit davonläuft, meiden wir das Thema unserer Eheschließung und der Annullierung. Er spricht es nicht an, ich spreche es nicht an. Eher ertappe ich mich dabei, wie ich gedankenverloren an dem Schlüssel um meinen Hals herumspiele und den Ringfinger an meiner linken Hand betrachte, der ziemlich nackt aussieht.

Gestern war ich kurz davor, die drei magischen Worte auszusprechen.

Es war nicht einmal eine besondere Situation. Demon stand mit dem Rücken zu mir am Gasherd und machte Pfannkuchen. Er hob die Pfanne an, warf den Pfannkuchen in die Luft, und als er ihn wieder auffangen wollte, verfehlte er ihn und das Ding klatschte neben ihm auf den Boden.

»Scheiße. Das sollte ich wohl noch ein bisschen üben«, sagte er und grinste mich an.

Er sah so wunderschön aus. Mit diesem verschmitzten Lächeln im Gesicht, die schwarze

Jeans tief auf den Hüften, das graue Shirt über seiner breiten Brust, die bloßen Füße auf dem dunklen Parkettboden.

Weißt du was? Ich liebe dich, wollte ich sagen und presste die Lippen fest zusammen, damit mir die Worte nicht herausschlüpften. Denn auch wenn Demon mir keinen Anlass dazu gibt, bin ich immer noch skeptisch über unsere Beziehung. Er muss es zuerst sagen. Damit ich tausend Prozent sicher bin.

»Hey, Cleo. Gott, ist das heiß da draußen! Vielleicht hätten wir nicht unbedingt eine Sommerhochzeit machen sollen?« June stürmt in mein Büro, fächert sich in ihrem kurzen Sommerkleid Luft zu. Sie hat recht. Seit drei Wochen hängt eine Hitzewelle über der Stadt und Demon und ich genießen beinahe jeden Abend eine Abkühlung in seinem Pool.

»Kann auch daran liegen, dass ich meine Tage habe. Hast du zufällig einen Tampon für mich? Ich dachte, ich hätte welche oben, aber die Packung ist leer.« June verrollt die Augen, pustet die Luft aus, ich ziehe die Schublade meines Schreibtisches auf.

»Ja, warte. Hier sind …« Ich runzele die Stirn, wühle in meiner kleinen Kosmetiktasche. Ich hatte doch erst welche gekauft? Ich öffne die zweite und die dritte Schublade, aber auch da werde ich nicht fündig. »Das ist seltsam. Ich kann die doch unmöglich alle verbraucht haben?«, murmele ich, zucke dann die Schultern. »Tut mir leid, June. Ich muss sie mit nach Hause genommen haben. Kann denn nicht Willow oder Lav …?«

June schnalzt mit der Zunge. »Mist! Die beiden sind nicht da. Dann laufe ich schnell zum Drugstore. Brauchst du was?«

Ich schüttele den Kopf, June geht, ich stiere auf die Stelle, an der sie eben noch stand, und plötzlich wird mir übel.

Die Tampons sind nicht bei mir zu Hause.

Ich habe nämlich gar keine gekauft. Weil ich sie nicht gebraucht habe. Ich wollte es tun, weil ich meinen Zyklus aufschreibe und nicht in die unangenehme Situation kommen will, in der June eben war, habe es dann aber nicht getan.

Mit zitternden Händen grapsche ich nach meinem Handy, öffne die App. Ich muss mich irren. Ganz sicher habe ich es über die ganze Aufregung und meine Verliebtheit nur vergessen.

Meine Augen fahren über meinen Kalender, suchen das rote Feld im letzten Monat, doch da ist nichts. Keine Eintragung von mir. Ich wische zum vorherigen Monat, und da finde ich das rote Feld. Ich wische wieder zurück, murmele leise vor mich hin: »Bitte. Oh bitte! Das kann doch nicht wahr sein!«

Noch nie habe ich eine Eintragung vergessen.

Und wenn ich sage, noch nie, dann meine ich noch nie. Schon seit Beginn meiner Periode notiere ich mir meinen Zyklus. Früher in Notizbüchern, heute in der App. Ich lege das Handy weg, stütze den Kopf in die Hände und denke scharf nach. Es ist Juni. Im April hatte ich meine Periode. Der Mai fehlt. Demon und ich benutzen Kondome. Immer. Außer in unserer Hochzeitsnacht. Ich kann mich nicht erinnern, dass wir daran gedacht haben.

»Du lieber Gott«, flüstere ich und rechne nach.

Dann springe ich auf, schnappe mir meine Handtasche, renne aus der Agentur zum Drugstore und bete, dass June mir nicht über den Weg läuft.

Ich kippe den Inhalt der Papiertüte auf der Ablage der Toilette in der Agentur aus und die acht Testpäckchen verteilen sich auf dem schwarzen Marmor. Die Verkäuferin hat mich irritiert angesehen, als ich die acht Dinger auf den Tresen gelegt habe, aber bitte, wer verlässt sich bei so einer wichtigen Sache auf nur ein einziges davon?

Mein Handy vibriert. Wieder ist es Demon. Das ist der vierte Anruf in einer Stunde, aber ich kann jetzt unmöglich rangehen, bevor ich nicht weiß, was Sache ist. Resolut stelle ich den Klingelton auf stumm und hole tief Luft.

Dann mal los.

Zehn Minuten später starre ich auf das Fenster des Plastikstäbchens und halte den Atem an.

»Bitte nicht. Bitte nicht. Bitte nicht«, wiederhole ich in einer Tour, im Magen eine Faust der Angst.

Nach und nach kristallisieren sich zwei Striche heraus. Ich grapsche nach dem Beipackzettel, suche die Stelle, in der die Beispielbilder erläutert sind.

Zwei Striche bedeutet *schwanger*.

»Nein, nein, nein!«, sage ich, werfe das offensichtlich kaputte Ding in die Ecke, reiße die nächste Verpackung auf. Diese beschissenen Pharmakonzerne! Können nicht mal dafür sorgen, dass ihre beschissenen Tests funktionieren! Die werde ich verklagen, bis sie pleite sind, darauf können sie Gift nehmen!

Eine weitere halbe Stunde später ist mir klar, dass ich ganz sicher niemanden verklagen werde. Wie ein Häufchen Elend sitze ich auf dem Toilettendeckel, zu meinen Füßen verstreut: Striche über Striche. Acht Tests à jeweils zwei Striche macht ... einen riesigen Haufen positiver Nachrichten.

Ich heule auf, reiße von der inzwischen halb leeren Klopapierrolle ein Stück ab und schnäuze mich.

Das kann doch nicht wahr sein! Wie in aller

Welt konnte ausgerechnet mir das passieren? Ich, die immer groß getönt hat, dass ungeplante Schwangerschaften töricht sind und es genug Möglichkeiten gibt, sich davor zu schützen, wenn man nur will?

Ich, die jetzt dasteht wie der letzte Depp.

Oh Gott!

Demon! Wenn er ... Er ... verlässt mich auf der Stelle! Ganz sicher will er kein Kind. Und schon gar nicht mit mir. Wir kennen uns gefühlte zwei Sekunden! Ich ... werde es ihm erst gar nicht sagen. Er ... muss das niemals erfahren. Meine Gedanken überschlagen sich, fahren Achterbahn, drehen Loopings über Loopings.

Ich beiße mir auf die Lippen, wimmere.

Das ist die totale und größtmögliche Katastrophe! Schlimmer geht es kaum. Ich bin so eine Idiotin! So eine dumme, dumme Kuh! Man sollte mich –

»Cleo?«

Scheiße! Hatte ich nicht abgeschlossen?

Es ist Lavender, die zaghaft an die Kabinentür klopft.

Ich könnte so tun, als ob ich nicht da wäre? Wenn ich die Augen fest zukneife, dann geht sie vielleicht?

Mit einem leisen Quietschen schwingt die Tür auf, jemand legt die Hände auf meine Knie.

»Hey. Ich wollte nicht lauschen, aber man hört dich bis nach draußen. Ich habe mir Sorgen gemacht. Alle anderen sind schon gegangen, und ich dachte, ich sehe besser mal nach«, sagt Lav und streicht mir zart über die geballten Fäuste in meinem Schoß.

»Ich bin schwanger, Lav!«, stoße ich hervor und ein neuerlicher Schluchzer schüttelt mich.

»Das habe ich mir schon fast gedacht«, sagt Lav und blickt auf die Tests zu unseren Füßen. »Was hältst du davon, wenn du aufstehst und wir uns mit einem schönen Tee in meine Werkstatt verziehen? Ist doch etwas ungemütlich hier, oder?«, fragt Lav und zieht mich sanft hoch. Sie schiebt mich aus der Toilette und räumt meine Sachen zusammen. Die Tests, meine Tasche, mein Handy. »Demon ruft an«, ruft sie.

Ich hebe schwach die Hand, schüttele den Kopf. Lav geht ran, nur gedämpft höre ich sie sagen, dass ich ihr noch bei einem komplizierten Auftrag helfe und es später werden wird. Nur gedämpft höre ich Demons Stimme und alles zieht sich in mir vor Sehnsucht nach ihm zusammen. Was würde ich jetzt dafür geben, wenn ich einfach in seine Arme sinken und einschlafen könnte und erst dann wieder aufwachen würde, wenn dieser Albtraum vorbei ist.

Lav bugsiert mich in ihre Werkstatt, die uns mit sattem Blumenduft empfängt. Sie steuert mich zum breiten Sofa, das zwischen all dem Dekochaos an der Wand steht, drückt mich in die Polster, reicht mir einige Zeit später eine Tasse mit dampfendem Tee. Ich starre zum Fenster. Mittlerweile dämmert es draußen. Habe ich so lange in der Toilette gesessen? Meine Augen brennen, meine Kehle ist wie ausgedörrt, meine Hände sind taub und eiskalt, obwohl es noch an die fünfundzwanzig Grad draußen haben muss.

Lav beugt sich zu mir, sucht meinen Blick. »Cleo, hör mir zu. Du kannst jetzt unmöglich irgendeine Entscheidung treffen. Du stehst vollkommen unter Schock. Und das ist okay. Aber in diesem Zustand kannst du auf keinen Fall rational denken. Glaub mir, ich weiß, wie das ist«, sagt Lav, ich nicke mechanisch. Lav holt Luft. »Okay. Gut. Das ist erst mal das Allerwichtigste. Dass du verstehst, dass du Zeit und Ruhe brauchst. Alles andere klärt sich dann ganz von selbst.«

Ich drehe den Kopf, starre Lav an, meine Augen füllen sich mit Tränen. »Alles andere klärt sich von selbst? Gar nichts klärt sich hier von selbst. Wie kommst du darauf?«

»Ich habe es selbst erlebt«, sagt Lav.

Ich schnaube, werde wütend. Und ich weiß, dass ich es an der ganz und gar Falschen auslasse, aber ich kann nicht anders. »Du bist nicht ich, okay? Für dich ist alles so einfach! Man muss nur an eine höhere Macht oder so einen Mist glauben und schon fügt sich alles! Hier fügt sich gar nichts, okay?« Ich schreie. Wie eine hysterische Kuh schreie ich Lavender an, die ganz ruhig bleibt. »Demon wird das niemals wollen! Und ich auch nicht! Ich will keine Frau sein, die ihm ein Kind andreht! Er … ich … das ist alles noch total frisch und wir …« Ich breche ab, schlage mir die Hände vors Gesicht und schluchze hemmungslos.

Lav lässt mich eine ganze Weile gewähren. Sie wartet, bis mein Schluchzen leiser und leiser wird, steht dann auf, kommt zu mir und streicht mir über den gekrümmten Rücken. »Ich glaube nicht, dass du Demon schon gut genug kennst, um für ihn sprechen zu können. Er ist schließlich auch ein Teil dieser Geschichte. Und er wird sich seine eigene Meinung dazu bilden. Das solltest du ihm schon zutrauen.«

Ich weiß, dass Lav recht hat. Und doch wird mir vor Angst ganz kalt bei der Vorstellung, wie ich ihm beichte, dass ich schwanger von ihm bin.

»Ich mache dir einen Vorschlag. Du kommst heute Nacht mit zu mir. Ich sage Demon Bescheid, damit er sich keine Sorgen macht. Und morgen überlegen wir neu.«

Ich nicke stumm.

Neu überlegen?

Das ist doch nichts, das ich mir überlegen kann.

Dafür ist es längst zu spät.

Doch Lav hat recht. Am nächsten Morgen fühle ich mich besser. Mein Kopf ist klarer, meine Gedanken geordneter. Ich habe die ganze Nacht gegrübelt. Ich habe mit mir gestritten, mich mit mir versöhnt, habe Argumente hin und her gewälzt, doch am Ende blieb eines immer gleich.

Ich muss es Demon sagen. Es ist nur fair.

Alles andere ist keine Option.

DEMON

Tut mir leid wegen gestern Nacht. Lav und ich sind über die Arbeit in der Agentur eingeschlafen

Lese ich die Nachricht von Cleo und ein Stein fällt mir vom Herzen.

Kein Problem. Ich ziehe die Vermisstenanzeige beim NYPD wieder zurück, okay?

tippe ich und Cleo schickt ein Lachemoji zurück.

Verdammt, mir ist auch zum Lachen zumute! Ich habe die halbe Nacht wach gelegen und sie nicht nur vermisst wie irre, sondern mir auch noch die blödesten Sachen wegen ihres Wegbleibens ausgemalt. Den Schlaf aufgegeben habe ich, als sie in meinem Kopfkino vor meinen Augen mit einem anderen Kerl rumgemacht hat und ich den

Typ, den es gar nicht gibt, angebrüllt habe, er solle die Finger von meiner Frau lassen.

Ja, meiner Frau.

Cleo und ich sind immer noch verheiratet. Und sie weiß und ich weiß, dass es höchste Zeit wird, diese Ehe annullieren zu lassen. Längst hätte ich meinen Anwalt anrufen sollen und ihn um die nötigen Formalitäten bitten sollen, doch irgendwie kommt immer etwas dazwischen.

Also, Cleo kommt dazwischen.

Sie und ihr wunderschönes Lachen, sie und ihr mich wahnsinnig machender Geruch, sie und ihre friedlichen Atemzüge, wenn sie in meinen Armen einschläft.

Niemals hätte ich gedacht, dass ich ausgerechnet mit dieser Frau so unfassbar glücklich sein würde. Cleos Herz ist größer als der Staat Texas, ihr Humor ist einfach nur erfrischend und ihre liebevolle Art gibt mir das Gefühl, angekommen zu sein.

Nichts von dem, was die Verbindung zu Tara ausgemacht hat, spüre ich mit Cleo.

Bei Tara war ich ununterbrochen auf der Hut. Das, was ich für Liebe gehalten habe, war eigentlich Angst, das, was ich für Vertrauen gehalten habe, war Misstrauen. Tara hat mich gefordert bis zum Äußersten, mich immer wieder über Grenzen getrieben, nur um zu sehen, wie weit ich für sie gehen würde. Und ich bin weit gegangen. Viel weiter, als mir heute lieb ist. Doch damit ist jetzt Schluss. Sie gehört der Vergangenheit an, denn Cleo ist meine Gegenwart und meine Zukunft.

Ich will diese Annullierung eigentlich gar nicht, so verrückt das auch klingt.

Und ich will, dass Cleo das auch so sieht. Vielleicht sollte ich es ihr einfach sagen.

Hey, Cleo. Hör mal, das klingt total verrückt, aber lass uns doch einfach verheiratet bleiben. Und wenn du willst, schenke ich dir auch einen Ring?

Ich schüttele den Kopf. So ganz sicher nicht.

Hey, Cleo. Ich habe mir überlegt, dass es doch ganz schön wäre, den Rest meines Lebens mit dir zu verbringen. Du bist einfach echt ...

Ich breche ab.

Ich weiß genau, welche drei Worte ich sagen sollte. Und vor zwei Tagen hätte ich es auch beinahe getan.

Es war nicht einmal eine besondere Situation. Wir waren mit June und Ryder im Park und spielten Frisbee. Und als June die Scheibe fangen wollte, rannte Cleo in mich hinein. Wir stolperten und fielen ins weiche Gras. Cleo landete auf mir, lachte aus vollem Hals und sah dabei einfach nur wunderschön aus. So gelöst. Ihre sonst so akkurat frisierten Haare fielen ihr wild ins Gesicht, ihre Augen leuchteten stahlblau und auf ihrer Stupsnase hatte die Junisonne ein paar Sommersprossen hinterlassen.

»Das ist mein Punkt!«, hat sie grinsend gekeucht.

Du hast alle Punkte bei mir, Cleo. Weil ich glaube, ich liebe dich, wollte ich antworten, habe es mir gerade noch so verkniffen. Warum, weiß ich selbst nicht so genau. Um ehrlich zu sein, hat es mich danach geärgert. Ich habe mich über meine eigene Unsicherheit geärgert. Ist es nicht zu früh, um diesen Satz zu sagen? Macht man das, nach so kurzer Zeit? Ich habe keine Vergleichsmöglichkeit, keine Ahnung, wie Cleo das aufnehmen würde. Würde sie mich auslachen, mir den Vogel zeigen und mich fragen, wie ich das jetzt schon wissen könne?

Mein Handy summt. Es ist eine Nachricht von Cleo.

Können wir uns heute Abend sehen? Ich habe etwas mit dir zu besprechen.

Mein Herz rutscht mir in die Hose. Das klingt ernst. Sicherlich geht es um die Annullierung. Oder sie macht Schluss.

Keines von beidem ist eine angenehme Vorstellung.

Cleo und ich laufen zufällig gemeinsam zu Hause ein. Das heißt, eigentlich läuft sie in mich hinein. Sie balanciert links eine Papiertüte, rechts eine Papiertüte und versucht gleichzeitig auch noch ihr

Handy zu zücken, und damit ist sie so beschäftigt, dass sie mir gegen die Brust stolpert.

»Oh!«, macht sie und eine der Tüten rutscht ihr aus der Hand. Ich kann sie gerade noch so auffangen.

»Hey«, sage ich und meine Stimme klingt viel zu hoch.

»Hey«, sagt Cleo und auch ihre Stimme klingt viel zu hoch.

Okay. Sie will Schluss machen. Definitiv.

Das sehe ich an ihren Augen, die Ähnlichkeit mit denen eines Rehs im Scheinwerferlicht haben. Als würde sie erschrecken, weil ich es bin.

»Alles okay?«, frage ich.

Cleo nickt, streicht sich fahrig eine Strähne hinters Ohr und versucht sich an einem Lächeln, das gründlich misslingt. »Ja. Ich ... habe nur nicht mit dir gerechnet.«

Ich zucke die Schultern. »Ich wohne hier«, sage ich, als müsste ich mich dafür entschuldigen.

»Mhm«, sagt Cleo und dann stehen wir unschlüssig voreinander.

Scheiße.

Das läuft nicht gut. Gar nicht gut.

»Was hast du da eingekauft?«, frage ich und merke selbst, wie dämlich die Frage ist.

»Oh. Ich wollte ... will kochen«, sagt Cleo. »Das ist Lauch und Brokkoli und der Verkäufer hat mir auch noch Ingwer dazu empfohlen. Ich kenne Ingwer nur in einem Cocktail, aber er sagt, das würde zu jedem asiatischen Gericht passen. Aber vielleicht mache ich auch –«

Ich unterbreche sie. Dieses Gefasel bedeutet nichts Gutes.

»Willst du Schluss machen? Ausziehen? Dann sag es einfach, kurz und schmerzlos«, sage ich rüde, doch zu meiner Überraschung schnaubt Cleo verblüfft.

»Nein!«, schreit sie beinahe. Dann senkt sie die Stimme. »Nein?! Wie kommst du darauf? Auf keinen Fall. Ich sagte, ich will uns was kochen.«

Tiefe, tiefe Erleichterung durchströmt mich. Ich lasse die angehaltene Luft entweichen, ein breites Grinsen stiehlt sich auf mein Gesicht.

»Bist du dir sicher? Mit dem Kochen? Oder soll ich das lieber machen? Brokkoli und Ingwer … ich weiß ja nicht so recht …«, sage ich. Cleo schlägt mir lachend mit der freien Hand auf den Oberarm. »Wie wäre es, wenn wir erst einmal nach oben gehen und diese Tüten abstellen?«, schlage ich vor und halte die Tür auf.

Im Aufzug ist Cleo ungewöhnlich still und einen Begrüßungskuss haben wir uns auch noch nicht gegeben. Normalerweise tun wir das immer. Heute nicht. Heute räuspert sie sich neben mir und das Schweigen zwischen uns hat etwas Bedrückendes.

Wieder wird mir mulmig. Vielleicht habe ich mich zu früh gefreut. Aber sie hat doch eben gesagt, dass sie nicht Schluss machen will, oder habe ich etwas an den Ohren? Gerade als ich mich ihr zuwende, pingt der Fahrstuhl, die Türen gehen auf und Cleo schiebt sich an mir vorbei. Sie rennt beinahe den Gang zu unserer Wohnungstür entlang, ich bleibe stehen.

»Cleo!«, rufe ich ihr hinterher, Cleo stoppt, dreht sich zu mir um. Langsam gehe ich auf sie zu, nehme ihr die Tüte aus der Hand, stelle sie auf dem Boden ab und ziehe sie an mich. Cleo wehrt sich nicht. Im Gegenteil. Sofort schmiegt sie sich an mich, als würde sie am liebsten in mich hineinkriechen.

»Ist wirklich alles in Ordnung?«, frage ich, weil ihr Herz schnell an meiner Brust schlägt.

»Ja. Nein. Ich ... lass uns reingehen«, murmelt Cleo in den Stoff meines Shirts, ich hebe mit dem Finger ihr Kinn an, mustere sie prüfend.

Sie sieht aus, als hätte sie Angst.

Vor was?

Doch nicht vor mir, oder?

Ich neige den Kopf, lege meinen Mund auf ihren und küsse sie sanft. Cleos Lippen sind weich und nachgiebig, sie seufzt leise.

Als ich unseren Kuss beende, bleibt sie noch kurz mit geschlossenen Augen stehen, sagt: »Das war schön.«

Ich streiche ihr über die Wange. »Finde ich auch.« Dann schließe ich die Tür auf. Hätte ich gewusst, was mich erwartet, hätte ich das nicht getan.

Ich spüre ihre Gegenwart sofort, obwohl es keine Anzeichen dafür gibt. Weder hat sie ihre Schuhe einfach im Gang liegen gelassen, noch liegt ihr Parfum in der Luft. Trotzdem weiß ich, dass sie da ist. Die Energie in der Wohnung ist irgendwie schwerer, dichter, dunkler.

Aus einem Impuls heraus will ich Cleo zurück in den Gang drängen, was total bescheuert ist. Tara ist ja nicht gefährlich. Sie ist nur vollkommen durchgeknallt.

Bevor ich etwas sagen kann, betritt Cleo die Wohnung und prallt überrascht zurück, als Tara uns nur in Unterwäsche mit einer Flasche Wodka in der Hand barfuß im Flur entgegentänzelt.

Verdammt.

War ja klar, dass sie gleich wieder übertreiben muss.

Sie ignoriert Cleo gänzlich. Das tut sie nicht aus Taktik oder Eifersucht, sondern weil sie das tatsächlich nicht die Bohne interessiert. Tara kann sich nicht im Ansatz vorstellen, dass irgendjemand irgendwann ihren Platz bei mir einnehmen könnte. Diese Möglichkeit existiert für sie nicht. Und deswegen existiert auch Cleo für sie nicht, als sie sich mir an den Hals wirft, ihren halb nackten Körper an mich drückt und mir ihre Zunge in den Mund steckt. Sie knutscht mich wild, klammert sich so sehr an mich, dass es einen Moment dauert, bis ich sie rigoros von mir schieben kann. Tara entlockt das nur ein kratziges Lachen. Sie tippt mir mit der Wodkaflasche gegen die Brust, legt den Kopf schief und verengt die Augen.

»Hast du mich vermisst, Sweetheart?«

Ich sehe zu Cleo, die weiß wie die Wand ist.

»Cleo, das ist Tara. Tara, das ist …« Ich stocke, ich will ja über meinen Schatten springen. Ich will es ganz unbedingt. Und schaffe es nicht. »Meine Mitbewohnerin«, sage ich und habe das Gefühl, mich gerade selbst zum Schafott zu führen.

CLEO

Ich weiß gar nicht, welchen Eindruck ich zuerst verarbeiten soll.

Diese Frau, die ihren langen, schlanken und vor allem fast nackten Körper an Demon presst, den Arm um seinen Nacken legt und mich mustert, als wäre ich das Witzigste, das sie jemals in ihrem Leben gesehen hat, oder Demon, der mich als seine Mitbewohnerin vorstellt.

Keine Ahnung, warum meine Hand in Richtung Tara geht und ich mich freundlich und manierlich sagen höre: »Hallo. Schön, dich kennenzulernen.«

Schön, dich kennenzulernen?

Nein! Ganz sicher nicht!

Es ist einfach nur schrecklich, wie Tara erst mich, dann meine Hand, dann wieder mich ansieht und dann kehlig lacht.

Sie wendet sich Demon zu, streicht mit ihren spitzen, rot lackierten Nägeln über seinen Kehlkopf und gurrt: »Mitbewohnerin? Du hast eine Mitbewohnerin? Wo ist Ryder, das Schnuckelchen?«

»Er … er ist …«, stammelt Demon. So habe ich ihn noch nie gesehen. Er benimmt sich total seltsam. Unsicher und wie paralysiert. Als ob Tara einen Zauberbann über ihn legen würde, der ihn handlungsunfähig macht.

Ich recke die Schultern. »Ryder ist ausgezogen. Ich wohne jetzt hier. Und ich würde es begrüßen, wenn du dir was überziehen könntest?«, sage ich fest. Wenn er schon nichts sagt, dann mache ich es eben.

Ganz langsam dreht Tara den Kopf, richtet ihre graugrünen Augen auf mich, schürzt die Lippen. »Und ich würde es begrüßen, wenn du dich verpissen würdest?«, erwidert sie. Sie hat eindeutig einen im Tee. Ihre Aussprache ist verwaschen, ihre Bewegung fahrig und die Wodkaflasche ist schon halb leer.

Okay.

Das wird Demon nicht zulassen. Jetzt wird er sie in ihre Schranken weisen.

Wird er doch? Oder?

Abwartend sehe ich ihn an, doch er weicht meinem Blick aus. »Könntest du uns einen Moment allein lassen?«, sagt er und ich kreuze befriedigt die Arme.

Doch Tara geht nicht. War ja klar.

»Cleo?«, spricht mich Demon an, und erst jetzt kapiere ich, dass er mich meint.

Er meint mich, nicht dieses aufdringliche Miststück, das schon wieder an seinem Hals klebt.

Fassungslos lasse ich die Arme sinken, suche Demons Blick, aber immer noch schafft er es nicht, mich anzusehen.

Gott, wie peinlich ist das bitte?

Ich spüre, wie ich feuerrot im Gesicht werde, als ich mich nach meiner Tasche bücke, die zuvor abgestellten Tüten stehen lasse.

»Ja, sicher«, murmele ich, dann dränge ich mich mit gesenktem Kopf an den beiden vorbei und verziehe mich in mein Zimmer – wenn es das überhaupt noch ist. Ich höre noch, wie Demon Tara ins Wohnzimmer schickt, und ich höre, wie in dieser Sekunde mein Herz bricht.

Ich halte es ungefähr zwei Minuten aus, dann muss ich lauschen. Auch wenn es eine absolut miese Nummer ist, aber irgendwie übernimmt mein Körper von allein die Führung. Er schleicht sich zur Tür, öffnet sie einen Spaltbreit und spitzt die Ohren.

»Warum bist du hier?«, fragt Demon.

Ja, genau! Warum ist sie hier? Hier in der Wohnung?

»Ich wohne hier, schon vergessen?«, sagt Tara.

Hä? Seit wann?

»Das tust du nicht und du weißt das«, sagt Demon. Wenigstens ist sein Ton kalt und hart. Tara scheint das nicht zu bemerken.

Sie lacht rau. »Sweetheart, ich habe immer noch einen Schlüssel. Und du würdest mich doch nicht rausschmeißen?«

Würde er nicht?

»Ich würde dich bitten, dir ein Hotelzimmer zu suchen, Tara«, antwortet Demon.

Bitten? Weiß diese Frau überhaupt, was das ist? Eine Bitte?

»Das meinst du nicht ernst, oder?« Taras Ton wird weinerlich, ich balle so fest die Faust, dass mir die Fingernägel in die Haut schneiden.

Du meinst es ernst, Demon, oder? Bitte meine es ernst!

»Tara ...«, sagt Demon weicher als eben noch.

Er knickt ein.

Du lieber Himmel, er knickt ein!

»Liebling, du weißt genau, dass ich hier in New York nicht ohne dich kann. Du weißt, wie es mir dann geht. Du weißt, was ich das letzte Mal getan habe, als du mich allein gelassen hast.«

Was? Was hat sie getan? Die Fragen in meinem Kopf klicken wie Billardkugeln hin und her und eigentlich bleibt nur eine Frage. Was wird Demon tun?

Ich halte den Atem an, als er antwortet.

»Dieses Mal ist es anders, Tara. Ich ... Cleo ist ... sie ist nicht meine Mitbewohnerin. Sie ist meine Frau«, sagt er und ich muss ein lautes ›Ja!‹

unterdrücken. Innerlich jubele ich, beiße mir in meine geballte Faust, höre Tara schrill kichern.

»Sie ist was?«

»Du hast mich schon verstanden. Sie ist meine Frau. Wir sind verheiratet«, sagt Demon ganz ruhig. Aus Taras Kichern wird ein Gebrüll. Sie brüllt ihn so laut an, dass ich nicht einmal lauschen müsste.

»Willst du mich verarschen, Demon? Du kannst doch nicht ernsthaft dieses langweilige Dummchen geheiratet haben? Die ist so bieder, der tropft die Spießigkeit aus den Ohren! Außerdem gehörst du mir! Nur mir! Du weißt das und ich weiß das. Wir beide gehören zusammen, und erst recht, seit du mich gezwungen hast, unser –«

»Tara, bitte«, unterbricht sie Demon flehentlich.

Ein lauter Wutschrei gellt durch die Wohnung. »Tara, bitte!«, äfft sie Demons Worte nach. »Du wolltest unser Kind nicht! Du warst das! Wegen dir kann ich nie wieder schwanger werden!«, kreischt Tara.

Mir stockt der Atem. Ich erstarre, und wo ich eben noch triumphiert habe, breitet sich eisige Kälte in mir aus. *Bitte mach, dass sie lügt, bitte mach, dass sie lügt, bitte mach, dass sie lügt,* wiederhole ich stumm, während mein Herz rast. Es hämmert gegen meine Brust, so laut, dass ich Demons Antwort beinahe überhöre. Aber eben nur beinahe.

»Tara, es tut mir leid, okay? Wie oft soll ich das noch sagen? Du musst mich irgendwann von dieser Schuld freisprechen. Ich weiß nicht, was ich noch tun soll«, sagt er leise.

Ich keuche auf. Meine Zähne graben sich in meine Handknöchel, ich wimmere wie ein verwundetes Tier.

Er hat Tara zu einer Abtreibung gezwungen. Er wollte kein Kind. Ich bin schwanger von einem Mann, der eine andere Frau zu einem Abbruch gezwungen hat.

Meine Welt bricht zusammen, die Zeit bleibt stehen.

»Niemals werde ich das tun, hörst du? Du wirst dein Leben lang dafür büßen! Du musst mich beschützen, Demon. Ich habe doch nur dich!« Taras Geschrei verwandelt sich in bitterliches Weinen, mich erfasst heftige Übelkeit.

Kalter Schweiß bricht mir aus, mein Magen rumort, meine Kehle schnürt sich zu. Ich schlage die Hand vor den Mund, reiße die Tür auf, stürze auf den Flur. Auf meinem Weg ins Bad werfe ich einen Blick ins Wohnzimmer und das hätte ich besser nicht getan. Demon hält Tara im Arm, streicht ihr sanft über den Kopf.

Der Brechreiz wird übermäßig.

Mit zwei Sätzen bin ich im Bad, falle vor der Toilette auf die Knie, knalle den Deckel nach oben und übergebe mich.

So lange, bis nichts mehr kommt außer Galle.

Dann richte ich mich auf, wasche mir das Gesicht, lasse eiskaltes Wasser über meine Handgelenke laufen, bis es brennt. Im Spiegel blickt mir eine Frau entgegen, in deren Augen die Hoffnung gerade gestorben ist. Sanft lege ich meine Hand auf meinen Bauch, schlucke hart.

Von draußen ist immer noch Tara zu hören.

Sie fleht, sie weint, sie schreit. Ich fühle mich wie im falschen Film. Stockend ringe ich in meiner wunden Kehle nach Luft, mein Blickfeld verengt sich.

Ich muss hier weg. Und zwar schleunigst. Ich gehöre hier ganz und gar nicht hin, das hat Demon mehr als deutlich gemacht.

Ich reiße die Tür auf, laufe über den Flur, bin so in Eile, diesen Ort zu verlassen, dass ich nicht einmal meine Schuhe anziehe oder die Wohnungstür hinter mir schließe.

Wie eine Irre drücke ich den Knopf des Aufzugs, als ich seine Stimme höre.

»Cleo, warte!«, ruft Demon am Ende des Ganges. Vor mir öffnet sich der Fahrstuhl, ich husche hinein, und in der Sekunde, in der er den Aufzug erreicht, schließen sich die Türen.

Oh Gott! Seine Augen. Diese wunderschönen, verzweifelten Augen.

Unten im Foyer sehe ich nicht nach links, nicht nach rechts, stolpere barfuß auf die Straße und zu meinem Glück steht da ein Taxi.

Mit zitternden Fingern rutsche ich ein-,

zweimal am Griff ab, bis ich die Autotür öffnen kann. Ich falle auf die Sitzbank, Demon hetzt aus dem Gebäude.

»Fahren Sie!«, schreie ich den Taxifahrer an, als wäre das hier ein Hollywood-Action-Streifen und ich auf der Flucht.

»Wohin, Lady?«

»Egal! Fahren Sie einfach!«

Der Typ zuckt mit den Schultern und fädelt sich in den Verkehr ein. Ich blicke stur geradeaus, weil ich weiß, dass er auf der Straße steht und mir nachsieht. Und diesen Anblick kann ich ganz sicher nicht ertragen, ohne dass ich in einen Heulkrampf ausbreche.

»Was ist passiert? Braucht sie einen Arzt?«, wispert Ryder in der Küche.

»Nein, ich glaube nicht. Sie kam vorhin so hier an. Sie trägt nicht mal Schuhe«, wispert June zurück und beide sehen zu mir zur Couch herüber. Ich stiere auf einen Punkt an der gegenüberliegenden Wand und kann ihnen nicht antworten.

Ich bin total leer. Sprachlos, unfähig, mich zu bewegen. Wenn ich nicht ganz deutlich fühlen würde, dass mein Herz rasend schnell pocht, würde ich behaupten, ich wäre tot.

Aber so ist es ja auch. Ein Teil von mir ist in

Demons Wohnung gestorben. Das, was hier sitzt, ist nur eine Hülle.

In der neues Leben wächst.

Ich schlage die Hände vors Gesicht, lautlose Schluchzer schütteln mich durch. Was mache ich denn jetzt? Was soll ich nur tun?

Sanfte Hände streichen mir über den Rücken, June hat neben mir Platz genommen.

»Cleo, kannst du mir sagen, ob dir etwas fehlt?«

Ja! Er! Er fehlt mir! Er hat mir das Herz gebrochen und es danach in tausend Stücke zerfetzt, siehst du das denn nicht?, schreie ich stumm.

»Hat ... war Demon ... hat er dir etwas getan?«, fragt June zaghaft, von hinten schnaubt Ryder.

»June, ich bitte dich! Was soll denn diese Frage?« Ryder klingt empört.

»Was? Siehst du nicht, dass sie total unter Schock steht? Es kann doch sein?«

»Auf keinen Fall kann das sein! Demon würde so etwas niemals tun!«, widerspricht Ryder vehement.

»Das kannst du nicht wissen, okay?« Auch June wird laut.

»Das weiß ich sehr wohl! Er ist mein bester Freund, ich kenne ihn! Er –«

»Würdet ihr bitte aufhören?«, melde ich mich leise zu Wort. Na bitte, immerhin kann ich noch sprechen. »Es ist nicht so, wie du denkst, June. Ich ... kann ich einfach in mein Zimmer?« Mechanisch erhebe ich mich, June folgt mir auf dem Fuße.

»Natürlich.« Sie geleitet mich zu meinem Zimmer, schlägt die Decke zurück, hilft mir ins Bett. Fürsorglich deckt sie mich zu, ich drehe mich zur Wand, schließe die Augen. Meine Lider sind wie Schmirgelpapier, reiben trocken über meine Augäpfel.

»Kann ich dir was bringen? Tee vielleicht? Oder Eiscreme?«, fragt June, ich schüttele stumm den Kopf.

»Ich will nur schlafen, danke«, sage ich.

»Okay. Wenn du etwas brauchst, wir sind nebenan. Ruf mich einfach«, sagt June, wieder nicke ich stumm.

Ich höre, wie sie den Raum verlässt, höre, wie sie die Tür schließt.

Dann bin ich allein.

Ich und das neue Leben, das in mir wächst.

Und jetzt fließen die Tränen doch.

Ich lasse sie laufen, bis mein Kissen feucht ist, und irgendwann holt mich das gnädige Vergessen des Schlafes ein.

DEMON

Sie geht nicht ran. Seit zwei Tagen liest sie meine Nachrichten nicht und hört ihre Mailbox nicht ab.

Zweimal schon bin ich in die Agentur gefahren, zweimal schon hat mich Willow, Lav oder June abgewimmelt.

Willow und June waren kühl und distanziert, als sie mir gesagt haben, dass Cleo mich nicht sehen will, Lav war wie immer … seltsam.

»Ich habe die strikte Anweisung, dich nicht hereinzulassen. Hat sie es dir gesagt?«, fragte sie an der Eingangstür zur Agentur, weil ich es offensichtlich nicht einmal mehr wert bin, das Foyer zu betreten.

»Mir was gesagt?«, habe ich irritiert wissen wollen, doch Lav schüttelte den Kopf.

»Nichts, tut mir leid. Ich … bin verwirrt.«

Verwirrt?

Sie ist verwirrt?

Ich bin verwirrt.

Weil ich nicht verstehe, warum Cleo mich nicht sehen will. Warum sie nicht einmal mit mir reden will. Das ist äußert kindisch. Und es gibt gar keinen Grund dazu. Ich war noch mitten in meinem Gespräch mit Tara, als sie aus der Wohnung gestürmt ist, als wäre der Teufel hinter ihr her. Ich bin ihr nachgelaufen, wollte sie aufhalten, aber Cleo hat praktisch so getan, als wäre ich ein Serienmörder.

Und auch jetzt stehe ich vor der Agentur, Lav hat mich abgewimmelt und ich komme mir vor wie ein Schwerverbrecher. Nicht einmal June beantwortet meine Fragen nach Cleo. Mir reicht es.

Heute werde ich mir Ryder vorknöpfen.

Ich bin doch hier nicht der Depp vom Dienst.

»Wenn June erfährt, dass ich mich mit dir treffe, reißt sie mir den Kopf ab«, sagt Ryder und nimmt grinsend einen Schluck von seinem Bier.

Ich schnaube. »Wer bin ich seit Neuestem? Eine Persona non grata?«

»Wahlweise auch der, dessen Name nicht genannt werden darf«, scherzt Ryder und eigentlich ist das alles überhaupt nicht lustig.

»Wie geht es ihr? Weißt du, was los ist?«, frage ich und Ryder wird ernst.

»Nicht so gut. Sie sieht aus wie ein Geist. Sie

isst nichts, sie schläft viel, und wenn sie mal aus ihrem Zimmer kommt, dann ist ihr meistens so übel, dass sie ins Bad rennt und sich übergibt.«

»Was? War sie bei einem Arzt?«

Ryder nickt. »June sagt, ja. Ihr fehlt nichts.«

»Aber was hat sie dann?«

Mein bester Freund zuckt die Schultern. »Sie sagt nicht, was zwischen euch vorgefallen ist. Nicht mal zu June. Vielleicht bringst du Licht ins Dunkel?«, schlägt er vor.

»Ryder, ich bin genauso ahnungslos. In dem einen Moment war noch alles okay, im anderen flieht sie vor mir und Tara aus der Wohnung. Ich meine –«

Ryder hebt die Hand, reckt den Zeigefinger, dreht sich auf seinem Barhocker. »Entschuldige, was hast du eben gesagt?«, fragt er und zieht derart die Brauen zusammen, dass eine Falte so tief wie der Grand Canyon auf seiner Stirn entsteht.

Ich verrolle die Augen, wiederhole meinen Satz. »Ich sagte, in dem einen Moment war noch alles okay, im anderen rennt sie einfach weg. Das ist doch –«

Wieder unterbricht mich Ryders Hand, er schüttelt den Kopf, verengt die Augen. »Tara? Hast du eben Tara gesagt?«

»Ja. Sie ist hier. Sie war einfach in der Wohnung, als Cleo und ich zurückkamen. Aber das ist doch jetzt auch egal! Ich –«

Ryders Hand donnert auf den Tresen, die Bierflaschen wackeln von seinem Schlag. »Bist du eigentlich total bescheuert, wenn es um diese Frau geht?«

Ich starre ihn irritiert über seine heftige Reaktion an. »Um Cleo?«, frage ich, Ryders Hand klatscht gegen meine Stirn.

»Nicht Cleo! Tara! Ich rede von Tara, dieser Hexe! Was in aller Welt will sie hier? Und was in aller Welt hat sie wieder angestellt, dass Cleo so reagiert?«

Wow. Ryder ist wütend. Und bei mir fällt langsam der Groschen. Ich sehe ihn mit großen Augen an. »Du ... meinst, Cleo ist wegen Tara abgehauen?«

Ryder pustet genervt die Luft aus. »Demon, ich weiß nicht, wie oft ich dir noch sagen soll, dass du Tara auf den Mond schießen sollst. Diese Frau vergiftet dich. Dich und dein Leben. Sie zerstört gnadenlos alles, was dir wichtig ist, und du merkst es nicht mal. Jetzt hat sie dich und deine Beziehung zu Cleo zerstört und du checkst es nicht!«

Das stimmt nicht.

Oder nur ungefähr.

Gut, mir ist das nicht wirklich in den Sinn gekommen, dass es mit Tara zusammenhängt.

»Du bist ihre kranke, verdrehte Art schon so gewöhnt, dass du ihre extremen Provokationen gar nicht mehr wahrnimmst. Für dich sind sie normal.« Ryder setzt das Wort normal in Gänsefüßchen in der Luft. »Aber das ist nicht normal! Das ist irre. Sie braucht Hilfe, diese Frau. Ganz dringend. Ich verstehe Cleo. Bestimmt hat sie etwas gesagt, das grauenhaft gewesen ist. Schließlich ist ihr Eigentum in Gefahr.«

»Sie hat mich geküsst, aber ich habe sie sofort zur Seite geschoben. Das war alles«, sage ich.

Ryder schnalzt mit der Zunge. »Das reicht ja schon. Aber niemals war das alles. Du bist bei ihr nur zu blind, um es zu sehen.«

Er klingt total abfällig, was mich wütend macht. Er hat doch keine Ahnung, was Tara und ich schon erlebt haben. Er hat keine Ahnung, was sie durchmachen musste, weil ich sie im Stich gelassen habe.

Ich sage es ihm und eine Weile sagt Ryder nichts. Dann legt er eine Hand auf meine Schulter, fixiert meinen Blick lange und durchdringend.

»Demon, du musst aufhören, dir die Schuld zu geben. Es war nicht deine Schuld. Sie hat das getan, nur sie. Und wenn du nicht –«

Mit Vehemenz schlage ich seine Hand beiseite, recke jetzt meinerseits den Finger vor seine Nase. »Du hast nicht den leisesten Schimmer, wie das war. Ich hätte es verhindern können. Es ist meine Schuld. Und ich werde alles dafür tun, sie abzutragen, klar?« Mein Ton ist leise, kalt und drohend.

Das beeindruckt meinen Freund nicht. Ryder

steht auf, kramt in seiner Hosentasche, wirft zehn Dollar auf den Tresen.

»Wirklich alles? Du setzt Cleo aufs Spiel? Ich weiß, dass du sie liebst, Demon. Ich kenne dich in- und auswendig.«

Mit diesen Worten geht er und lässt mich mit meiner Wut zurück. »Cleo benimmt sich total kindisch!«, rufe ich.

Ryder hebt mit dem Rücken zu mir die Hand. »Du benimmst dich hier kindisch«, ist seine Antwort.

»Ja, hau doch ab! Zu Cleo! Ich brauche dich nicht in meinem Team!«, brülle ich, aber Ryder stößt schon die Tür auf und verschwindet in die New Yorker Nacht.

Ich bestelle mir einen Whisky.

Er kann mich mal.

Als ich zu Hause ankomme, ist es weit nach Mitternacht. Doch trotz der späten Stunde wummert mir laute Musik entgegen. Ich werfe die Schlüssel auf die Kommode im Flur, gehe ins Wohnzimmer, in dem Tara in einem durchsichtigen Kaftan mit geschlossenen Augen und einem Glas Wein in der Hand tanzt. Ich laufe zur Anlage, stelle die Musik aus, Tara stoppt mitten in der Bewegung, öffnet die vom Alkohol schweren Lider.

»Oh, Darling. Du bist schon zurück? Ich habe

gar kein Abendessen vorbereitet«, säuselt sie, schwebt auf mich zu und sieht dabei überirdisch schön aus. Die feine Seide des Kaftans lässt ihre Konturen erahnen, die schwarzen Haare ergießen sich wie flüssiges Pech über ihre Schultern, auf ihren Wangen liegt eine feine Röte. Und doch beeindruckt es mich nicht im Mindesten. Jeder andere würde vor Verzückung seufzen, ich habe nur eine Frau im Sinn.

Cleo.

Und wie ich sie zurückgewinnen kann.

Tara legt die Arme um meinen Nacken, zieht mich dicht zu sich heran. »Aber sieh mal, dafür serviere ich dir etwas anderes.« Ihr Mund nähert sich meinem, ich drehe den Kopf weg, hebe die Hände und löse sie von mir. Stück für Stück schiebe ich sie von mir, Tara lächelt verführerisch.

»Hast du dir ein Hotel gesucht?«, frage ich, Tara winkt ab. Sie trinkt einen großen Schluck Wein, ihre Lippen glänzen feucht, als sie das Glas absetzt.

»Du willst doch gar nicht, dass ich verschwinde«, sagt sie, und wo sie früher absolut recht hatte, liegt sie heute völlig falsch. Sie hat es nur noch nicht verstanden.

»Doch, das will ich. Ich will, dass du morgen deinen Sachen packst und in ein Hotel gehst. Das wollte ich heute schon und das wollte ich gestern schon.«

Tara kneift ein Auge zusammen, richtet ihr

Glas so heftig auf mich, dass der Wein herausschwappt. »Wegen diesem Flittchen? Deiner Ehefrau?« Sie verdreht die Augen nach oben, verzieht spöttisch die Mundwinkel.

»Ja, wegen meiner Ehefrau. Und nenn sie nicht Flittchen.« Ich bleibe ruhig. Alles andere wäre vollkommen sinnlos.

»Flittchen, Flittchen, Flittchen«, äfft Tara, ich wende mich ab und will aus dem Raum laufen, doch Tara packt mich am Arm und reißt mich zu sich herum. »Bleib gefälligst! Bei mir! Ich will nicht alleine sein!«, schreit sie mir ins Gesicht.

»Tara, bitte«, sage ich geduldig und hoffe auf ein Wunder.

Sie kann nichts dafür, Demon. Das Leben hat sie kaputtgemacht. Sie kennt es nur so, sage ich mir selbst in Gedanken vor, erinnere mich an unsere guten Momente. Wenn wir die jemals hatten.

Tara beginnt zu weinen. Tränen glitzern auf ihren hohen Wangenknochen, sie schluchzt leise, senkt den Kopf. »Es tut mir leid, Demon. Bitte verzeih mir. Ich bin ein schrecklicher Mensch. Es ist nur so ... es tut so weh«, sagt sie und ihre Stimme klingt wie die eines kleinen Kindes. Mein Herz wird weich.

»Ach, Tara.« Ich ziehe sie in meine Arme, bette ihren Kopf an meiner Brust, küsse sie aufs Haar. »Du musst dir Hilfe suchen. Du hast es mir versprochen.« Sie schluchzt an meinem Shirt, ich streiche ihr sanft über den zarten Rücken. »Was ist mit dieser Klinik, die ich dir rausgesucht hatte? Dort würde es dir besser gehen, ich bin mir sicher.«

Mit einem heftigen Stoß schubst mich Tara weg, ich bin so perplex, dass ich stolpere.

»Ich will keine Hilfe! Ich will dich!«, faucht sie, ich hole tief Luft.

»Du hattest mich.«

»Das stimmt nicht!«

»Warum hast du es wegmachen lassen, Tara? Unser Baby? Warum hast du das getan?«, frage ich zum allerersten Mal. Zum allerersten Mal konfrontiere ich sie und mich mit der Wahrheit.

Tara starrt mich an, wird ganz blass.

»Du … du hast das gewollt! Du hast mich gezwungen!«, stößt sie hervor.

Ich schüttele den Kopf. »Das habe ich nicht. Und du weißt das. Ja, ich war zuerst geschockt, aber dann habe ich dir gesagt, dass wir das schaffen werden, richtig?«

Tara wirft den Kopf heftig hin und her, Strähnen ihres Haares peitschen ihr ins Gesicht. »Nein! Nein, so war das nicht! Du hast gesagt, du verlässt mich, sollte ich das Kind behalten!«

»LÜG NICHT!«, brülle ich plötzlich, als ob ein Damm in mir bricht. Zu lange habe ich die verdrehte Realität in mir aufrechterhalten in der Hoffnung, Tara damit zu helfen. In der Angst, sie könnte sonst versuchen, sich etwas anzutun wie schon einmal. Ich kann mich noch gut an die Situation erinnern, als sie mich anrief und mir mitteilte, sie würde jetzt Schlaftabletten nehmen.

In der Panik, schuld an ihrem Tod zu sein, bin ich durch die Stadt zu ihr ins Hotel gerast und konnte sie davon abhalten.

Doch irgendwie kann ich das nicht mehr. Ich setze mein eigenes Leben auf Spiel. Ich verspiele mein eigenes Glück, das Tara ungefähr so viel interessiert wie höhere Mathematik. Tief in mir weiß ich das schon längst. Schon längst ist mir ihre Selbstzerstörung bewusst, und schon längst weiß ich, dass sie mich gnadenlos mit in den Abgrund zieht. Und ich weiß, dass ich ihr nicht helfen kann. Ich kann nichts tun, um sie vor sich selbst zu schützen, solange sie das nicht will. Und sie will nicht. Alles, was sie will, ist, mich mit zu zerstören.

»Also? Warum?«, frage ich leiser.

Tara presst die Lippen aufeinander, knickt die Hüfte ein, stützt den Arm mit dem Weinglas darauf ab, stiert mich an.

»Sag es«, verlange ich, Tara lacht.

Ich mache zwei Schritte auf sie zu, baue mich vor ihr auf, blicke auf sie herab und unsere gemeinsamen Jahre ziehen an mir vorbei. All die Höhen und Tiefen, all der Schmerz, den ich nach der Abtreibung gespürt habe.

»Es war unser Baby. Warum hast du es getan?«, flüstere ich und Tara flippt aus.

»WARUM?«, brüllt sie zu mir hoch. »Was für

eine dumme, dumme Frage das ist! Was denkst du, warum? Ich hätte alles, was ich mir so mühsam erarbeitet habe, weggeworfen! Oder glaubst du, jemand will ein fettes Model? Eine, die dauermüde ist und nach Babykotze stinkt?«

Ich denke erst, ich habe mich verhört. Ich habe mit allem gerechnet, aber nicht damit. Nicht mit dieser profanen Aussage. Babykotze? Dauermüde?

»Das meinst du nicht ernst, oder?«

Tara lacht schrill. »Das meine ich todernst, Demon. Mit einem Kind wäre ich niemals da, wo ich heute bin. Erfolgreich und ein Superstar. Ich wäre in der Versenkung verschwunden und nie wieder aufgetaucht.«

»Aber ich habe doch gesagt, dass ich das übernehme. Dass du nichts tun musst, dass ich mich kümmere!« Ich kann nicht fassen, wie blind ich war. Wie unfassbar blind!

»Ja. Und wo wäre ich dann geblieben? Wann hättest du dich um mich gekümmert? Alles hätte sich nur noch um das Baby gedreht. Und ich?«

Das ist ihre Frage? Das ist alles, was sie dazu zu sagen hat? Sie hat mein Kind getötet und das ist alles.

Und wo ein Sturm in mir toben müsste, werde ich ganz ruhig. Wo ich vor Wut schreien müsste, entsteht Frieden. Es ist, als ob alles in mir nach Ewigkeiten seinen Platz finden würde. Alles, was

Chaos war, wird Klarheit, alles, was Verwirrung war, wird Ordnung.

Und fügt sich zu einem.

Cleo.

Es ist Cleo, sie war es schon immer.

In meinem Ohr klingt ihr Lachen, in meiner Nase hängt ihr Duft, mein Herz schlägt ihren Namen. Ich stecke die Hände in die Hosentaschen, hole tief Luft.

»Ich möchte, dass du gehst. Und dass du nie wiederkommst. Nie wieder, hast du verstanden? Ich bin fertig mit dir, Tara. Solltest du in einer Stunde nicht verschwunden sein, gebe ich dem *Morning Star* ein nettes, kleines Interview über uns beide. Und ich glaube nicht, dass du diese Geschichte in der Zeitung lesen willst.«

Dann drehe ich mich um und gehe. Am Türrahmen neben mir zerspringt das Weinglas in tausend kleine Splitter. Der Rotwein spritzt an die Wand, läuft in Schlieren über den weißen Putz wie blutige Tränen. Hinter mir schreit Tara.

»Du Arschloch! Das wirst du bereuen! Ich werde mich umbringen!«

Einmal noch wende ich mich um. Einmal noch sehe ich ihr nach diesem Satz, den ich schon so oft gehört habe, in die Augen.

»Wenn du das wirklich wolltest, hättest du es längst getan.«

CLEO

Ich gönne mir vier Tage.

Vier Tage, in denen ich nichts tue, außer in Selbstmitleid zu zerfließen. Ich liege im Bett, weine, schlafe, weine und schlafe wieder. Maximal bewege ich mich ins Bad, aber nicht, um mich zu kultivieren, sondern weil mir übel ist.

Ich übergebe mich morgens, mittags, abends. June erzähle ich, dass das wegen des Liebeskummers ist, wenn ich überhaupt mit ihr spreche. Denn das vermeide ich, so gut ich kann.

Ich will ihr nicht sagen, dass ich schwanger bin. Ich will ihr nicht sagen, dass ich keine Ahnung habe, was ich tun soll, und ich will schon gar nicht mit ihr darüber grübeln, wie ich mich so in Demon täuschen konnte. Alles, was ich will, ist ein wenig Zeit, um meine Gedanken zu sortieren.

Am fünften Tag kommt Lav.

Sie betritt leise wie ein Luchs mein Zimmer,

stellt mir eine Vase mit frischen Pfingstrosen auf den Nachttisch und setzt sich auf mein Bett.

»Er war jetzt jeden Tag hier. Wann redest du mit ihm?«, fragt sie.

»Gar nicht«, murmele ich in mein Kissen.

»Das geht nicht.«

»Ich weiß.«

»Was ist passiert, Cleo? Warum hast du es ihm nicht gesagt?«

Ich strampele das Laken von meinen Beinen, weil es eigentlich viel zu heiß für kuschelige Betttage ist und setze mich auf. Dann sehe ich Lav an. »Ich habe gute Gründe, die ich nicht sagen will. Aber ich werde das Kind behalten und ohne Demon aufziehen. Das ist der Plan.«

Mhm. Interessant. Wusste ich bis eben selbst nicht.

»Okay. Aber er wird wissen, dass er der Vater ist. Oder ziehst du weg?«, bleibt sie pragmatisch.

»So weit war ich noch nicht.«

»Na gut. Ich will nicht drängeln«, sagt Lav, als hätte ich alle Zeit der Welt. »Wie geht es dir sonst so?«

Ich schnaufe angestrengt. »Ich muss mich am laufenden Band übergeben. Das ist so furchtbar!«

Lav lächelt verständnisvoll. »Du musst zu einem Arzt, das weißt du, oder?«

Ich nicke. »Ja. Werde ich machen. Sag mal, Lav, wie ... wie war das bei dir damals?«, frage ich zögerlich. Wir alle hier vergöttern Lavs sechsjährige Tochter Grace. Früher kam es etwas öfter vor, dass Lav sie in die Agentur mitgebracht hat, aber seit sie Andrea, Graces Tagesmutter, hat, kommt es seltener vor.

Lav hat noch so gut wie nie über die ersten Jahre ihrer Mutterschaft gesprochen und wir drängen sie nicht. Wir wissen nicht einmal, wer der Vater ist. Jedenfalls hat Lav ihn nie erwähnt und er spielt in Graces Leben auch keine Rolle.

Lav holt tief Luft, sieht auf die satten Pfingstrosen, als sie spricht. »Ich will nicht lügen, Cleo. Ich hatte eine Heidenangst. Ich habe mir nicht im Ansatz vorstellen können, mit achtzehn Mutter zu sein. Aber es gab keine Alternative. Abtreibung kam für mich nicht infrage. Und weißt du was?« Sie lenkt ihren Blick zu mir, nimmt meine Hand und ein glückliches Lächeln erhellt ihr zartes Gesicht. »Es war die beste Entscheidung meines Lebens. Ich könnte mir niemals ausmalen, wie es ohne Gracie wäre. Niemals.« In ihren grünen Augen lese ich die tiefe Liebe zu ihrer Tochter und das gibt mir Hoffnung. »Wann gehst du zum Arzt? Soll ich dir einen empfehlen?«, fragt Lav und beendet damit den kurzen Einblick in ihre Vergangenheit.

Ich zucke die Schultern. »Erst nach der Hochzeit. Ich will June mit meinem chaotischen Leben nicht ihren großen Tag verderben.«

Lav hebt die Brauen. »Oh. Du willst dabei sein? June rechnet schon gar nicht mehr damit. Du weißt, dass *er* auch anwesend ist?«

Wieder nicke ich seufzend. »Ja, weiß ich. Aber das würde ich June niemals antun. Ich werde mich zusammenreißen. Ab heute. So kann das nicht mehr weitergehen. Sonst sehe ich zur Hochzeit aus wie ein totaler Freak.« Ich schiele und hänge die Zunge aus dem Mund und zum ersten Mal seit fünf Tagen muss ich lachen. Fühlt sich ein bisschen so an, als wären meine Mundwinkel eingerostet.

Lav zieht mich in ihre Arme. »Ich bin stolz auf dich. Du bist eine starke Frau, weißt du das? Wir schaffen das schon, ich bin für dich da.«

Ich vergrabe meinen Kopf an ihrer Schulter und bin dankbar für meine Freundinnen. Lav lässt mich los, rümpft die Nase. »Du könntest eine Dusche vertragen.«

Sie grinst.

Ich auch.

Ich sitze im Büro und habe gerade die letzten Einzelheiten für Junes Hochzeit in drei Tagen geklärt, als ich den Tumult höre.

»Es ist mir jetzt scheißegal, ob sie das will oder nicht! Und wenn mich eine von euch aufhält, tanze ich am Samstag nackt auf dem Brauttisch!«, droht Demon und kommt mit großen Schritten auf mein Büro zu.

Ach du Scheiße!

Dafür bin ich überhaupt nicht bereit! Erstens sehe ich immer noch sehr mitgenommen aus und zweitens galoppiert mir das Herz gerade davon.

Demon hingegen sieht einfach nur abartig gut aus. Die abgetragene Jeans hängt ihm tief auf den Hüften, das schwarze Shirt umspannt seinen Bizeps, als er die Glastür aufstößt und plötzlich mitten im Raum steht. In seinem Gesicht sprießt ein Dreitagebart, was seine Konturen noch kantiger erscheinen lässt, seine Augen leuchten auf, als er mich erblickt.

»Cleo«, sagt er, als hätte er mit mir als Letztes gerechnet.

»Hi«, kickse ich, als müsste ich das hohe C für einen Musicalauftritt üben.

»Nachdem ich die Dornenhecke überwunden habe, erklärst du mir jetzt bitte, was das soll?«, kommt er gleich zur Sache, hebt fragend die Brauen und die Schultern.

Gott, seine Nähe macht mich schwindelig. Seine blauen Augen blicken mich so liebevoll, so unschuldig an.

»Ich ... das«, stottere ich, sehe Hilfe suchend durch die Glasscheibe zu meinen Freundinnen, denen für diese Vorstellung nur noch das Popcorn fehlt. Demon bemerkt meinen Blick, reckt den Kopf aus der Tür, deutet auf seine Gürtelschnalle. »June, wag es nicht. Du weißt, ich stehe zu meinem Wort!«

June hebt kapitulierend die Hände und grinst entschuldigend. Auch Willow und Lav rühren sich nicht, was Demon dazu veranlasst, seine Aufmerksamkeit wieder mir zuzuwenden. Auch körperlich. Er durchquert das Büro, kommt zu mir hinter den Schreibtisch. Ich weiche vor ihm zurück, habe aber irgendwann den Fenstersims im Rücken.

»Du kannst nicht fliehen. Ich bleibe, bis wir das geklärt haben«, sagt er und sein Geruch hüllt mich ein. Sofort schießen mir die Bilder der letzten Wochen in den Kopf. Wie wir im Pool den Sonnenaufgang betrachten, wie er in Las Vegas vor mir auf die Knie sinkt und mir diese wunderschönen Dinge sagt, wie er mir auf der Couch aus einem Buch vorliest und mir dabei zärtlich den Rücken streichelt, wie er dem Typ, der mich beleidigt, vor dieser Bar eine reinhaut.

Ich schlucke.

Wie gerne würde ich einfach in seine Arme fallen und alles vergessen.

Vergessen, dass ich ein Kind von ihm erwarte, vergessen, dass er das nicht wollen wird. Vergessen, dass da Tara ist, die sein Herz für immer in ihren Händen hält.

»Ist es wegen Tara?«, fragt Demon, als hätte er

meine Gedanken gelesen. Er legt mir die Hand an die Wange, und als hätte mein Körper ein Eigenleben, schmiege ich mich hinein. Ich schließe die Augen, atme seinen Duft.

»Sie ist weg. Ich habe sie weggeschickt und sie kommt auch nicht wieder. Es tut mir leid, was du wegen ihr ertragen musstest«, sagt Demon und sein Daumen streicht über meinen Hals. »Sie ist ... ein schlechter Mensch. Das musste ich erst schmerzlich lernen. Entschuldige, dass ich das nicht früher begriffen habe.«

Wenn es doch nur so wäre. Wenn ich nur alle Schuld Tara zuschreiben könnte. Aber das kann ich nicht. Nicht nach dem, was ich in Demons Wohnung an diesem Abend gehört habe.

»Du bist mir das Wichtigste, Cleo. Ich will dich. Nur dich«, wispert Demon und wie von allein finden sich unsere Münder zu einem Kuss. Zu einem innigen, intensiven Kuss, so vertraut, so schmerzlich schön. Unendlich zärtlich, unendlich tief.

Ich will nur dich, hallt es in mir und ja. Das ist das Problem. Ich bin nicht mehr allein. Ich bin zu zweit. Mich gibt es nicht mehr nur als Cleo.

Und das will Demon ganz sicher nicht.

Mit aller Macht zwinge ich mich, mich von ihm zu lösen, lege ihm die Hände auf die Brust, schiebe ihn von mir.

Ich wische mir über den Mund, als könnte ich ihn so für immer entfernen, auslöschen, während

Demon ganz woanders ist. Er grinst glücklich, breitet die Arme aus.

»War doch gar nicht so schwer. Wieso haben wir das nicht früher getan?«, sagt er und hat keine Ahnung, wo ich bin. »Also? Soll ich deine Sachen gleich mitnehmen? Ich bin mit dem Wagen da.«

Freudig klimpert er mit dem Schlüssel, reckt den Daumen in Richtung von June, Willow und Lav, die immer noch aufgereiht im Foyer stehen und uns ungeniert zusehen.

Ich hole tief Luft. »Nein«, sage ich und kreuze die Arme vor der Brust. Ein jämmerlicher Schutzschild gegen Demons geballte Anziehung auf mich, aber besser als nichts.

Er wendet sich mir zu. »Nicht? Du willst das doch nicht alles mit der U-Bahn transportieren?«

Ich schüttele den Kopf. »Ich werde nicht zu dir zurückkommen, Demon.«

»Was?« Ungläubig schnaubt er.

»Ich habe mich getäuscht mit uns. Ich dachte, ich empfinde mehr für dich, aber die letzten Tage haben mir das Gegenteil gezeigt. Ich habe dich nicht mal vermisst.« Gleichgültig zucke ich die Achseln, lächele ausdruckslos.

»Aber dieser Kuss eben. Das … ich habe doch gespürt, dass du –«

Ich unterbreche Demon, bevor ich zusammenbreche. »Jetzt hör schon auf! Das war ein Kuss, nicht mehr oder weniger. Es wird peinlich,

Demon. Geh endlich, bevor du dich noch lächerlicher machst«, sage ich kalt.

Kurz zögert Demon, dann verschließt sich auch sein Gesicht. Der Zug um seinen Mund wird hart, als er sagt: »Okay. Gut. Dann war's das mit uns?«

Nein! Bitte nicht! Ich liebe dich!, schreit es in mir. »Ja. War schön, aber zu mehr reicht es doch nicht. Es tut mir leid, ich will die Scheidung«, sage ich.

Demon nickt langsam, verstehend. »Würde es etwas ändern, wenn ich dir sage, dass ich dich liebe?«

Mein Knie geben nach. Ich kralle mich in den Fenstersims, damit ich nicht in Ohnmacht falle, recke das Kinn, sage: »Wenn du es sagt oder wenn ich es dir glaube?«

»Tust du das nicht?«

Ich verneine stumm.

Das ist das Signal für Demon, zu verschwinden.

Endlich.

Ich stiere in den Topf mit der heißen Milch, drehe die Gasflamme herunter, bevor die Milch hochkocht. Mit Schwung gieße ich sie in eine Tasse, löffele Kakaopulver hinein und bestreue das Ganze mit Marshmallows.

»Ist der für mich?«, fragt Ryder hinter mir, ich drehe mich erschrocken um.

»Kannst du auch nicht schlafen?«, frage ich, stelle ihm die Tasse hin.

Ryder kratzt sich am Kopf, schnalzt mit der Zunge. »Keine Ahnung, wie June das hinkriegt, aber ich bin supernervös. Sie dagegen schläft wie ein Bär.«

Ich gieße mir einen neuen Kakao ein, nehme am Küchenblock Ryder gegenüber Platz. »Morgen ist deine Hochzeit. Du darfst nervös sein. Du darfst nur nicht aussehen, als hättest du nicht geschlafen«, sage ich und in der Tiefe der Nacht pusten wir beide in unsere Tassen. Und weil meine Gedanken seit Tagen an nichts anderem hängen und die Gelegenheit bekanntlich Diebe macht, frage ich Ryder in dieser späten und irgendwie intimen Stunde das, was mir auf der Seele brennt. Mehr als mich abweisen kann er nicht.

»Ich habe Tara und Demon belauscht. Oder besser, sie war nicht zu überhören«, beginne ich, Ryder schnaubt abfällig. »Sie ... war schwanger von Demon?«

Einen Moment sagt Ryder nichts, dann nickt er. »Hat er dir nicht gesagt, stimmt's?«

»Nein. So weit waren wir noch nicht.«

»Oh, Demon ist nie so weit, ehrlich darüber zu reden.«

»Kann ich verstehen. Ich hätte auch wenig

Lust, den Leuten auf die Nase zu binden, dass ich keine Kinder will und deswegen meine Verlobte zu einer Abtreibung genötigt habe«, sage ich, ohne zu wissen, wo das herkommt. Das sind die Hormone. Nicht nur, dass meine Brüste spannen, nein, auch mein Taktgefühl geht mit jeder Brechattacke mehr und mehr flöten.

Ryder dreht mir verblüfft den Kopf zu. »Wer hat dir das erzählt?«

»Ich habe sie gehört? Tara?«, erinnere ich ihn und hebe die Brauen.

Ryder nimmt einen Schluck von seinem Kakao. »Tara …«, seufzt er tief. »Dieser Frau kannst du kein Wort glauben. Sie lügt, wenn sie den Mund aufmacht. Sie … ich … war nie mit ihrer Verbindung zu Demon einverstanden. Sie ist Gift für ihn. Reines Gift. Und er denkt, er hat eine Verantwortung ihr gegenüber. Wegen ihrer gemeinsamen Vergangenheit und so. Schwachsinn, wenn du mich fragst. Als sie dann abgetrieben hat, spätestens da hätte er kapieren müssen, was diese Frau ihm antut.« Ryder blickt auf die Wand, schüttelt den Kopf, als ob er nicht glauben könnte, wie dämlich Demon ist.

»Aber er hat sie doch …« Ich kann das Wort nicht aussprechen. Normalerweise bin ich nicht so empfindlich, aber nun trage ich selbst ein Kind in mir. »Er hat es doch nicht gewollt«, drücke ich es anders aus.

»Doch. Demon wollte es unbedingt, nachdem

er den Schock verdaut hatte. Es ging ihm auch nicht darum, dass er nicht Vater werden wollte. Es ging ihm darum, ob Tara überhaupt eine Mutter sein könnte. Er hat Tara nach ihrem Entschluss bekniet, er hat gebettelt, er hat gefleht. Er hat ihr das Blaue vom Himmel versprochen, ihr angeboten, das Kind allein aufzuziehen, aber Tara war nicht zu erweichen. Und das Schlimmste: Sie hat ihm nicht mal von dem Termin erzählt. Demon ging morgens ins Büro, und als er abends zurückkam ...« Ryder lässt den Satz offen, mir klappt der Mund auf.

»Was?«, stoße ich hervor.

Ryder nickt. »Er war ... echt fertig. Richtig fertig. Als Tara dann noch sang- und klanglos verschwunden ist, hat er die Hochzeit abgesagt.«

»Warum erzählt er das nicht? Warum lässt er zu, dass Tara es vollkommen verdreht darstellt?«

»Ich weiß es nicht, Cleo. Ich schätze, er wollte sie schützen. Vor seiner Mom, vor sich selbst? Aber ich weiß, dass er sie jetzt zum ersten Mal in all der Zeit vor die Tür gesetzt hat. Das hat er vorher noch nie getan. Aber dieses Mal schon. Wegen dir.«

Ich starre in meinen Kakao, kann das Gehörte nicht verarbeiten.

Wie dumm ich war!

Wie schrecklich dumm!

»Schätze, ich gehe besser ins Bett. Sonst schlafe ich morgen vor dem Ehegelübde ein«, sagt

Ryder, erhebt sich vom Barhocker und klopft mir leicht auf den Rücken. »Vielleicht wird das ja doch noch was mit euch beiden.«

Niemals.

Niemals wird Demon mir verzeihen, dass ich ihm nicht vertraut habe.

Ich kann es mir ja selbst nicht mal verzeihen.

CLEO & DEMON

Demon

Verdammt!

Ich bin zu spät! Viel zu spät. Und ich finde diese bescheuerten Manschettenknöpfe nicht! Ich haste aus meinem Ankleidezimmer, suche im Wohnzimmer, im Flur, im Bad. Nichts. Ich hatte sie doch gestern noch in der Hand?

Cleos Zimmer! Ich bin in Cleos Zimmer eingeschlafen, wie beinahe jede Nacht, seit sie mir diese absolut endgültige Abfuhr erteilt hat. Ich verdränge den Gedanken daran, weil heute Ryders Hochzeit ist und ich mich zusammenreißen muss. Ich kann mir heute keine Grübeleien darüber leisten, wie ich mich so in Cleo täuschen konnte. Damit wälze ich mich schon jede Nacht hin und her und komme zu keinem Ergebnis außer zu der Feststellung, dass ausgerechnet bei ihr mein Charme nicht gewirkt hat. Ausgerechnet die Frau, der ich mein Herz schenke, hat nichts Besseres zu tun, als es genüsslich in mundgerechte Häppchen zu zerstückeln.

Auf dem Weg durch den Flur kicke ich frustriert eine Kiste beiseite, die Cleo nicht hat abholen lassen. Was mir umgehend leidtut.

Mein Handy klingelt und schon wieder ist es eine Nachricht von Ryder.

Wir sind unterwegs. Ich hoffe, dein Porsche ist schnell

schreibt er. Ja, verflucht! Das hoffe ich auch. In Cleos Zimmer hebe ich die Decke hoch, suche die Kommode ab, den Boden, falle auf die Knie, blicke unter das Bett und dort entdecke ich etwas. Ich recke den Arm, greife danach und ziehe Cleos Handtasche hervor. Da sind die Manschettenknöpfe ganz sicher nicht drin.

Sie muss sie hier vergessen haben. Ich werde sie ihr einfach mitbringen. Fahrig lege ich sie beiseite, die Tasche rutscht von der Kommode, ihr Inhalt ergießt sich auf das Parkett.

Scheiße! Auch das noch!

Hektisch bücke ich mich, grapsche nach den Sachen, als ich stutze.

Was zur Hölle?

Ungläubig starre ich auf das, was da herausgefallen ist, und ich schwöre, mein Herzschlag setzt aus. Für Sekunden tut sich absolut nichts in meiner Brust, bis es plötzlich mit einem Donner explodiert.

Das kann doch nicht wahr sein?!

Das Gaspedal des Porsche am Anschlag, den Verlust des Führerscheins in Kauf nehmend rase ich über den Highway, blicke dabei immer wieder auf mein Handy, das im Sekundentakt Ryders Nachrichten anzeigt.

Ich habe noch genau vierzehn Minuten, um die Ringe zu übergeben. Vierzehn Minuten.

Das schaffe ich locker.

Nach zwölf Minuten und achtzehn Sekunden lege ich auf dem staubigen Parkplatz vor der Scheune eine Vollbremsung hin. Ich schnappe mir das kleine Kästchen, springe aus dem Wagen und sprinte zur Scheune. Die traumhafte Blumendekoration ignorierend schlittere ich durch die offenen Tore und rutsche auf dem roten Teppich beinahe aus. Mit rudernden Armen fange ich mich ab, recke die Hand mit dem Kästchen.

»Ich bin da! Ich hab sie!«, rufe ich laut grinsend und balle die Faust, als hätte ich einen Homerun geschafft.

Dann erst registriere ich meine Umgebung.

Links und rechts in den Bänken sitzen knapp hundert Gäste, die mich konsterniert anstarren, am Altar wartet Ryder, dem die Erleichterung ins Gesicht geschrieben steht.

»Entschuldigen Sie. Ich war ... ich bin ...« Ich zeige auf Ryder, als würde das alles erklären, und mache mich gemessenen Schrittes auf den Weg zu ihm. Dabei nicke ich freundlich nach links und rechts, lächele breit. »Hallo. Ich bin der Trauzeuge. Schön, dass Sie da sind. Gleich ist es so weit. Vielen Dank für ihr Kommen«, sage ich, bis ich bei Ryder angelangt bin. Ich platziere mich neben ihm, verschränke die Hände hinter dem Rücken.

»Bist du irre? Wo warst du so lange?«, zischt Ryder, ich klopfe ihm beruhigend auf den Rücken.

»Ich habe einen Ring besorgt«, sage ich.

«Einen?«, Ryders Stimme rutscht zwei Oktaven höher.

»Schon gut, Kumpel. Alles in Butter. Ich habe die Ringe. Entspann dich.«

»Ich soll mich entspannen? Das ist leichter gesagt als getan. Wenn du –«

Die Musik setzt ein und Ryder verstummt.

Herrgott, der Typ ist vielleicht aufgeregt! Dabei gibt es doch gar keinen Grund. Schließlich hat er June schon tausendmal gesehen.

Und dann betritt Cleo den roten Teppich und mir bricht der Schweiß aus.

Scheiße, das meint Ryder also?

Im Takt der Musik schreitet sie als erste Brautjunger den Gang entlang, und sie ist so schön, so unfassbar schön, dass mir die Tränen in die Augen schießen.

Sie trägt ein hellblaues, locker fließendes Kleid, das ihre Augenfarbe noch mehr zur Geltung bringt. Ihre sonst so akkurat geglätteten Haare liegen in weichen Wellen um ihr von der Sonne geküsstes Gesicht, und wenn ich es nicht besser wüsste, würde ich glatt behaupten, sie hat sich die Brüste vergrößern lassen. Der Stoff des Kleides spannt um ihr Dekolleté. Ich bin ein Schuft, dass mir das auffällt.

Am Altar angekommen wendet sich Cleo nach links und stellt sich in Position. Ganz klar vermeidet sie den Blick zu mir. Ich blinzele, bis diese bescheuerte Feuchtigkeit verschwunden ist. Ich meine, ich bin nicht mal der Bräutigam und heule ernsthaft?

Willow und Lav folgen, dann die Braut.

Und auch June sieht in ihrem luftigen Hippiekleid umwerfend aus. Breit grinsend, am Arm von Ryders Dad, der sie an seinen Sohn übergibt, wirft sie ihren Freundinnen eine Kusshand zu und in dieser Sekunde treffen sich Cleos und mein Blick. Es ist wie ein Stromstoß. Heftig und durchdringend, und ich muss all meine Kraft aufbringen, an Ort und Stelle stehen zu bleiben. Schließlich kann ich schlecht das Ehegelübde von June und Ryder unterbrechen, zu ihr rennen, sie packen und sie fragen, ob sie von allen guten Geistern verlassen ist und was für eine Show sie hier abzieht.

Ich fixiere Cleo so lange, bis sie die Lider senkt.

Das macht nichts. Ich bekomme meine Chance schon noch.

Ich habe nur Augen für Cleo, bin etwas überrumpelt, als June irgendwann piepst: »Ja, ich will«, und die Gäste den Hochzeitskuss beklatschen. Cleo lacht aus vollem Herzen und ist einen Moment unaufmerksam. Denn wieder huscht ihr Blick zu mir, und ich weiß genau, an was sie denkt.

An unsere Hochzeit. An unseren Kuss, an unser Versprechen. Die nur ein Spaß sein sollte und die längst kein Spaß mehr ist.

»Du bist meine Frau. Wir sind verheiratet«, sage ich unhörbar und deute mit dem Finger erst auf sie, dann auf mich.

Cleo zieht die Luft ein, wendet sich ab und Willow nimmt sie in Beschlag.

Die nächste Stunde bin ich damit beschäftigt, Hände zu schütteln, mich in Ryders Namen zu bedanken, mich vorzustellen und den Gästen zu zeigen, wo sie eine erste Erfrischung bekommen können.

Irgendwann läuft mir Cleo in die Arme. Ein Fotograf scheucht uns zusammen, instruiert uns, wie wir uns aufstellen sollen.

»Soll denn das Brautpaar nicht mit auf das Bild?«, fragt Cleo mit hoher Stimme.

Der Fotograf schüttelt den Kopf. »Erst einmal nicht.«

Fein. Genau in meinem Sinn.

Ohne Anweisung ziehe ich Cleo an mich, packe sie fest um die Taille.

»Wie geht's?«, frage ich, während wir für die Bilder posieren.

»Gut, danke«, sagt Cleo zögerlich.

»Schön. Das freut mich.«

Der Fotograf gibt uns zu verstehen, dass wir fertig sind. Ich schlinge meinen Arm um Cleo, als sie gehen will.

»Demon. Lass das«, sagt Cleo und stemmt sich gegen meine Brust.

Ihren Einwand ignorierend frage ich: »Sag mal, hast du zugenommen?« Meine Hand fasst prüfend in ihre Hüfte, meine Augen mustern ihr Dekolleté.

»Äh ... nein? Das ist äußert unhöflich«, sagt Cleo pikiert.

»Findest du?«

»Ja.«

»Weißt du, was ich unhöflich finde?« Mein Gesicht schwebt vor Cleos, mein Mund vor ihrem.

Cleo schüttelt den Kopf, stiert auf meinen Kehlkopf.

»Wenn man seinen Ehemann belügt.«

Sie will, dass ich sie küsse. An ihrem Hals pocht ihr Puls, sie legt unwillkürlich den Kopf zurück, leckt sich über die Lippen. Ihr Atem geht schneller. Alles Anzeichen dafür, dass sie es will.

Abrupt lasse ich sie los, Cleo stolpert zurück. Ich halte sie am Ellenbogen, bis sie ihr Gleichgewicht wiedergefunden hat.

»Hast du mir etwas zu sagen, Cleo?«

Sie öffnet den Mund, klappt ihn wieder zu. »Ich … muss … June wartet mit den Fotos.« Sie deutet hinter sich.

Ich hebe die Hand. »Viel Vergnügen.«

Cleo huscht davon, ich grinse.

Gott, ich liebe diese Frau.

Cleo

Sehnsüchtig starre ich auf Junes Champagnerglas, das im Kerzenschein schimmert, und wünsche mir, ich könnte einfach mal einen kräftigen Schluck nehmen, um meine Nervosität endlich in den Griff zu bekommen. Ich weiß, dass ich es ihm sagen muss. Ich weiß, dass ich längst Gelegenheit dazu hatte. Aber ich bin innerlich wie gelähmt. Tausend Gefühle kämpfen in mir und verursachen ein riesiges Chaos, das mich handlungsunfähig macht.

Verstohlen sehe ich zu Demon hinüber, der gerade mit Ryders Dad spricht und dann in ein herzhaftes Lachen ausbricht.

Er hat das Jackett seines Smokings nach dem Essen abgelegt, die Fliege hängt ihm lose um den Hals, die obersten Knöpfe seines Hemdes sind offen und die Ärmel hat er lässig nach oben gekrempelt.

Gott, er ist so ... heiß! Er ist einfach nur heiß, wie er da am Tisch sitzt und mir immer wieder ganz offensichtliche Blicke zuwirft.

Jetzt auch. Als ob er bemerken würde, dass ich ihn beobachte, sieht er mitten in der Unterhaltung zu mir, versenkt seinen Blick in meinen und verzieht den Mund zu einem süffisanten Lächeln.

Gott, er ist ... Hier drinnen ist es so schrecklich heiß!

Ich wende mich ab, fächere mir mit den schicken Menükarten Luft zu. Ich habe das Gefühl, gleich zu ersticken. Das könnte aber auch an der Junihitze liegen, denn selbst jetzt, in der frühen Nacht, hat es noch über zwanzig Grad. Oder es liegt an der Schwangerschaft.

Wenn ich es nicht besser wüsste, würde ich behaupten, Demon weiß es. Er weiß von der Schwangerschaft. Er ist so komisch heute. Also, eigentlich nicht komisch, sondern ungewöhnlich ... nett? Ist das das richtige Wort? Vor ein paar Tagen stürmte er noch wütend über meine Abfuhr aus dem Büro, und heute tut er so, als wäre nie etwas zwischen uns gewesen. Als wären wir gute Kumpels wie Seth und Willow. Und er macht ständig Anspielungen auf meine Figur. Was eigentlich superunhöflich ist, bei ihm aber nicht so rüberkommt. Im Gegenteil. Als würde er sich freuen, dass meine Brüste fülliger, meine Taille griffiger, mein Hintern runder geworden sind. Außerdem muss man sehr scharfe Augen haben, um das überhaupt zu bemerken. Das Kleid, das ich trage, ist weit und fließend und tatsächlich gibt mein Gewicht auf der Waage bisher nur ein paar hundert Gramm mehr her. Gut, Demon kennt meinen Körper in- und auswendig. Wahrscheinlich könnte er meine Konturen blind nachzeichnen.

»Du bist meine Frau. Wir sind verheiratet«, hat er mir vorhin lautlos zugeflüstert. Und er hat mich gefragt, ob ich ihm etwas zu sagen hätte. Mir sind die Knie weich geworden, und ich hatte kurz die Befürchtung, in Ohnmacht zu fallen.

Er weiß es. Er muss es wissen.

Aber woher? Nur Lav könnte sich verplappert haben, aber das erscheint mir unwahrscheinlich. Lav tut so etwas nicht. Und sonst weiß niemand Bescheid.

Bei dem Gedanken daran, dass Demon von der Schwangerschaft erfahren hat, werden meine Hände feucht und mein Puls beschleunigt sich. Denn trotz meines nächtlichen Gesprächs mit Ryder kann ich Demon immer noch nicht einschätzen. Freut er sich? Oder wird er wenig begeistert sein?

Vielleicht will ich mir auch keine allzu großen

Hoffnungen machen. Zu tief wäre der Fall, wenn ich mir nur etwas zusammenfantasiere.

Ein leises Klirren schreckt mich aus meinen Gedanken. Es ist Demon, der sich mit seinem Champagnerglas in der Hand erhebt. In meinem Magen flattert es bei seinem Anblick. Kurz sieht er zu mir herüber, dann schnipst er mit dem Finger in die Gästeschar.

»Hey! Hey, Leute! Ich weiß, ich weiß, ihr seid alle müde der Reden und wollt viel lieber, dass diese Band endlich spielt. Aber ich bin nun mal der Trauzeuge und es ist meine Pflicht, ein paar Worte loszuwerden«, sagt er laut und die Gespräche verstummen zögerlich. Etliche Augen richten sich auf Demon, dessen Selbstsicherheit das keinen Abbruch tut. Grinsend verbeugt er sich zum Dank, steckt dann seine eine Hand in die Hosentasche.

Wenn du nur mein wärst, denke ich bedauernd, weil mich ein Gefühl des Stolzes erfüllt. Er sieht so souverän aus. So selbstbewusst, so ... attraktiv. Erneut muss die Menükarte herhalten. Ich tue besser daran, meinen Blick auf die Leinentischdecke zu richten. Vielleicht finde ich in dem zarten Muster Ruhe für meine vibrierenden Nerven.

»Mrs. Archer, Mr. Archer, herzlichen Glückwunsch zu diesem mutigen Schritt. Der ehrlich gesagt längst überfällig war. Ich hätte mir die Jahre des endlosen Gejammers meines besten

Freundes gerne erspart. Es hat mich etliche Kneipenrunden mit Bier, Whiskey und Chips gekostet. Der Typ ist eine Heulsuse, wenn June nicht in seiner Nähe ist, es ist nicht zum Aushalten.« Vereinzelt sind Lacher zu hören, Ryder reckt grinsend den Mittelfinger in Richtung Demon, Demon grinst zurück.

»Ist okay, Ryder, ist echt okay«, sagt er gönnerhaft. »Denn, weißt du, ich habe aus deiner Erfahrung gelernt.« Demon legt sich den Zeigefinger an die Schläfe, zwinkert. »Ich bin nämlich ein schlauer Kerl. Und damit ich nicht in die gleiche Falle tappe wie du, habe ich nicht so lange gewartet. Um es genau zu nehmen, habe ich schon nach nur knapp drei Monaten geheiratet.« Mein Kopf ruckt bei seinen Worten hoch, mir wird heiß. Warum macht er das jetzt und hier publik? Ich sehe zu June, die mich beruhigend anlächelt.

Verdammt.

Was hat er vor?

Sie weiß etwas, das ist sicher.

Ich nehme all meinen Mut zusammen, sehe zu Demon, aber der lässt seinen Blick schweifen, nickt, als er in verblüffte Gesichter blickt.

»Ja. Ihr habt richtig gehört. Drei Monate. Ich hatte kein Geld mehr für eventuelle weitere Kneipentouren.« Demon zuckt die Schultern, wieder lachen einige.

Ich nicht. Ich lache nicht. Was wird das hier?

»Es begann als Witz. Ein Spaß in einer Nacht

in Vegas nach einigen Cocktails. Ihr kennt das. Man ist angetrunken, und zwangsläufig sagt man: ›Hey, wie lustig! Wir könnten doch heiraten? Komm, lass es uns einfach tun!‹«

»Klar. Mach ich dauernd!«, ruft ein Arbeitskollege von Ryder.

»Man sollte sich nur keine von diesen Stripperinnen suchen!«, wirft ein anderer ein und will wohl besonders witzig sein.

»Jedenfalls«, reißt Demon das Ruder wieder an sich, »ist die Sache in meinem Fall aber die.« Und jetzt geht sein Blick doch zu mir und trifft direkt und ohne Umwege in mein Herz. Er brennt sich in jede Zelle meines Körpers, und selbst wenn ich wollte, könnte ich jetzt nicht aufstehen und fliehen. Ich bin wie festgewachsen. »Für mich war es kein Witz. Ich war nicht betrunken. Ich war stocknüchtern. Falls du es nicht bemerkt hast, Cleo, ich habe die Schnäpse einfach stehen lassen. Ich habe dich in vollem Bewusstsein geheiratet. Denn, ganz ehrlich? Ich glaube, ich habe nie etwas ernster gemeint als das. Du bist mit Abstand das Beste, das mir je in meinem Leben passiert ist. Du machst mich auf eine Art und Weise glücklich, die ich vorher nicht kannte. Ich liebe dich, Cleo. Ich liebe dich mehr, als du dir vorstellen kannst. Ich weiß nur nicht, ob du mir das glauben kannst, ob du mir glauben willst.«

Demon macht eine Pause, holt aus seiner Hosentasche ein zerknittertes Papier und streicht ès glatt. Kurz sieht er es an, dann legt er es auf den Tisch, schiebt es langsam zu mir hinüber. »Das ist der Antrag zur Scheidung«, sagt er leise, zieht einen Stift aus der anderen Hosentasche, legt ihn auf das Schreiben. »Und das ist der Stift für deine Unterschrift.« Demon blickt auf das Schreiben, dann zu mir, dann steckt er die Hände in die Hosentaschen, holt tief Luft. »Entscheide du, Cleo. Ich weiß, was ich will«, sagt er.

Es ist so still geworden, dass man eine Stecknadel fallen hören könnte.

Alle Augen sind auf mich gerichtet, einschließlich Demons. Mein Mund ist staubtrocken, meine Fingerspitzen eiskalt. Feiner Schweiß sammelt sich zwischen meinen Brüsten, als ich mit zitternden Händen den Stift ergreife und selbst nicht genau weiß, warum ich das tue. Neben und hinter mir sind bestürzte Seufzer zu hören.

Sag es ihm, verdammt! Sag es ihm einfach!, wispert mir eine leise Stimme in meinem Innern zu.

Ich hebe den Kopf und der Schock in Demons Blick schubst mich über den Abgrund. Ich springe.

Ich schließe die Augen und stoße hervor: »Ich bin schwanger! Von dir! Das Kind ist von dir. Das ... solltest du eventuell wissen, bevor *du dich* entscheidest.«

Da.

Es ist raus. Ich habe es gesagt. Mit fest zusammengekniffenen Augen warte ich darauf, dass

Demon zurückrudert, doch meine Sorge ist offenbar unnötig.

Stattdessen sagt er: »Scheiße, Cleo, du hast mir vielleicht einen verdammten Schrecken eingejagt! Wolltest du den Wisch eben echt unterschreiben?«

Vorsichtig öffne ich ein Auge, dann das andere, Demon blickt mich mit gekreuzten Armen verärgert an.

»Leg sofort den Stift beiseite!«, knurrt er, schnappt nach dem Papier und zerreißt es in kleine Fetzen. Die stopft er in seine Hosentasche, nickt dann knapp mit dem Kopf zu Ryder, ohne meinen Blick zu verlieren. Ryder springt auf, fasst in seine Hosentasche und reicht Demon über den Tisch hinweg ein kleines mintgrünes Kästchen.

Oh Gott!, denke ich.

»Oh Gott!«, juchzt June und schlägt sich die Hände vor den Mund.

»Okay, Cleo. Wenn es nicht das Papier ist, dann ist es vielleicht das hier.« Unter kollektivem Seufzen der Gäste klappt Demon das Kästchen auf, auf schwarzem Samt liegt ein Diamantring. Das Kerzenlicht bricht sich in seinem perfekten Schliff, mir verschwimmt die Sicht.

»Ich weiß, für eine Verlobung ist es ein bisschen zu spät, aber ich wollte die Eheringe nicht ohne dich aussuchen. Außerdem, ich gebe es zu, musste es schnell gehen«, sagt Demon. »Willst du meine Frau bleiben?«, fragt er und ich kann nur nicken. Zu etwas anderem bin ich nicht fähig. Ich nicke, wispere: »Ja. Und wie ich will.«

Unter lautem Klatschen umrundet Demon den Tisch, zieht mich vom Stuhl und nimmt meine Hand. Ehrfürchtig schiebt er den Ring auf meinen Finger. Ich schlucke und schlucke, um den Schluchzer zu unterdrücken, der in meiner Kehle steckt.

»Hallo, Mrs. Hell«, sagt er dann und legt seine Hände um mein Gesicht.

»Hallo, Mr. Hell«, sage ich mit erstickter Stimme.

»Ich war eben echt sauer. Wie konntest du ernsthaft diesen Stift in die Hand nehmen?«

»Tut mir leid. Würde es etwas ändern, wenn ich dir sage, dass ich dich liebe?«, piepse ich.

»Wenn du es sagst oder wenn ich dir glaube?« Demon lächelt.

»Tust du das nicht?«

Demons Antwort ist sein Kuss. Unter dem lauten Jubel der Gäste küsst er mich, bis ich atemlos bin.

Später tanzen wir. Sanft wiegt mich Demon in seinen Armen zu den kitschigen Klängen von Elvis Presley. Und als ich mich, meine Wange an seiner Brust, zutiefst geborgen fühle, muss ich es einfach fragen.

»Woher hast du es gewusst?«, flüstere ich.

Demon schiebt mich ein Stück zurück, greift in seine Hosentasche, fördert ein weißes Plastikstäbchen zutage. »Du hattest sage und schreibe acht von diesen Dingern in deiner Handtasche.« Er lacht. »Ich meine, acht, Cleo. Dein Ernst?«

»Entschuldige, aber hast du den eben aus deiner Smokinghose geholt? Dein Ernst?« Ich lache ebenfalls.

»Entschuldige du mal? Das hier, das ist mein Baby. Ich kann es rumtragen, wo ich will.«

Ich werde ernst, sehe zu ihm auf. »Das ist kein Spaß, Demon. Es geht um ein Kind. Um unser Kind.«

Mir wird angst und bang, wenn ich diesen Gedanken an mich heranlasse. Bin ich überhaupt schon so weit? Und ist Demon es?

Demon legt den Finger unter mein Kinn, sieht mir tief in die Augen. »Ich sagte es vorhin schon. Für mich war es nie ein Witz.«

Ich verziehe einen Mundwinkel nach oben, krause die Nase. »Weißt du eigentlich, was eine der schlimmsten Sachen an dieser Hormongeschichte in der Schwangerschaft ist?«

Demon schüttelt den Kopf. »Nein. Aber wenn du es mir verrätst, werde ich alles dafür tun, damit es leichter wird«, sagt er und hat keine Ahnung, wie sehr ich ihn beim Wort nehmen werde.

Ich stelle mich auf die Zehenspitzen, flüstere es ihm ins Ohr, sehe ihn dann unschuldig an.

Demons Lippen verziehen sich zu einem breiten Grinsen. »Ernsthaft?«

Ich nicke bekräftigend.

»Scheiße, das klingt nach Alarmstufe rot. Wir sollten gehen. Sofort.«

Er packt mich bei der Hand und zieht mich mit sich.

Ich sehe auf unsere verschränkten Finger und auf meinen funkelnden Ring.

Wenn mir das einer vor einem Jahr gesagt hätte, ich hätte ihm den Vogel gezeigt.

ENDE

DANKSAGUNG

OUTTAKES

Claudia und ich im Korrektorat:

Claudia:

Ganz ehrlich: Ich glaube, das ist die schönste Sexszene, die ich je gelesen habe.

Ob das ein gutes Zeichen ist, weiß ich zwar nicht. Aber da ist einfach so viel intensives Gefühl so gut beschrieben. Hach ...

Ich:

Oh Claudia, wie schön! Das freut mein Herz.

Claudia:

Warum machst du solche Änderungen rückgängig? Ich denke mir ja was dabei, wenn ich so was ändere. Wenn du Zweifel hast, dann frag mich doch, aber ändere es nicht einfach ab. Die getrennte Schreibweise ist falsch.

Ich:

In meinem Hirn ein großes Fragezeichen. WARUM MACHST DU DAS, CARRIE?

Claudia:

Hm, warum hast du das s wieder gelöscht? Es ist doch der Tisch der Singles. Also Plural. Ein Single-Tisch ist für mich ein Tisch, an dem nur eine Person Platz hat. Ich hatte das s extra ergänzt. Oder hast du das anders gemeint?

Ich:

In meinem Hirn ein großes Fragezeichen. WARUM, ZUR HÖLLE, TUST DU SO WAS, CARRIE?

Claudia:

Bei einer Parfum-Szene: Oh, ich rieche Davidoff Cool Water. Ich fahre da so drauf ab!

Ich:

Haha, ich auch! Obwohl es schon so lange auf dem Markt ist, ist es einfach nur genial lecker!

Claudia, es war mir wie immer eine Ehre. Die Zusammenarbeit mit dir ist einfach nur genial. Danke dafür.

Meine Testleser im Chat:

... Hach ... er ist so süß!

Gott, ich schmelze dahin!

Mein Herz bricht ...

Die Szene ist so schön!

Ich liebe die Geschichte!

Herrje, ich habe gestern bis 03:00 Uhr nachts gelesen.

Meine Gefühle sind mal wieder Achterbahn gefahren.

Ihr, meine lieben, besten Zuckerschnecken. Tausend Dank an euch, dass ihr meine Geschichten immer so suchtet und so happy damit seid. Dass ihr auch noch die letzten Fehler ausmerzt und wir uns dabei immer so wunderbar austauschen.

Ihr seid einfach unersetzbar, Emilia, Sandra, Anja, Mia, Franzi, Diana, Julia, Sabrina, Mandy, Michelle, Jacqueline.

Außerdem hat das ganze Team im Federherz Verlag mal wieder – wie immer – alles gegeben, um „Catch the Best Man" in die Welt zu entlassen.

Corinna, Nadine, Lucia, Lisa, Sophia, Anna, Carina, Nicole, ihr seid die Besten. Ich bin echt glücklich, euch zu haben.

Janine, ich danke dir, einfach für everything. Für deine Klarheit, deine Unterstützung, deine Ideen, unseren Austausch und dass wir uns kennengelernt haben. Du bist eine echte Bereicherung in meiner Freundesliste.

Jane. Danke, dass ich mit jeder, wirklich jeder Frage zu dir kommen kann. Du bist wirklich einer der feinsten Menschen, die ich die letzten Jahre kennenlernen durfte. Du machst die Welt ein ganzes Stück besser, don't forget.

LAST BUT NOT LEAST:

Lieber Bücherwurm.

Auch dir tausend Dank, dass du die Geschichte gelesen und hoffentlich geliebt hast.

Ohne dich wäre meine Arbeit sehr sinnlos.

WILLOW

Liebe liegt in der Luft. Die ganze Scheune klebt vor süßer Energie wie der Zuckerguss auf Junes und Ryders Torte.

Ich blicke auf das Brautpaar auf der Tanzfläche, ich blicke zu Demon und Cleo, die ebenfalls ihr Glück gefunden haben, und denke an meine eigene Hochzeit.

Tequila bis zum Abwinken, ein schlecht gestochenes Tattoo an der Innenseite meines Oberschenkels und eine Spelunke voll mit grölenden Betrunkenen. Und zu guter Letzt ein blaues Auge, das mich eine Woche lang zierte.

Ob das jemand von mir vermuten würde?

Niemals.

Meine Vergangenheit ist das bestgehütete Geheimnis noch vor der wahren Geschichte des Attentats auf John F. Kennedy. Die Schutzschicht darauf ist dicker als die der Erdkruste. Dummerweise gibt es seit einigen Wochen ein paar Beben, die mir Sorgen bereiten. Noch beobachte ich die zitternde Nadel nur, noch sind die feinen Striche, die in die Höhe schnellen und wieder abfallen, kein Grund, auszuflippen.

Und wie auf Kommando ertönt der Nachrichtenton meines Handys. Ich schiebe den Teller mit dem unangetasteten Stück der Hochzeitstorte zur Seite, greife nach meinem Telefon und lese.

Das leise Flattern in meiner Brust ignorierend tippe ich eine Antwort.

Fick dich!

Ich drücke auf *Senden* genau in dem Moment, in dem Seth auf mich zukommt.

Gott, dieser Kerl ist echt verboten schön. Diese schokoladenbraunen Augen mit den für einen Typen echt langen Wimpern, die dichten blonden Haare, die ihm meistens unfrisiert und doch nahezu perfekt in die Stirn fallen, der Vollbart, der seine kantigen Wangen weicher erscheinen lässt, die Maori-Tattoos an seinen kräftigen Unterarmen, die sich, wie ich weiß, bis zu seinen breiten Schultern ziehen. Wegen der späten Stunde hat er die Hemdsärmel hochgekrempelt und tiefschwarze Kreise und Striche lugen auf seiner Haut unter dem Stoff hervor.

Und es ist ihm nicht einmal bewusst. Seth hat keine Ahnung, dass er eine Mischung aus einem Highlander und einem Genie ist. Die bewundernden und gierigen Blicke des weiblichen Geschlechts entgehen ihm völlig. Er bemerkt nicht, wie sie ihm sehnsüchtig hinterhersehen, wie die Bedienungen sich im Restaurant unwillkürlich an ihn wenden, er checkt nicht, dass sie ihre Telefonnummern auf die Rechnung kritzeln, die Seth am Ende des Abends einfach liegen lässt, dass sie sich an der Tür zur Küche in Grüppchen zusammenrotten und über ihn tuscheln und wahrscheinlich nachts von ihm träumen.

»Willst du tanzen?«, fragt er mich jetzt mit seiner tiefen Stimme, aber ich will etwas ganz anderes.

Ich will vergessen.

Diese Nachricht eben und den Umstand, dass ich unfähig bin, wirklich zu lieben.

Ich stehe auf, schlinge die Arme um seinen Hals, Seth schnaubt verblüfft.

»Deine ... Freunde können das sehen«, sagt er.

Ich schmiege mich an ihn. »Mir egal. Sie sind betrunken. Wie ich. Und weißt du, was ich noch bin?«

Seth schüttelt den Kopf.

»Ich bin scharf auf dich. Komm.«

Ohne seine Antwort abzuwarten, ziehe ich ihn mit mir, weg von der ganzen Love Energy.

»Wo willst du hin?«, fragt Seth, als wir durch die laue Sommernacht über den sandigen Hof laufen und ich ihn auch schon in einen Anbau schubse.

Es ist eine weitere Scheune. Heu türmt sich an ihrem Ende, das silbrige Mondlicht fällt durch die

Ritzen im Holz. Ich dränge Seth an die Wand, was er widerstandslos geschehen lässt. Sonst hätte ich auch keine Chance. Seth ist mindestens einen Kopf größer als ich und über seine Muskeln muss ich gar nicht erst reden.

Ich will sowieso nicht reden.

Ich will Sex.

Kaum stoppt die Wand Seth in seinem Rücken, zerre ich an seinem Hemd, knöpfe ihm die Hose auf. Mit fliegenden Fingern befreie ich sein bestes Stück, raffe den Saum meines Kleides und schiebe es über meine Taille.

»Willow, warte doch mal«, sagt Seth rau, umfasst mein Gesicht und zwingt mich innezuhalten. Mein Herz klopft heftig, meine Erregung sammelt sich feucht zwischen meinen Beinen.

Er fixiert meinen Blick, seine großen Hände liegen sanft auf meinen Wangen. Stück für Stück nähert er sich mir, bringt seinen Mund an meinen. Kurz bevor seine Lippen auf meine treffen, drehe ich den Kopf weg.

Seth atmet scharf aus, seine Stirn sinkt gegen meine. Seine Finger graben sich in meinen Hals, ich werde patzig.

»Du weißt, dass ich das nicht mache. Willst du nun oder nicht?«, frage ich und lasse meine Hand nach unten wandern. Ich umfasse seinen Schwanz, der sich prall und hart in meine Handfläche schmiegt.

Seth stöhnt ergeben, als ich auf- und abfahre.

»Fick mich«, verlange ich flüsternd.

Seth fügt sich seinem Schicksal. Oder seiner Erregung, ist mir egal.

Mit einem tiefen Knurren packt er mich unter meinem Hintern, hebt mich hoch, als würde ich nichts wiegen. Ich schlinge die Beine um seine Hüften, Seth dreht uns in einer schnellen Bewegung um.

Jetzt habe ich die Wand im Rücken.

Und das ist genau der Platz, an den ich wollte.

FÜR EVENTUELLES STALKING:

Beschwerden oder Begeisterungen richten sich bitte an folgende Adressen

Auf **Instagram**:
@carriebrigthon

Bei **Facebook**:
https://www.
facebook.com/carriebrigthonauthor

Oder in meinem **Newsletter**:
www.danielahartig.de

Neuerscheinung

EINE BETROGENE BRAUT.
EIN UNGEZÄHMTER COWBOY.
UND EINE TÖDLICHE GEFAHR.

Seine Finger hatten die ihren nur kurz gestreift und doch ... ja, was eigentlich? Es hatte sich angefühlt, als hätten Funken zwischen ihnen gesprüht. Wie wenn man eine Wunderkerze hält und die kleinen Sterne auf der Haut verglühen.

FOLGE ELLI IN DIE IDYLLE DER WILD CREEK RANCH UND LÜFTE IHRE GEHEIMNISSE ...